DANSE NOIRE

© ACTES SUD, 2013
pour l'édition française

ISBN 978-2-330-05117-4

NANCY HUSTON

DANSE NOIRE

roman

B∆BEL

à **Jean M.**
et à **Jennifer A.**
et grâce à **Joseph N.**

GÉNÉALOGIE

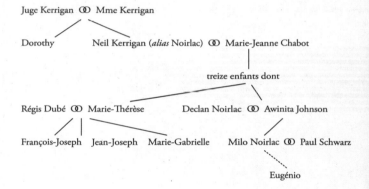

Juge Kerrigan ⚭ Mme Kerrigan

Dorothy   Neil Kerrigan (*alias* Noirlac) ⚭ Marie-Jeanne Chabot

treize enfants dont

Régis Dubé ⚭ Marie-Thérèse   Declan Noirlac ⚭ Awinita Johnson

François-Joseph   Jean-Joseph   Marie-Gabrielle   Milo Noirlac ⚭ Paul Schwarz

Eugénio

I

LADAINHA

Litanie. Chant qui ouvre la roda *de ca-poeira, avant le début du jeu.*

MILO, 2010/1990

T'en fais pas, Milo, c'est moi qui me mettrai au clavier cette fois-ci, moi qui saisirai le truc. Ça a toujours été ton boulot à toi, sous prétexte que tu tapais plus vite que moi... sauf qu'il y avait une chance sur deux que tu te fasses piquer ton ordi dans une gare, ou effaces par erreur – *Oups, merde!* – un mois entier de notre travail, alors détends-toi pour une fois et laisse-moi m'en occuper. Profite du fait d'être aplati sur le dos et accroché à l'intraveineuse pour reposer tes dix doigts.

Je t'adore, bâtard chéri. Allez, raconte-moi l'histoire de ta... non, imbécile, pas ta dolce bita, ta dolce vita! Ehh, Astuto, me fais pas rire, tu me ferais pleurer. Allez, un peu de sérieux, s'agit pas de se planter, hein? Ce sera sans doute le dernier film coécrit par Milo Noirlac et Paul Schwarz, réalisé par Paul Schwarz et produit par Blackout Films, alors il faut bien chiader le truc. Embrasse-moi. Allez, embrasse-moi, espèce de bâtard meshuga, j'attraperai rien du tout, ça je peux te le promettre! Putain je t'adore...

OK, ce n'est qu'une suggestion : intérieur jour. La caméra découvre Milo Noirlac — portant chapeau de cow-boy noir, santiags et pantalon blanc, ses cheveux acajou grisonnants ramassés en une queue de cheval qui lui descend jusqu'au milieu du dos – et Paul Schwarz – l'allure encore plus svelte et sensuelle que d'habitude en raison d'un nouveau costume en lin kaki – dans le foyer bondé d'un minuscule centre culturel de la Zona Norte de Rio. C'est la fin de la matinée, ils viennent de montrer leur film aux hommes et aux femmes du quartier de Tijuca qui y jouent des rôles de figurants, l'accueil a été chaleureux, les gens viennent nombreux les remercier, les féliciter, leur donner l'accolade.

Compte tenu du fait que l'homme important qui a produit et réalisé ce film a des rendez-vous importants avec des distributeurs importants plus tard dans la journée, il est prévu qu'un taxi important le reconduise au Centro. Le scénariste, plus modeste (sans être moins beau, naturellement), annonce son intention de regagner à pied leur hôtel de Glória. Ça va pas ? C'est à dix bons kilomètres et il fait 40 °C, dit en s'épongeant le front son collaborateur surdoué et partenaire érotique préféré, qui n'a jamais été fan des températures élevées.

Mais Milo se contente de frôler une dernière fois de la main le bras de son bien-aimé avant de sortir tranquillement dans la rue. Gros plan, pendant qu'il s'éloigne, sur son cul superbement moulé par son pantalon blanc. T'en fais pas, amour, je n'en rajouterai pas… même si je meurs d'envie de le faire. On sera avec toi, en toi. Caméra subjective : on entendra dans ta tête le rythme distinctif d'un atabaque de capoeira. *Ta, ta-da Da, ta, ta-da Da, ta, ta-da Da…* doit y avoir une *roda* dans les parages.

En quittant le petit bâtiment peint en blanc, au lieu de tourner à droite dans la rue General Roca, Milo tourne à gauche et se dirige vers les collines.

On le suit qui suit le battement du tambour sous le soleil tapant. S'il y a une *roda,* il veut en être… mais il n'y a pas de berimbau, seulement l'atabaque, *ta, ta-da Da, ta, ta-da Da, ta, ta-da Da*… ce rythme que nous entendions parfois résonner toute la nuit depuis notre chambre d'hôtel à Arraial d'Ajuda, celui que tu as *reconnu* dès notre premier voyage à Salvador il y a vingt ans, celui que tu décris comme ton appel de cœur, ton appel de racines, le rythme de la voix de ta mère. Important de bien l'établir dès le début.

Le battement s'intensifie.

Dès que la rue General Roca commence à monter la colline, le quartier se transforme. On n'est plus à Saens Penha, cette étendue grise et plate hérissée de buildings à dix et quinze étages comme il s'en trouve dans tous les pays en voie de développement ; on glisse de la pauvreté normale à la pauvreté abjecte. Ici, plus personne n'a la peau blanche ni brun clair, il n'y a que des Noirs. Les bras de Milo bougent au rythme de son pas, ses mains sont vides. Des images scintillantes montent en ricochant sous le soleil torride : taudis de Dublin, masures de la réserve crie, meublé de son père à Montréal. La sueur coule sur son front, dans son cou, dans son dos mais il ne l'essuie pas, des hommes le dévisagent, il les laisse le dévisager…

(Oh, Milo! autrefois je prenais ça pour de l'inconscience ; ton ex-femme Yolaine le dénonçait comme passivité… "Si tu m'quittes, tu m'quittes", lui avais-tu dit un jour, et là, si un adonné au crack te menaçait à bout portant, tu le regarderais calmement dans les yeux et lui dirais "Si tu m'tues, tu m'tues". Mais non, ce n'est ni inconscience ni passivité, c'est capoeira. Absence de peur et de jalousie, ouverture d'esprit, curiosité, indifférence : tous tes traits découlent de l'attitude capoeira, qui était tienne bien avant que tu ne découvres cette danse-lutte brésilienne.)

À mesure que Milo avance, la pente se fait plus abrupte, le battement de tambour plus fort, le soleil plus brûlant. Sur la colline au-dessus de lui surgit une façade d'église vert pomme et, en raison de cette couleur verte, il pense encore à l'Irlande, pays où il n'a jamais mis les pieds. *Ta, ta-da Da, ta, ta-da Da, ta, ta-da Da*... Il voit des blocs de béton déglingués à deux ou trois étages, aux murs lépreux peints en couleurs pastel et striés de graffitis ; leurs toits en tôle ondulée lui rappellent à nouveau la réserve, qu'il ne connaît pas non plus. Lumière aveuglante. Noirs qui le suivent des yeux. Verdure tropicale. Racines et herbes, feuilles et vignes épaisses et poussiéreuses. Bâtiments éventrés. *Ta, ta-da Da, ta, ta-da Da, ta, ta-da Da*... Murs de béton aux fenêtres sans vitres, donnant sur des pièces d'un vide béant. La pente s'escarpe encore. Passant devant un escalier noyé de lianes et jonché de verre cassé, Milo voit les vestiges d'un autel candomblé : croix électrique dont une seule ampoule reste indemne, statuettes ébréchées de divinités africaines parmi la poussière et les mégots. Onirique, le monde vibre, bat et étincelle, appelant Milo avec une urgence croissante. *Ta, ta-da Da, ta, ta-da Da, ta, ta-da Da*...

Il tourne un coin et se trouve face à une femme aux yeux fous, dans la force de l'âge. L'âge de sa mère ? Non, le sien à peu de chose près. La femme marmonne quelque chose mais il ne l'entend pas car le battement de l'atabaque lui remplit complètement la tête. Viens, lui dit le tambour, tu y es presque. Depuis une terrasse plus haut sur la colline de jeunes Noirs le toisent, on dirait qu'ils le défient de monter jusqu'à eux. Qu'a-t-il, ce cow-boy à la con ?

Il se trouve maintenant juste sous l'église verte et le battement du tambour est devenu assourdissant, mais au lieu d'une *roda* il ne voit qu'une série de grandes poubelles dont le contenu déborde. Puis son œil discerne parmi les ordures dans le caniveau un mouvement minuscule – et il se fige. Subitement, le battement de tambour se transforme en battement de cœur. La caméra devient son œil. Voilà par quoi il était convoqué : un cœur humain à l'intérieur d'un bout de tissu déchiré et enroulé. Un nouveau-né dont quelqu'un s'est débarrassé. Un petit garçon inutile, affamé, à demi mort, mis au rebut. Un gamin noir. Celui de la folle? Non, elle est bien trop âgée… Il approche à pas silencieux. Se penche. Tend une main pour retourner la chose, qui frémit.

Soudain le cerveau de Milo s'emplit d'une douce cascade de voix d'hommes et de femmes de son passé, voix françaises et anglaises, allemandes et néerlandaises, cries et gaéliques. Elles gazouillent, bouillonnent et s'entremêlent, chuchotent et rient tandis qu'il fixe l'enfant jeté. Respire-t-il? oui il respire. Milo s'assied un instant sur les marches de béton qui montent vers l'église, à l'ombre épaisse d'un hévéa. Se relève, ôte son Stetson noir et le pose près du bébé, de manière que ses yeux soient protégés du soleil – même plus tard, quand le soleil aura bougé. Se tient là. S'éloigne d'un pas, revient. Traverse la rue, puis revient à nouveau vers le miche.

Enfin il se retourne et commence à dévaler la colline. Le regardant, on sent qu'une corde invisible relie désormais le scénariste gringo quasi quadra au minuscule bout de chou à la peau sombre qui, là-haut dans le caniveau, respire à peine…

ON COUPE.

On retrouve Paul Schwarz, son élégant costume kaki tout froissé et moite — n'est-ce pas rageant comme le lin se froisse vite? —, et Milo Noirlac, comme décrit ci-dessus, moins le Stetson, regravissant la colline de Saens Penha pendant le rapide coucher du soleil tropical. Ayant fumé trop de cigares cubains aujourd'hui, Paul est essoufflé.

— He won't be there anymore, Milo.

— Yes, he will.

— You'll see. Your hat's already been sold to tourists in Santa Teresa, and the kid has either been scooped up by the garbage trucks or devoured by a stray dog. He won't be there.

— Yes, he will.

— You're completely meshuga, Astuto. What was it, seven hours ago?

— Yeah.

— He won't be there.

— Yes, he will.

— Jesus Christ. So what'll you do if he is? Adopt him, take him back to Montreal?

— No, just... find him a foster home, if I can.

— What's with the good Samaritan shtick all of a sudden?

— Il sera plus là, Milo. – Si, il sera là. – Tu verras. Ton chapeau a déjà été vendu à des touristes à Santa Teresa, et quant au môme il a été soit embarqué par les éboueurs soit dévoré par un chien errant. Il sera plus là. – Si, il sera là. – T'es complètement meshuga, Astuto. C'était, quoi, il y a sept heures? – Ouep. – Il sera plus là. – Si, il sera là. – Bon Dieu de bon Dieu. Et tu veux faire quoi s'il est là? L'adopter, le ramener à Montréal? – Non, juste... lui trouver un foyer, si je peux. – C'est quoi, tout d'un coup, ces manières de bon Samaritain?

Gros plan sur le caniveau en face de l'église vert pomme. Rien n'a bougé. Le Stetson penché protège toujours l'enfant. Les deux hommes se précipitent...

Qu'en dis-tu, Astuto ? OK, je sais que t'es jamais satisfait de nos premiers jets, mais quand même... Ça te plaît, l'idée de commencer avec le jour où tu as trouvé Eugénio ? Tu t'amuses un peu, au moins ? Ah non, pas question de roupiller déjà, on ne fait que commencer. T'auras tout le temps de roupiller une fois mort. Allez, parle ! espèce de Québécois indolent. Tu sais comment fonctionne un film : les dix premières minutes, le public est infiniment tolérant et acceptera tout ce qu'on choisit de lui montrer ; après, on a intérêt à faire sens. Alors profitons de cette précieuse fenêtre de tolérance pour dessiner le film dans ses grandes lignes. Tu vois ? les deux premières minutes sont déjà en place. Reste avec moi. Tiens bon, amour.

NEIL, AVRIL 1910

En voix off, on entend les marmonnements confus d'un élégant gringalet de dix-huit ans après sa première nuit blanche en ville.

Brume ce matin le long de la rivière Liffey vert sombre, ou brouillard devrais-je dire peut-être, car l'air est doux et pas poisseux, plumeux et flottant plutôt mais malgré tout, malgré tout, un peu épais et humide, comme de la sueur en plus frais. Il est six heures à peine, la brume plumeuse se teint au levant de la plus pâle des lumières, et nous rentrons chez nous, chers camarades, après une sacrée nuitée chez les catins. Les mouettes tournoient dans le ciel, ont-elles réellement le choix? Ah! griffonner un poème sur les goélands et les grues : voilà ce que je ferai, dès après mon somme matinal. Oui, je viens de faire une chose qui choquerait ma mère et agacerait même mon paternel, car chacun sait que la réputation personnelle de tout jeune homme espérant entamer une carrière au barreau doit rester immaculée : je viens de croquer une croqueuse, voilà ce que je viens de faire! Qu'en dites-vous, monsieur le juge et madame Kerrigan? Lui ai retroussé les jupons, l'ai fait pivoter, me suis logé fermement entre ses cuisses d'albâtre et l'ai encouragée à se cabrer avec de grosses claques sur le derrière! Ça lui plaît, à une pute, qu'on lui patouille le popotin, ça fait partie du jeu! Poème à griffonner dès que je rentre à la maison.

Tout en palabrant ainsi, Neil Kerrigan trébuche de pont en pont, tout à fait content de lui.

Oui je sais enfin de quoi parlaient les blagues, les allusions grivoises, les sourcils levés et les hanches remuantes, pour ne rien dire des questions indiscrètes du curé à confesse le premier vendredi de chaque mois, "As-tu fait ceci, cela, quand, où, combien de fois", et comment exactement… et souvent, tandis que je me confessais, la voix du curé s'altérait et son souffle se faisait rauque et je me demandais ce qui se tramait sous sa soutane… Oui je connais enfin la convulsion de l'être qui se produit dans les bras d'une femme, frisson dont la violence est à la soi-joie ce qu'une bombe est à un pétard. Ai-je raison, Willie Yeats? Chante-nous la chanson!

> O love is the crooked thing
> There is nobody wise enough
> To find out all that is in it,
> For he would be thinking of love
> Till the stars had run away
> And the shadows eaten the moon
> Ah penny, brown penny, brown penny,
> One cannot begin it too soon…

Certes, l'éducation est une bonne chose, père Wolf, et chanter dans un putain de chœur aussi. Certes, j'étais

---

Oh! l'amour est la chose tordue / Et nul n'a sagesse suffisante / Pour trouver tout ce qu'il contient, / Car l'on réfléchirait encore à l'amour / Que les étoiles seraient toutes filantes / Et la lune par les ombres avalée / Ah mes sous, petits sous, petits sous, / On ne saurait trop tôt commencer…

un gentil petit enfant de chœur dont la voix claire de flûte vacillante chantait les louanges du Seigneur, et je sais que vous croyez aux insanités dont vous gavez vos ouailles chaque dimanche matin au sujet du péché et du chagrin, du soufre et des souffrances, de la tentation et de la retenue, je ne conteste point votre sincérité ; mais un homme digne de ce nom a droit à un peu de rut en fin de semaine. Ah ! Ah ! J'ai enfin vu de mes yeux ces bordels du quartier de Monto que mon cousin Thom m'a dépeints il y a de longues années déjà, ayant lui-même entendu son camarade de classe Jimmy Joyce déblatérer copieusement à leur sujet. Les tenancières… les filles qu'on peut choisir à sa guise… les choses qu'on peut leur dire et leur faire derrière des portes closes… Non, tu nous charries ! disaient, bouche bée, les gosses de University College. C'est pas possible, on peut vraiment faire ça ? Précoce, prolixe, inénarrable, Joyce était le jeune coq le plus fascinant que Thom eût jamais rencontré et l'image même de ce que, moi, j'aspirais à être mais n'étais pas, encore. D'après la rumeur, il venait de signer un contrat d'édition pour un recueil de nouvelles sur Dublin, et avec Thom on se demandait si l'on pourrait y lire des récits de ce tonneau-là, des histoires évoquant le dessous du dessus, le sombre du clair, l'enfer du paradis. Jimmy oserait-il s'exprimer en public comme il le faisait en privé, pérorant dans un mélange ahurissant d'anglais, de gaélique et de latin sur ses prouesses priapiques avec les messalines de Monto ?

(Du joli travail, Milo ! Ensuite, à travers une série de flash-back rapides, on découvrira la dissonance entre les événements nocturnes tels que Neil Kerrigan se les raconte et la manière dont ils se sont réellement déroulés…)

Foule de filles et de femmes errant au hasard dans les rues, postées debout ou assises sur les perrons des maisons, à fumer, à blaguer, à bâiller, à se gratter et à appeler du doigt les hommes qui passent, avec des claquements de langue suggestifs. Par terre, des flaques de pisse, de bière et de pluie mêlées. Neil suit Thom et les autres à l'intérieur d'une maison géorgienne. Gros plan, ici, sur ses belles chaussures en cuir, ses jambes qui gravissent l'escalier au ralenti. *Oui, on peut réellement faire cela*, se dit-il à part lui. *Le cerveau peut donner l'ordre aux jambes de gravir les marches d'un bordel, et elles peuvent obéir…*

Les garçons de Trinity se regroupent dans l'entrée kitsch de l'établissement et Neil remarque que des rideaux en dentelle fatiguée pendent aux fenêtres… mais seulement aux *rebords* des fenêtres : tout nu, le milieu de la vitre donne sur la rue avec une transparence impudente. *Si on me voyait, doux Jésus, si on me voyait! Si mon père venait à passer en calèche rue Talbot! Ou le père Wolf, ce prêtre jovial qui m'a baptisé à l'âge de six semaines et me tient à l'œil depuis!*

Comme dans un cauchemar, Neil regarde ses amis choisir à toute vitesse les jolies filles et s'éclipser avec elles, de sorte qu'en trente secondes il se retrouve nez à nez avec la seule catin restante : une vieille! Quarante ans au bas mot! Avec un sourire qui révèle toutes ses dents tachées de tabac, elle le prend par la main et le tire à sa suite dans le couloir. Il frémit à la vue de son derrière bosselé sautillant sous un peignoir de satin rose, puis, dans la chambre où elle l'entraîne, inhale en s'étranglant l'épais mélange d'émanations corporelles d'inconnus…

— Ta, mon joli.

L'ayant allégé de sa demi-livre, la femme glisse une main dans ses braies et commence à manipuler son membre avec l'affreuse efficacité de son savoir-faire, puis remonte ses cotillons et lui tourne le dos. Sentant le cœur qui lui cogne aux tempes, les yeux qui lui jaillissent des orbites, le front qui le picote de sueur et le souffle qui s'accélère malgré lui, Neil égare ses propres mains dans la masse des dessous froufroutants de la femme. Doux Jésus, gémit-il tout bas, où sont mes mains ? Et si elle est infectée ? Si elle est piquée de verrues et de plaies ? Si ça me *tue, ta, ta-da Da*, si ça me *tue, ta, ta-da Da* – ceci dans le rythme capoeira tout en poussant, un *tue* à chaque poussée – mon Dieu c'est sûr, ça va me tuer.

— Dis donc, p'tit, mais c'est que t'es mort de trouille ! Tu viens juste de délaisser tes culottes courtes, ou bien ? Un jeune vierge rougissant ! T'en fais pas, chéri, je te la garderai pas, tu rentreras chez ta môman en un seul morceau. Ah ! ah ! ah ! ah ! ah !

La femme rit tout en se remuant pour hâter son spasme, forcer son corps à exprimer ce qu'il a à exprimer, en deux secondes de vertige suffocant c'est terminé.

Et là, rentrant chez lui dans l'aube brumeuse de la Liffey à peine trois heures et six pintes de Guinness plus tard, Neil s'escrime à récrire le scénario de la nuit, à mettre au point le futur récit de son initiation érotique. Il a besoin de crâner.

Je suis aussi fier d'avoir franchi le seuil d'un bordel de la rue Talbot que celui de l'école de droit de Trinity. Oui, chère mère !

Car l'homme est fait de bite et de cerveau
et jamais plus, non jamais plus, madame
je ne me laisserai mener en bateau
par tes inepties absurdes autour de l'âme !

L'âme que le bon Dieu aime, qu'il fabrique et insère dans la chair pour qu'on puisse résister à la tentation et cheminer péniblement année après année par cette vallée de larmes, jusque dans l'Au-delà avec ses Joies ou Châtiments éternels. Non, ma, non, ma, non, ma, non. Jamais vu une âme de ma vie, maman, jamais croisé une seule putain d'âme. Je dispose par contre d'une bite et d'un cerveau, et j'ai l'intention, dorénavant, de faire meilleur usage de l'une comme de l'autre. Jamais je ne fonderai un foyer respectable comme le vôtre, avec une bonne à blanc bonnet qui apporte les repas à heures fixes et des prêtres en robe sombre qui ânonnent la messe du dimanche. Terminé, tout ça. Nous sommes le 29 avril, ma première année à Trinity tire à sa fin et mon avenir s'étend devant moi verdoyant comme un pré. Oh! je ferai des bonds légers dans ce pré-là, je te prie de me croire!

Il danse sur le pont – *hop, hop, hop, hop!* – et s'enchante du claquement de ses semelles sur le bois dans l'aurore silencieuse. Puis, tirant un canif de sa poche, il le brandit d'un air menaçant et dit tout haut : Aucun doute, maman : *lame existe!*

On coupe.

Une heure plus tard : bavassant encore et toujours, Neil longe en titubant l'allée bordée de taillis de la maison de ses parents dans un des faubourgs cossus de Dublin.

Dalles sur l'herbe, herbe mouillée de rosée, soirée bien à rosée. Faut pas les réveiller, là... si je peux juste... insérer la putain de clef dans la putain de serrure sans faire de bruit, puis gagner ma chambre sur la pointe des pieds, me glisser entre les draps et m'endormir sans attirer l'attention paternelle ni maternelle sur l'heure à laquelle j'ai regagné leur domicile... Ah, succès. Et donc, messieurs dames, bien qu'il fasse jour, bonne nuit. Les blancs oreillers duveteux ne sauraient cafter, pas plus que la poule qui m'a plumé. Ah, c'était une sacrée poufiasse, on peut le dire ! Frétillant follement par le bas tout en gloussant par le haut...

Bon, Astuto, ça nous amène à... quoi, à peu près sept minutes, dirais-tu ? Il nous reste donc trois minutes de la précieuse première dizaine pour faire exister la troisième mèche de notre histoire, après quoi on pourra commencer à tresser. Au-dessus, au-dessous et au milieu ; au-dessus, au-dessous et au milieu...

Le jour où ma mère a remarqué le soin que je mettais à tresser ses cheveux, tout gamin à Buenos Aires, c'est le jour où, dit-elle, elle s'est demandé pour la première fois si je n'étais pas homo.

AWINITA, MARS 1951

Gros plan, peut-être en noir et blanc, d'un caniveau rue Sainte-Catherine à Montréal et de la sloche qui la remplit : neige à moitié fondue, mouillée, grise, jonchée de déchets. Image rude. Marchant dans la sloche : des bottes féminines à talons hauts, noires et brillantes, faites non de cuir mais d'un similicuir bon marché et peu épais, substance à laquelle il manque toutes les qualités naturelles du cuir : souplesse, résistance, surtout étanchéité.

Caméra subjective : nous sommes dans le regard de la femme. Levant les yeux, nous voyons un lampadaire s'allumer d'un frisson blanc tandis que la grise lumière du jour, après une tentative peu convaincante pour éclairer quelques heures cette journée, renonce et meurt. Nous poussons la porte et pénétrons bruyamment dans le bar, où l'éclairage est encore plus glauque qu'à l'extérieur. Il n'est que seize heures mais Awinita, vêtue d'une courte robe rouge et de ces bottes brillantes à hauts talons, se hisse sur un tabouret rouge pour s'installer au comptoir.

Nous sommes Awinita, nous sommes la femme ; toujours dans ces séquences nous serons elle. Soudain, nous attrapons notre reflet dans la glace au-dessus du bar. Nous sommes blonde.

Sans nous saluer ni même nous jeter un coup d'œil, le barman – capté simultanément en vrai et en reflet – nous sert un Coke. Un peu de temps s'écoule.

Dans la glace, toujours du point de vue d'Awi-nita, nous voyons un homme entrer dans le bar, traînant avec lui de la sloche et du spleen. La porte claque derrière lui. Relevant la présence d'une femme (blonde et apparemment jeune), qui, assise au comptoir (seule), lui tourne le dos (rouge chatoyant), il plisse les yeux sous l'effet de la surprise.

L'inconnu sort de la pénombre et se mue en jeune homme aux cheveux roux coupés à ras et au visage trop hâve pour faire apparaître ses taches de rousseur. Nos yeux font le point sur ses bottes de cowboy, ni neuves ni propres... puis remontent jusqu'à son visage, affublé maintenant d'un sourire.

— Mind if I siddown?

— Free country.

— Free my ass.

Elle rit. Petit choc agréable pour lui : la fille a un beau rire grave. Pour vérifier, il marmonne à nouveau Free my ass et ça marche, elle rit mieux. Happy to free your ass for you, Sir, murmure-t-elle d'une voix rauque et ironique qu'il trouve surprenante et excitante, venant d'un corps ou plutôt d'un visage si juvénile. Il n'a encore détaillé ni l'un ni l'autre mais, le faisant, il reçoit deux chocs supplémentaires : cette blonde est indienne, et cette enfant va enfanter.

Au lieu de montrer son étonnement, il commande un double whisky. Bizarrement, la grossesse de la fille le rassure, peut-être parce qu'elle suggère qu'elle n'est

---

– J'peux-tu m'asseoir? – C't un pays libre. – Libre comme mon cul.
– On peut s'occuper de ça quand vous voulez, m'sieu.

pas mineure (encore que, bien sûr, en y mettant ce qu'il faut, on peut engrosser une gamine de douze ans). Le barman pose son verre au milieu de leur silence – à l'instant précis où, synchrones, ils décident de le rompre.

— What's your name ? dit-elle et What you drinking ? dit-il.

— Declan, répond-il, alors même qu'elle dit Rum and Coke.

Ils rient à nouveau et l'homme sent à quel point, déjà, avant même que l'alcool n'ait commencé à faire son effet, leurs rires lubrifient les rouages de la conversation et la rendent plus facile.

— Bring the lady another rum and Coke, if you please, Sir, s'écrie le rouquin tout en allumant une cigarette et en en proposant une à la fille, qui l'accepte… Son *oui* instantané à la proposition de boire et de fumer lui fait comprendre qu'il pourrait y avoir d'autres *oui*, qu'elle était sérieuse à l'instant en parlant de son cul. Un frisson dur le parcourt des couilles aux orteils et il s'efforce d'estimer l'écart entre le prix de ce corps et le nombre de dollars dans son portefeuille. Le deuxième chiffre est sans doute plus élevé que le premier, mais pas de beaucoup. Il lui faudra boire lentement et prier pour qu'elle ne soit pas poivrote. Trop de rhum, pas bon pour le polichinelle dans son tiroir. Il lève son verre. Vite, une phrase, n'importe laquelle… mais ne trouve qu'un lamentable And yours ? juste au moment où Awinita remercie le barman pour un deuxième verre de ce qu'elle sait être du Coca-Cola pur.

– C'est quoi ton nom ? […] Qu'est-ce tu bois ?
– Un autre rhum and coke pour ma voisine, s'il vous plaît, m'sieu.
– Pis le tien ?

— My what?

— Name.

— Nita.

— Nita. That's nice.

— Weird name, Declan. Hard to remember.

— That's okay. I'll say it to you again if you forget it.

— Huh.

— I can say it again right away, if you like : Declan.

— Didn't forget it yet.

— Yeah, but now if you do you got an extra copy in storage.

— Funny man.

— Do my best.

— Declan. Sound like a brand name. Some cleanin fluid or someting.

— Good old Irish name my dad gave me. Know about Ireland?

— Whoa… Got anoder fag?

— Sure.

— Got a dime for de jukebox?

La tête encore toute bourdonnante de soustractions – il se passera de café demain matin mais, bon,

---

– Mon quoi? – Ton nom. – Nita. – Nita. Joli. – C't un nom bizarre, Declan. Pas facile à s'rapp'ler. – C'correc'. J'te le r'dirai, si tu l'oublies. – Ah… – J'peux te le r'dire tu-suite si tu veux : Declan. – Je l'avais pas encore oublié. – Ouais mais là, si tu l'oublies t'as une copie en stock. – T'es drôle, toé. – J'essaye. – Declan. Ça r'ssemble à un nom de marque. Un détachant ou quequ'chose de même. – Voyons, c't un bon vieux nom irlandais, reçu de mon dad. L'Irlande, tu connais ça? – Ho!… T'aurais pas une autre cigarette? – Certain. – Pis un dix cennes pour le jukebox?

30

rien à faire, d'ici à la fin de la semaine il va devoir ravaler son orgueil et remonter à la ferme –, il extirpe de sa poche une pièce de dix cents :

— What's your pleasure ?

— Lady Day, dit Awinita au même instant, et cette fois ils rient de bon cœur.

Elle glisse de son tabouret et vient le rejoindre au jukebox en se dandinant. Malgré la courbe de la grossesse, sa dégaine de pute a quelque chose de touchant et d'enfantin : elle doit être mineure après tout, se dit-il, et cette pensée déclenche en lui une lame de désir violent. Love it, dit-il, et tandis que sa main gauche insère la pièce dans la machine et appuie sur *Baby Get Lost*, la droite se glisse le plus naturellement du monde autour de la taille épaissie de la fille. Et quand, souriante, elle se tourne vers lui et susurre : Hey baby, you're sweet, il l'attire à lui.

On peut couper là... Les retrouver ensemble dans la petite chambre crasseuse au-dessus du bar, après le paiement et l'acte, nus parmi les draps sales entassés pêle-mêle sur le lit ? Non... Rester avec Awinita, peut-être, en pleine action. Écarquiller nos yeux de surprise quand, après avoir démarré à la manière étalon-au-galop typique des mâles humains de moins de vingt-cinq ans, Declan ralentit, se retire et se déplace pour nous faire du bien. Nous voyons sa tête qui bouge là-bas, de l'autre côté de notre ventre rebondi...

(Ouais, tu as raison, Milo : pas évident que la MPAA* laisse passer ce genre de scène, et on n'a

---

— Que c'est qui t'ferait plaisir ?
— J'aime ça en maudit.
— T'es ben beau, toé...
* Motion Pictures Association of America.

aucune envie de se retrouver classé R, sans parler de X – bon, écoute, on réglera ce problème le moment venu, OK ? Rêver d'abord, couper ensuite : ça a toujours été ta devise…)

Nous nous glissons dans le cerveau d'Awinita.

Un oiseau géant traverse le ciel dans un grand battement d'ailes. Soudain il touche le soleil et prend feu… En flammes, il dégringole, chute, et finit par disparaître derrière une colline lointaine…

Quand nous ouvrons les yeux, Declan bouge en nous à nouveau, avec douceur mais passionnément. You're so lovely, murmure-t-il. You're so lovely…

Rhabillés, les amants sont assis sur le lit côte à côte. Les espaces entre leurs phrases sont géants. D'un doigt, Awinita caresse la nuque de Declan.

— Never done it wit a Indian girl ?

— Nope. Specially not with a pregnant Indian girl… Who's the poppa, Nita ?

— A guy.

— A gone guy ?

— Yeah, gone.

— Well, how far along are you ?

— Ah… baby s'pose to be here like in May or June. Got a fag ?

— Sure… You're nice, Nita. You're amazing.

— You're not bad, too, mister Irish Declan.

– T'es tellement belle… T'es tellement belle…
– Tu l'avais jamais fait avec une Indienne ? – Ben non. Pis surtout pas avec une Indienne enceinte… C'est qui l'père, Nita ? – Un gars. – Y a crissé l'camp, le gars ? – Ouais. – Pis… t'en es où ? – Ah… j'sais pas. Bébé doit arriver fin mai, début juin… T'as-tu une cigarette ? – Ouais… T'es fine, Nita. T'es sharp. – T'es pas trop niaiseux toi-même, m'sieu Declan l'Irlandais.

— Not everyone would agree with you on that.

— Some people tink you bad?

— Plenty of people. (Il rit.) Guys up at Bordeaux, to start with.

— You been in de jug?

— Just got out yesterday.

— Yeah? In for long?

— Coupla weeks.

— What dey nail you for?

— Said I stole a car.

— You didn't?

— Nah. I just... you know... borrowed it.

— From who?

— Sister of mine.

Awinita lâche son beau rire grave.

— Nah...

— I swear.

— You take your sister's car and she call de cops on you? Some broderly love!

— I got a whole slough of brothers and sisters. Unfortunately Marie-Thérèse is the only one owns a car, and she's also the meanest.

— Là, là, tout le monde s'rait pas d'accord avec toé. — Ah? Y a des gens qui t'croient niaiseux? — Ouep... [...] Les gars de Bordeaux, pour commencer. — T'as été en dedans? — J'suis sorti pas plus tard qu'hier. — Pour vrai! T'as fait combien? — Une couple de s'maines. — Y t'ont attrapé pour quoi? — Y disent que j'ai volé un char. — Pis c'pas vrai? — Ben non. Je l'ai jus'... emprunté... — À qui? — Une de mes sœurs.
— Nan... — J'te l'jure. — T'as pris le char de ta sœur pis elle a appelé les bœufs? Ostifi, c'est d'l'amour fraternel, ça! — J'ai toute une flopée de frères pis de sœurs, mais Marie-Thérèse, c'est la seule qui a un char. Pas d'chance, c't aussi la plus méchante.

— Marie-Thérèse? Don't sound Irish.

— Our ma's French and our pa's Irish, so in our family the girls got French names and speak French, and the boys got Irish names and speak English.

— Why not Irish?

— 'cause the British occupied Ireland for six hundred years and made us lose our language.

— Why not British, den?

Mais Declan n'entend pas ce que marmonne Awinita ; la boisson l'a rendu volubile.

— Point is, the boys gotta work. Can't get a job worth shit if you're francophone.

— You got a good job den, Declan?

— Nah, you kiddin? I got a black sheep reputation to live up to.

Elle émet un rire fort et bref comme un aboiement ; l'attirant à lui, il est enivré par la sensation de son ventre rond et ferme, appuyé contre sa cage thoracique.

— Wouldn't be caught dead with a good job, renchérit-il et elle rit encore, quoique un peu moins fort.

À nouveau on se trouve dans le bar, qui s'est rempli de clients pendant notre absence.

La tête légère, Awinita achète de vraies boissons avec un des deux billets de cinq que lui a donnés

---

– Marie-Thérèse? C't irlandais, ça? – Not' mère est française pis not' père est irlandais. Chez nous les filles ont des noms français pis y parlent français, les gars ont des noms irlandais pis y parlent anglais. – Pourquoi pas irlandais? – Parce que les Britanniques ont occupé l'Irlande pendant six siècles, pis y nous ont fait oublier not' langue. – Ben alors, pourquoi pas britannique?
– Les gars y doivent travailler, vois-tu. On trouve pas d'bonne job si on est francophone. – Fait que toé, t'as une bonne job, Declan? – Moé? Voyons donc! J'ai une réputation de mouton noir à défendre, moé!
– Une bonne job, moé? Plutôt mourir!

Declan. En posant leurs verres sur le comptoir, le barman lui jette un regard noir mais elle lance Keep cool, Irwin, et lui tourne le dos en faisant pivoter le tabouret vers Declan.

— I don't get how you can call de cops on one of your own family.

— Marie-Thérèse wants me *out* of the family. She'd kick me off the farm if she could. Says I'm a good-for-nothing.

— You good for *some*ting, man.

Ils rient.

— Ah, but she doesn't know about that, eh? She's already married and a mom, goin on for thirty. I'm twenty-four, what about you, Nita?

— …

— Hey… you're not underage, are you?

— …

— Jesus.

— Jesus got notin to do wid it. I been in de trade tree years already, help my moder out to feed de family. Your sister, she respectable and she put her own broder in jail. How Jesus s'pose to figure dat out?

— T'en fais pas, Irwin.

— Ça s'peut pas, app'ler les bœufs cont' sa prop' famille. – A l'aimerait ça Marie-Thérèse, me sortir d'la famille. Si a pouvait, a me chasserait d'la ferme. Pour elle, j'suis jus' un bon à rien. – T'es pas pire à *quequ'*chose.

— Ah, mais ça a l'sait pas, hein ? Est déjà mariée pis mère à c't'heure, a s'en va su' ses trente ans. Moé j'en ai vingt-quatre. Pis toé, Nita ?

— … – Hé… T'es pas mineure, toujours ? – … – Doux Jésus.

— Jésus y a rien à voir là-dedans. Ça fait déjà trois ans que j'travaille pour aider ma mère à nourrir la famille. Ta sœur, c't une femme respectable pis a l'envoie son propr' frère en prison. Comment y est supposé comprend' ça, Jésus ?

Ils rient encore, ivres. L'euphorie les gagne. Declan avale son verre cul sec.

— Ever since she got her poor lumberjack of a fiancé to buy her a 3-carat diamond, Marie-Thérèse thinks she's better than the rest of us. Poor Régis... He went into debt to pay for that ring...

Billie Holiday chante *'Tain't Nobody's Business if I Do* et ils dansent plaqués l'un contre l'autre. Awinita ferme les yeux et enfouit son visage dans l'épaule de Declan.

Le portrait d'une femme blanche au visage flou. À sa gorge, une broche aux diamants scintillants est accrochée. Du sang rouge vif coule de part et d'autre de sa jugulaire, en deux lignes fines...

On coupe.

II

GINGA

De gingare, *se dandiner. Mouvement de base de la capoeira, manière de se déplacer en balançant le corps avec du swing.*

MILO, 1952-1956

Un bébé. On pourra alterner dans ces scènes entre caméra objective et subjective, être tantôt à l'intérieur, tantôt à l'extérieur de la tête et des yeux du bébé. Un bébé maigre et hurlant, crispé et agité. Porté à l'âge de trois semaines par un homme aux mains tremblantes, et abandonné avec soulagement dans cet hôpital public catholique.

Le monde est flou. Formes mouvantes. Énormément de blanc. Voix de femmes, stridentes ou rauques. Syllabes coupées. Bribes de langage – mais ça aussi c'est flou, il ne s'agit pas vraiment de mots. Toutes les sœurs parlent en français.

— Déchet… Un petit déchet humain.

— Humain ? T'es sûre ?

— Voyons, ma sœur. Jésus nous aime tous.

— Pas facile à croire, des fois. Naître en manque…

L'enfant est dans un lit-cage, entouré d'autres enfants dans des lits-cages. Avec des mouvements saccadés, de grandes et blanches formes féminines se déplacent parmi les rangées de lits. Gros plans sur des mains féminines : doigts rouges sortant de manches blanches amidonnées. Avec empressement, elles changent les habits et la couche du bébé, lui donnent le bain, le nourrissent avec un biberon en verre, le reposent dans son lit.

Bruits de pas qui s'éloignent. Lumières qui s'éteignent.

Dans la pénombre, l'enfant glisse vers le sommeil… puis se réveille en sursaut et agite désespérément les bras. Personne. Il vient de passer neuf mois entouré de contact total, tiédeur liquide, doux bercements rythmés, et soudain, rien. Air sec. Néant retentissant. Talons qui claquent au loin. L'enfant se tord et se débat, ses mains s'accrochent l'une à l'autre, puis à son visage et à l'air autour de lui. Ses minuscules membres fouettent le cosmos vide. Ses cris perçants réveillent d'autres bébés, qui se mettent à hurler à leur tour. Néons qui se rallument. Pas qui approchent. Chuchotements agacés : "C'est le fils-de-p-u-t-e indien." Bras qui descendent vers le bébé et d'un coup sec le retournent sur le ventre. Ton de réprimande et de menace. Pas qui s'éloignent. Lumières qui s'éteignent. Cris des autres bébés qui s'espacent.

Nez et bouche écrasés contre le drap, l'enfant étouffe. Il tord le cou pour avaler de l'air. Il piaille et glapit. Tout son front se fronce…

(Euh… je m'excuse, Milo, mais… tu crois qu'on va pouvoir dégoter un *acteur* pour ce rôle-là ? On risque pas de se faire traîner en justice pour cruauté contre les animaux ? Faudrait peut-être prévoir de faire ces images en numérique, qu'en penses-tu ? Ça coûterait une fortune mais… Oui, oui, je sais qu'on en a besoin, absolument. OK. Poursuivons…)

Là, accélération des scènes pour donner l'impression d'une répétition sans fin. Plafond vide. Air vide. Noirceur immense et effrayante. Bébés qui pleurent.

Froissements, bruits de pas dans le noir. Lumières allumées, puis éteintes. Vacillements de néon. Griffes de femme qui saisissent, soulèvent et secouent le bébé hurlant, au visage bleu, puis le laissent retomber dans son lit-cage : *Vlan !* Pétrifié de peur, il cesse de hurler. Pas qui s'éloignent.

Fondu enchaîné vers un autre noir, pour indiquer le passage du temps. Page qui se tourne. Quelques mois plus tard : même plafond blanc, même brouhaha de voix françaises, mais... fini, le linge réglementaire de l'hôpital. On emmaillote le bébé, on l'enroule telle une saucisse dans la couverture bleue et crasseuse qui a servi à l'apporter ici. Nouveaux visages, moins flous que les précédents – les yeux du garçon commencent à faire le point. Voix brouillées, non seulement en français mais en allemand (même brouillées, les deux langues sonnent différemment). Lumières fortes, corridors interminables. Caméra à l'épaule, pour rendre l'effet des cahots et des secousses : on sort l'enfant de l'hôpital. *Schlik.* Soleil éblouissant en pleine figure. *Schlak.* Ciel bleu, air pur, branches vertes se balançant là-haut. Portière de voiture qui claque. L'enfant porté, serré, bousculé. *Vroum*, vrombissement de moteur.

Après six mois passés dans la routine monotone de l'hôpital, tout est un choc pour le corps de Milo, mais il ne pleure plus. Il sait déjà que pleurer ne sert à rien. Il a appris à se cacher, à se protéger, à descendre dans ses profondeurs, jusqu'à la sombre grotte de silence intérieur qui sera son refuge pour le restant de ses jours. Au fond de ce silence, sous le papotage impénétrable de ses nouveaux parents allemands, on entend battre le tambour du cœur de sa mère et du peuple de sa mère. *Ta, ta-da Da, ta, ta-da Da, ta, ta-da Da…* Le silence battant de Milo sera la musique de fond de tout le film.

Milo a deux ans. Ces scènes seront tournées de son point de vue, parmi les pieds et les jambes des géants. L'allemand n'est plus à l'envers ; il le comprend.

Allongé à plat ventre sur le sol de la cuisine, le petit garçon joue avec de grosses pommes de terre qui sont de belles voitures de course. Se propulse en avant avec des bruits de vroum vroum. Soudain on l'attrape par le bras – Was machst Du denn ? Milo ! Was machts Du denn ? – et il se trouve arraché au sol, suspendu dans l'air.

À nouveau, une femme en colère tient tout son être en une seule de ses mains. De son autre main elle époussette ses habits de haut en bas, cognant au passage son pénis. Il ne pleure toujours pas, mais en pédalant dans le vide ses pieds heurtent la cuisse de la femme, elle pousse un cri et le relâche, il tombe dans un tas par terre.

Milo est enfermé dans un cagibi sous l'escalier, dans le noir total. Nous sommes avec lui. Nous tendons l'oreille de toutes nos forces pour attraper des sons venant de l'autre côté de la porte, mais n'entendons que notre propre souffle. Nous inspirons de façon inégale, retenant nos sanglots. Peu importe le temps que ça dure : c'est une éternité.

Flashs rapides, pas tous négatifs, de la vie quotidienne dans cette maisonnée. Milo qu'on nourrit à la petite cuiller… Milo à qui on chante en allemand

––––––––––––––––––––

– Qu'est-ce que tu fais, Milo ! Qu'est-ce que t'es en train de faire là !

à l'heure du coucher… Milo que sa mère d'accueil habille d'une combinaison rembourrée, de bottes, d'une écharpe et de mitaines, et que son père d'accueil amène jouer dans la neige… Milo qui caresse de son mieux, à travers les lattes de la clôture, l'adorable cocker anglais du voisin et se fait réprimander par sa mère d'accueil : Nein, nein, die Hunden sind zu schmutzig, Milo !

Milo sur le pot, assis seul à ne rien faire. Sa mère vient vérifier, revérifier, renonce enfin et lui remonte avec brusquerie le pantalon. Plus tard, écœurée de voir qu'il s'est chié dessus, elle secoue son slip au-dessus des toilettes tout en l'admonestant en allemand. Puis elle lui met une couche, l'attachant trop serré – les sourcils froncés de l'enfanteau trahissent sa honte, son inconfort – et l'enferme à nouveau dans le cagibi. Cliquetis de la serrure. Obscurité. Le petit Milo inspire et expire, on entend dans son souffle un léger couinement de peur. Son cœur bat, le temps bat.

Soudain la porte s'ouvre et l'univers de Milo s'inonde de lumière.

Qui est cette femme ? Blonde, jeune et belle, elle se met à genoux pour que leurs deux visages soient à même hauteur, et lui dit d'une voix basse et rieuse : What ya doin in de dark, little one ?

Question de ta vie, Milo : What ya doin in de dark ?

Agenouillée, la femme tend les bras vers Milo comme personne ne l'a jamais fait. S'avançant d'un pas hésitant ; il se fait serrer et tout doucement

---

– Non, non, Milo ! les chiens sont trop sales !
– Qu'est-ce tu fais dans le noir, mon p'tit ?

presser contre sa chair accueillante. La femme appuie son visage, pas trop fort, contre son cou. Étourdi, il respire, là, sous son chemisier, le mélange de parfum et de sueur. Reculant enfin, elle sourit à l'enfant sidéré et dit dans un murmure : Come wit me? Come wit your mom?

Elle lui prend la main. Ensemble ils quittent le placard, longent le couloir, sortent de la maison par la porte de devant et descendent les marches du perron...

Ici, Astuto, il nous faudra de la belle musique car c'est une journée de juin d'une félicité inouïe. Ils vont à une fête foraine et montent tous deux sur un manège, rient et lèchent des crèmes glacées tandis que leurs chevaux montent et descendent, oui, les rires, la musique enivrante et le sourire éblouissant de la femme, ses bras qui le soulèvent dans les airs pour le poser sur le cheval, et de lécher, et de rire, et de tournoyer, et les yeux sombres de la femme qui s'emplissent de tendresse en se posant sur lui, et les bras de la femme qui le soulèvent encore pour le reposer sur le sol, du reste c'est sûrement à ce moment-là qu'elle lui achète la crème glacée car il aurait eu besoin de ses deux mains pour s'agripper au poteau, ses impressions de la journée sont tout emmêlées dans une chronologie enfantine, la femme qui lui fait au revoir de la main, le soleil qui danse dans les cheveux blonds de sa mère, et comment aurait-il fait pour deviner qu'ils étaient en fait noirs, comment un enfant de trois ans aurait-il pu comprendre que la femme la plus belle du monde abîme ses propres cheveux pour les rendre blonds?

— Tu viens-tu avec moi? Tu viens-tu avec ta mère?

Be good, now, son. Be strong, little one. You're gonna have to be strong, you know dat? A resistant – et de lui souffler à l'oreille le nom cri qui signifie résistant. Dat's your real name, lui répète-t-elle plusieurs fois. Don't forget it. It'll help you. Et d'ouvrir la porte du placard… Come wit me, come wit your mom! What ya doin in de dark, little one? Et de refermer la porte du placard…

Puis *sccccrrrratch* – NOIR.

– Sois sage, mon fils, sois fort, mon p'tit. Va falloir que tu sois fort, tu le sais, n'est-ce pas? Un résistant […] Ça c'est ton nom pour vrai […] L'oublie pas jamais. Y t'aidera.

NEIL, MAI 1914

Une réunion des Volontaires irlandais, quelque part à Dublin. Voix d'hommes, crispées par l'urgence et la colère. Dans l'assistance, Neil Kerrigan, à vingt-deux ans, semble un autre homme. Ses traits sont empreints de gravité, et c'est de toutes ses forces qu'il écoute lorsque, décharné et sérieux, Pádraic Pearse le poète et directeur d'école vient au podium.

— Me permettrez-vous de vous lire un poème que je viens d'écrire ?

> *I have turned my face*
> *To this road before me*
> *To the deed that I see*
> *And the death I shall die…*

— Même les Filles d'Érin se préparent à la guerre ! crie Thom McDonagh. Elles disent que le seul souci, la seule activité et la seule distraction des Irlandaises comme des Irlandais doit être l'armement, la discipline et la tactique militaires.

Mes yeux sont braqués / Sur le chemin qui s'étend / Du geste que je ferai / À la mort qui m'attend…

Jamais une révolution n'a été conduite par des poètes, se dit Neil, émerveillé. *Les hommes les plus brillants et les plus remarquables du pays y participent. Oui, et les femmes aussi.*

C'est son cousin Thom qui l'avait amené à Monto, et c'est lui qui l'a amené au Sinn Féin. Thom tient à faire de lui un homme et Neil lui en sait gré : par instants, il parvient même à sentir son sang fourmiller de quelque chose comme de l'indignation authentique.

Thom s'est entraîné, Neil, non. Ces derniers mois, Thom a appris à marcher en rang, à courir, à se cacher, à démonter et à remonter des fusils, à viser, à frapper la cible... Neil, lui, a préparé ses examens de fin d'année.

— *Sinn Féin!* s'écrie Thom en sautant sur ses pieds avec les autres pour lever le poing (et on verra en sous-titre la traduction de cette formule gaélique : *Nous tout seuls!*).

— Eh bien, peut-être pas tout à fait seuls? lui glisse Neil. Il semblerait qu'on ait demandé et reçu pas mal d'aide des Allemands, ces derniers temps?

— La politique a toujours été l'art du compromis intelligent, non?

— Sans doute.

— Aucune lutte n'est pure, Neil. Les Allemands ont le même ennemi que nous. Ils ont promis de défendre l'indépendance irlandaise lors de la conférence de paix après la guerre, s'il y a une guerre, or il y aura une guerre. Vu qu'ils ont des fusils et des munitions et nous non, on a besoin de leur aide et on l'acceptera. On fera ce qu'il faut pour l'emporter, conquérir, nous établir, nous imposer...

Le pied droit de Neil s'agite impatiemment sur son genou gauche. À nouveau, on entendra ses pensées en off.

Étant aussi conscient de la force morale de notre peuple que de sa faiblesse militaire, cher cousin, je n'ai pas de mal à comprendre qu'il est dans l'intérêt de l'Irlande, s'il y a une guerre, or il y aura une guerre, d'aider de toutes les manières possibles l'effort militaire allemand, notamment en partageant généreusement ses eaux littorales avec les sous-marins allemands, pour pouvoir exiger des armes allemandes en contrepartie… Mourir, par contre, très peu pour moi. Non merci, cher Pearse! Et je ne marcherai pas non plus dans les pas divergents du pauvre Yeats, déchiré entre l'activisme politique et les insanités théosophiques de Mme Blavatsky! Il s'égarera et moi je poursuivrai, car j'ai une mission à accomplir sur cette Terre.

Le barde n'aspire plus qu'à être, comme il l'avoue lui-même, Colder and dumber and deafer than a fish. *Quant à moi, mon âme est chauffée à blanc. Je décrirai la belle détermination dans ces réunions, le visage de ces hommes et femmes en révolte contre la boue et le sang de leur enfance. À l'école, on les a bassinés avec l'histoire britannique officielle, mais leur corps ne peut oublier les injustices subies aux mains de l'occupant : paysans dépossédés par milliers, terres confisquées, villages brûlés, cottages démolis à coups de bélier, enfants jetés dehors à pleurer sous la pluie glaciale – oui, enfants irlandais saisis de vertige et de tremblements à l'école, s'efforçant de réfléchir et d'étudier le ventre vide. Je décrirai la manière dont les jeunes héroïnes et héros d'Érin enfoncent le groin dans la terre d'Irlande pour*

Plus froid, plus muet, plus sourd qu'un poisson.

déterrer le sens ancien, dense, sombre et odoriférant comme une truffe, s'escrimant à retrouver leurs racines dans les balivernes celtiques, à ranimer les vieilles histoires. Comme si les Celtes n'étaient pas venus d'ailleurs, eux aussi! Ils ont envahi cette île tout comme les Britanniques, seulement quelques petits siècles plus tôt! Notre culture n'est pas derrière nous, elle est devant! Nos héros ne sont pas les Cúchulainn boursouflés d'antan, mais ces étonnants hommes et femmes qui, hic et nunc, consacrent leur vie à nous libérer des despotes britanniques.

— Oui, nous sommes prêts à mourir, tonne Pearse… mais pour notre pays à *nous*, pas pour un autre! Si la guerre éclate, mes amis, vous pouvez être certains que les Anglais se serviront de nous, une fois de plus! Ils nous transformeront en chair à canon, comme lors de la guerre des Boers voici quinze ans.

— J'étais là, moi! s'écrie un homme décharné, à la voix râpeuse et aux cheveux striés de gris. L'ai vu de mes propres yeux, pouvez me croire! Ai passé dix ans de ma vie à me battre contre les Brits en Afrique du Sud, oui-da! Ai dressé contre eux la brigade irlandaise du Transvaal! Me suis fait naturaliser boer, rien de moins!

— C'est MacBride, murmure Thom.

Neil regarde attentivement l'orateur. Mauvaise allure, mauvaise carnation, du gros rouge dans les veines : le commandant John MacBride est un homme déplaisant, dont les moustaches dissimulent sûrement une lèvre supérieure efféminée.

— On était cinq cents à combattre les Brits là-bas, et face à *qui* on s'est retrouvés? vocifère-t-il. Oui, *qui* étaient nos adversaires? Nos frères irlandais, not'propre chair et sang, les fusiliers de Dublin et les

Inniskillings! Ça m'fendait le cœur, les gars! Les Britanniques avancent sur la pointe des pieds comme des tapettes de ballerines, protégés derrière un bon gros mur de chair irlandaise. Ils attendent qu'on soit décimés, puis viennent réclamer la victoire.

— Il adore raconter cette histoire, dit Thom. Il l'a racontée si souvent à Paris qu'il ne peut plus se passer de gros rouge.

Neil hoche la tête. Le commandant John Mac-Bride est un héros national, mais c'est aussi le pire ennemi de Willie Yeats, car c'est à lui – ce catholique, ce roturier, cet aventurier – qu'a choisi de se donner le grand amour du poète, prunelle de ses yeux : Maud Gonne. En 1903, Maud avait traumatisé Willie en lui annonçant par télégramme son projet de se convertir au catholicisme pour devenir l'épouse de MacBride. Yeats lui avait envoyé lettre sur lettre, la suppliant de ne pas commettre cette erreur grotesque... mais en vain. Ça le torturait d'imaginer ces deux-là ensemble! Maud, une femme si vive, fine, brillante et belle, comme Willie d'extraction protestante et aristocrate donc naturellement supérieure, un de ces êtres rares qui vivent en constant contact avec les esprits, les secrets subtils, mystiques, poétiques, extatiques et ésotériques de l'existence... au lit, *nue*, peau contre peau avec ce guerrier stupide, bavard, béjaune, superficiel, vantard, crasseux, inculte... et, pire que tout, *catholique*! Non, l'image en était révoltante, intolérable!

Comme tout le monde, Neil avait suivi l'histoire complexe de ce triangle amoureux dans les journaux. Tout comme Yeats l'avait prédit, moins d'un an après la cérémonie ayant marqué leur union au fer rouge de la sainteté, le commandant MacBride avait déçu son épouse… et Maud, peu après avoir mis au monde le fils qu'ils nommèrent Seagan (version gaélique de Sean), avait entamé contre lui une procédure de divorce.

Oh mais ce n'était pas bien vu en Irlande de divorcer, ni de dénigrer les héros militaires irlandais, surtout si l'on était femme, protestante… et, pis, née en Angleterre. Peut-être Maud n'était-elle pas du tout, comme elle le prétendait, une Volontaire engagée dans la cause de la liberté irlandaise, mais au contraire une sale espionne, payée par les Britanniques pour *infiltrer* les Volontaires !

Le pauvre Yeats avait continué pendant ce temps de se morfondre, de soupirer, d'espérer, de rêvasser et de désirer Maud Gonne, cherchant ponctuellement à l'amadouer en adoptant la pose de l'engagement politique, pour finalement revenir toujours à sa méfiance envers les masses, les basses classes, la racaille catholique…

> *My dear is angry that of late*
> *I cry all base blood down*
> *As though she had not taught me hate*
> *By kisses to a clown.*

Et tandis que son pays endurait des heures de souffrance dramatique – enfin, son pays, façon de parler, disons le pays que, bien que née en Angleterre et élevée principalement en France par une gouvernante française après la mort de sa mère quand elle avait

---

Ma chère m'en veut car ces temps-ci / Je dis pis que pendre du sang vil / Alors qu'à le haïr elle m'a appris / En donnant ses baisers à un débile.

51

cinq ans, Maud *ressentait* comme sien, étant donné que son père, soldat britannique ayant déserté l'armée impériale et embrassé la lutte irlandaise contre son pays natal, lui avait appris à toujours défendre la justice, puis était mort à son tour, justement quand sa fille âgée de dix-huit ans était éperdument amoureuse de lui, transformant son combat politique à lui en sa raison d'être à elle une fois pour toutes –, tandis que les grèves générales succédaient aux lock-out, les manifestations aux émeutes et les fusillades aux arrestations, tandis que l'Ulster dénonçait la lutte pour le *Home Rule* comme un masque dérisoire pour le *Rome Rule* et le mettait systématiquement en échec, tandis que la tension montait et montait encore…, la pauvre Mme MacBride, cette belle femme grande et élancée à la langue et aux cheveux de feu, était réduite à suivre les nouvelles de l'Irlande depuis Paris, écrivant des articles et récoltant des fonds pour la cause de l'indépendance irlandaise mais n'osant mettre le pied sur le sol irlandais de peur qu'en s'éloignant de la France, elle ne perde la garde légale du jeune Seagan…

Merde, Astuto. Tu es sûr que c'est une bonne idée d'inclure ce vieux triangle amoureux dans notre film?… Non, je n'ai pas oublié ta théorie selon laquelle les histoires sont comme des arbres, avec des racines, des troncs et des branches… Mais, bon, tu ne cesses d'ajouter à cet arbre-ci de nouvelles branches *géantes* qu'on va avoir beaucoup de mal à financer… Même en mettant de côté les questions budgétaires, simplement du point de vue de *l'histoire*, on ne peut pas se permettre de suivre chaque branche jusqu'à sa plus petite brindille, tu vois ce que je veux dire? Les spectateurs vont être paumés.

D'abord tu leur fais comprendre qu'en Irlande du Sud ce sont les catholiques qui luttent pour expulser les Britanniques protestants, ensuite tu leur dis que Yeats et Gonne sont des protestants pro-indépendance… à peu près aussi typiques que des Israéliens pro-Hamas, c'est ça? Qu'as-tu avec cette Maud Gonne, à la fin des fins? On dirait que c'est *toi*, non ce pauvre myope de poète Willie Yeats mais *toi* qui es toqué d'elle! Hé, réveille-toi, le Québécois! Elle est morte depuis soixante ans!

Oui, oui, Milo, je sais bien. Les morts sont aussi réels que nous, les personnages aussi. Leur donner vie, c'est notre métier, la raison pour laquelle nous sommes en vie (pour ceux d'entre nous qui le sommes). Je sais bien, c'est juste que… regarde… Non, mais écoute-moi, je t'en prie : on a un problème *d'information*, là, tu vois? Nous savons des choses, toi et moi, qu'aucun de ceux présents à la réunion des Volontaires irlandais en 1914 ne pouvait savoir. Pour protéger sa réputation, John MacBride a intenté un procès en diffamation à un des grands quotidiens dublinois, et à partir de là le public irlandais a été maintenu dans l'ignorance totale au sujet de la plainte portée contre lui par Maud Gonne. Personne ne savait qu'à Paris, un soir où son épouse était absente, MacBride était rentré ivre mort et avait essayé de violer toutes les femmes de la maisonnée : Françoise (la bonne), Elaine (la fille illégitime du père de Maud) et Iseult (la propre fille illégitime de Maud). Ça devient *coton*, là, tu vois, et… OK, t'énerve pas. Laissons-le en l'état pour l'instant. On trouvera bien une solution.

Scène suivante : défilé solennel d'étudiants par dizaines, certains grands, d'autres moins grands, mais tous de sexe masculin, corps drapé d'une robe noire, tête coiffée d'un chapeau carré plat, avançant à la queue leu leu dans l'allée de Trinity College et gravissant l'escalier monumental pour pénétrer dans le grand auditorium. Le juge et Mme Kerrigan sont dans l'assistance.

(Si on veut les reconnaître, il va falloir les établir dès la première scène. Peut-être que, rentrant à l'aube de sa désastreuse nuit rue Talbot, Neil n'aura *pas* réussi à se glisser dans son lit sans incident. Soit que sa mère, l'ayant attendu en haut de l'escalier, aura sarcastiquement interpellé son père pour qu'il coupe court à son rasage matinal et vienne voir le malheureux qui rampe là en bas, les habits en pagaille et l'haleine empestant l'alcool… Soit que, le croisant sur le perron ce matin-là alors qu'elle partait à l'école d'un pas vif, Dorothy, sa sœur cadette, l'aura dénoncé…)

Le pied droit sautillant d'impatience sur son genou gauche, Neil est retourné dans sa tête au meeting de la veille. Par-dessus le ronronnement des discours officiels pour la cérémonie de remise des diplômes – *Dans-la-grande-tradition-de-nos-ancêtres… Auguste-institution-fondée-par-la-reine-Élisabeth-en-1592…* – il entend encore les voix des rebelles, échauffées par l'indignation.

— Nos grèves ont échoué! Nos hommes ont repris le travail sans augmentation de salaire! Et là, alors que nos enfants meurent de faim et de tuberculose, alors que la moitié de la ville est au chômage, alors qu'on se nourrit de pain et de thé, dans le noir, alors que des centaines de pures et vertueuses jeunes femmes irlandaises sont réduites en esclavage à Curragh pour l'amusement de la soldatesque britannique, alors que ces arrogants bâtards continuent de squatter notre château et notre douane, de sillonner à cheval les rues de notre ville, de gérer notre vie à leur guise et d'humilier nos citoyens avec leurs ordres hurlés... comme si ça ne suffisait pas, ils veulent nous appeler sous les drapeaux une fois de plus ! *Nous résisterons, nous résisterons...* (Dans la tête de Neil la formule circule, devient slogan scandé) — Notre cher sale Dublin meurt de faim ! — Combien sommes-nous ? — Soixante-dix mille. — Soixante-dix mille Cúchulainn ! — Soixante-dix mille héros ! — Mais là-haut en Ulster ils sont plus nombreux... et mieux armés. Ils parlent de faire sécession, ces salopards. — Salopards unionistes. — Cafards rampants crasseux de lâches de traîtres. — Ils sont plus nombreux peut-être, mais la justice est de notre côté. — Nous n'en pouvons plus ! — Vive l'Irlande libre !

— *Neil Kerrigan.*

Entendant appeler son nom, Neil saute sur ses pieds et se dirige vers le podium, comme on lui a appris à le faire lors de la répétition matinale, pour serrer la main droite du directeur et recevoir de sa main gauche le cylindre en papier de son diplôme LLB. L'assistant l'approche subrepticement de dos pour draper autour de son cou le ruban en hermine et Neil sursaute : l'homme heurte son chapeau et le fait tomber, il se penche pour le ramasser et c'est le sien qui tombe. Du coup, Neil ramasse celui-ci et en se redressant leurs deux têtes se cognent, ils échangent leurs chapeaux d'un air penaud tandis que les spectateurs pouffent de rire car il se passe enfin quelque chose, enfin ils ne s'ennuient plus... Et quand Neil retourne s'asseoir, diplôme en main, leur acclamation est aussi déchaînée que peut l'être une acclamation victorienne, c'est-à-dire audible.

Dorothy, la sœur de Neil, se penche pour lui glisser à l'oreille : Tu sais que tu es rouge comme une betterave ?

Plan suivant : après la cérémonie. La foule élégante chatoie et pétille sous les chandeliers de la vaste salle de réception. Faux sourire collé sur la figure, le juge et Mme Kerrigan serrent les mains à droite à gauche et acceptent les félicitations pour leur fils. On oblige Neil à rejouer encore et encore le petit incident avec les chapeaux, car les gens tiennent à comprendre comment il a pu se produire. On l'entend fulminer. Ne savent-ils pas ? Est-il *possible* qu'ils ne sachent pas qu'à un jet de pierre d'ici des bébés irlandais meurent de faim ? que les meilleurs hommes du pays croupissent par centaines dans les geôles britanniques, pour avoir osé défendre notre rêve d'indépendance ? que leur monde est sur le point de prendre feu ?

Une voiture tirée par des chevaux ramène les quatre Kerrigan chez eux en silence. Alors qu'ils franchissent le seuil de la maison, la voix de la bonne leur parvient depuis la cuisine :

— Monsieur Neil ! Vous avez reçu un colis ce matin… de Londres !

— De Londres ?

Ses mains déchirent l'emballage… un livre. Un recueil de nouvelles. *Gens de Dublin* de Joyce ! Oh mon Dieu ! alors c'est réellement arrivé. Jimmy a réellement réussi à faire publier ses contes. Partagé entre jalousie et admiration, Neil ouvre fiévreusement le volume à la page de titre…

(Non, Milo. Je suis désolé mais il ne *peut* être question, à ce moment du film, d'évoquer l'histoire de la publication des *Gens de Dublin*. Oublie ça. Non, tais-toi. Tu sais trop de choses. Des années plus tard, peut-être, au Québec, Neil pourra en parler à son petit-fils. On verra ça, le moment venu…)

La caméra s'approche pour lire les mots tracés au-dessus et au-dessous du titre, de la main étonnamment belle et lisible de Joyce : *Voici enfin, sept longues années après que mon cerveau enceint en eut accouché, mes* Gens de Dublin *: peuple faible, cupide et hypocrite, niais et pusillanime, qui ment comme il respire et dont, en raison de la vis de vertu qui paralyse actuellement l'esprit de notre pays, on ne peut parler honnêtement que de loin. C'est mon immense plaisir de les offrir à mon ami Neil Kerrigan.* Griffonné entre parenthèses sous la signature, cet ajout : *(Es-tu enfin un homme ?)*

— Ainsi, dit le juge Kerrigan, il a réussi à contourner la loi après tout, en publiant son livre à l'étranger.

— Je ne vois pas ce que cet homme peut savoir des gens de Dublin, raille Mme Kerrigan, alors qu'il vit en Europe depuis une bonne décennie !

— Et pourquoi il te l'envoie à *toi* ? intervient Dorothy. Ça va être une mauvaise influence, n'est-ce pas maman ?

Émerveillé, Neil caresse du doigt cette page d'un vrai livre, édité, dans lequel l'auteur a inscrit son nom…

On coupe.

Dans sa chambre le soir, lisant à la chaude lumière de la lampe, Neil est absorbé, non, happé par les contes de Joyce.

Quelques heures plus tard, on le retrouve longeant la Liffey et échafaudant de grands projets au plus profond de la nuit.

Si ! le jour viendra où j'écrirai aussi bien, voire mieux, que Jimmie Joyce et Willie Yeats ! Je le pense

— non, je le sais. Faire du droit, oui, pourquoi pas, quelques années, le temps de m'établir. Mais en secret, la nuit, je vais commencer à tisser mes toiles de mots magiques pour enchanter les masses. Je n'ai que vingt-deux ans. Aucun écrivain n'est mondialement célèbre à vingt-deux ans, à l'exception possible de Rimbaud, mais ça ne compte pas, Rimbaud a délaissé la littérature à dix-neuf ans pour se faire trafiquant d'armes en Abyssinie. Moi je n'ai que vingt-deux ans ; Jimmy, qui en a dix de plus, vient juste de faire paraître son premier vrai livre (si on ne compte pas les minces volumes de poésie estudiantine), et ce n'est même pas un livre bien épais. Du reste, il ne me fera pas de l'ombre : il a élu domicile quelque part en Italie ou en Yougoslavie et s'empressera sûrement, maintenant qu'il a vidé son sac avec Gens de Dublin, d'oublier son pays natal. Moi, tout au contraire, je m'entraîne depuis le jour de ma naissance ! Ma mère m'a gavé de la bouillie bien-pensante des prêtres, mes profs y ont ajouté l'eau-de-vie du folklore irlandais ; j'ai englouti de mon propre gré Shakespeare, Milton et Browning, et là je me sens mûr, plus que mûr. Le fruit de mon intelligence est sur le point d'exploser... Semence et sens ! Les millions de mots dans ma tête grouillent et bouillonnent comme les millions de spermatozoïdes dans mes roustons. Terres fertiles de vérités terrifiantes ! Mon cerveau n'attend plus que la secousse de démarrage, après quoi il se mettra à gicler de belles cascades de violence et de beauté, de philosophie et de douleur.

C'est moi, moi, moi — ni le timide et binocleux William Butler Yeats qui, pour l'amour de Maud Gonne, s'égare dans le jeu du ouija et la réincarnation... ni le scabreux scatophile James Joyce, fanfaron quand il se sait à l'abri mais poltron dès que ça barde — ni Willie *ni Jimmy donc, mais moi, Neil Kerrigan, personne d'autre, qui écrirai l'œuvre de la nouvelle Irlande! Vrai combattant et vrai poète, j'aurai un nom plus haut, plus grand et plus fort que tous les autres... Neil Kerrigan! Vous avez lu le dernier Kerrigan? Plus haut, plus grand, plus fort... faisant sentir dans mes poèmes et mes histoires la mâle poussée de mes reins... Oui le livre sera mon attribut viril, et tous mes jaillissements féconds seront littéraires...*

Ça va, Milo? Hé! ça va, amour? Tu veux que j'appelle l'infirmière? Oui, je sais que les tubes sont censés s'occuper de tous tes besoins, t'apporter tout ce qu'il te faut pour rester en vie : whisky irlandais, ragoût avec beaucoup de pommes de terre, dernières toiles d'Emily Carr, premiers films de Wim Wenders, retour des outardes au mois de mai, Pierre Elliott Trudeau (pardon, je voulais juste vérifier que t'étais en vie), euh, héroïne, cérémonies de capoeira à Bahia, nuits entières de baise avec Paul Schwarz... Que demande le peuple?

Bien sûr. Pas de problème, Astuto, tu peux roupiller cinq minutes. On reprendra tout de suite après...

AWINITA, AVRIL 1951

Pluie et obscurité, vues par la fenêtre de la petite chambre crasseuse au-dessus du bar.

Le ventre d'Awinita s'est arrondi et elle porte une chemise bleue flottante pour le dissimuler. À nouveau nous sommes dans ses yeux, actuellement dirigés vers le bas. Les mains d'un homme viennent de s'introduire sous sa chemise. C'est un homme trapu dans la quarantaine, au corps désagréable : rigide, gras, ruisselant de sueur.

Elle le repousse doucement – Aren't you forgettin sometin, sweetheart?

On voit l'homme retirer une liasse de billets de la poche de son jean, se lécher le pouce, nous tourner le dos et déposer dix billets de un dollar un à un sur la petite table en formica près de la fenêtre.

— Would you mind maybe, dit Awinita dans un chuchotement rauque alors qu'il revient vers elle en défaisant sa ceinture (nous entendons, fort et proche, le bruit de la boucle : un des stimuli pavloviens qui signalent au cerveau de la femme qu'il va

---

– T'oublies pas quequ'chose, là, mon chéri?
– On peut le faire, euh […] de côté ou de derrière, si ça t'dérange pas?

bientôt falloir la transporter ailleurs), from de side or from behind?

— Yeah, I'd mind, rétorque l'homme tout en la poussant vers le lit et en attrapant d'une main sa chemise bleue pour la lui arracher (mais étant à l'intérieur nous ne verrons jamais le corps d'Awinita dans ces scènes). Damn right I'd mind. I pay good money to fuck you and I'll fuck you however I bloody well feel like fucking you, ain't no squaw gonna tell me what position I gotta fuck her in for the luva Christ! No skin off my back if you lose your bastard! Make one less Injun on welfare, guzzlin down my tax money!

Une tache rose. Elle grandit, frémit et éclot en un œillet... Une longue tige verte en descend et la fleur danse sur sa tige pendant quelques secondes... Puis celle-ci se fend en deux et les deux moitiés montent se rejoindre au-dessus des pétales. La fleur continue de danser, comme une ballerine qui danserait sur son entrejambe. La regarder est douloureux.

La pluie se jette contre les vitres. Fugitivement, parmi les ombres au-dessus de nous, on distingue l'homme qui se déchaîne de tout son poids sur notre corps.

— Don't you know what condoms are for? dit-il. Don't they teach you that up on the Res? They sure

---

— Ouais, ça m'dérange [...] Sacrament qu'ça m'dérange. Ostie! j'paye pour te fourrer pis j'vas te fourrer comme j'veux! C'pas une sauvage qui va m'dire comment y faut que j'la fourre, tabarnak! Qu'est-ce tu veux qu'ça m'fasse si tu l'perds, ton ostie d'bâtard? Ça fera juste un Peau-Rouge de moins, à vivre sur le bien-être social pis à dépenser l'argent de mes taxes.

— Tu sais pas c'est quoi les condoms? [...] On vous l'apprend pas sur la réserve? On devrait, sacrament! C'est ben la seule éducation

should! Be the only useful education for Redskins. Well, no point in usin one now, eh? Can't get pregnant twice, can you? No matter how two-faced you Injuns are, not even you can conceive two bastards one on top of the other. Huh… uh! uh!

Au ralenti, dans un paysage en noir et blanc que bombarde une pluie incessante, Awinita ouvre la porte d'une hutte au toit en tôle. Une seule pièce. Pas d'électricité, rien que des bougies. Sol en terre battue. Cheminée en glaise mêlée à des rameaux de saule. L'unique touche de couleur dans la scène est la chemise bleue flottante d'Awinita. Sa mère et tous ses frères et sœurs sont assis autour de la table, immobiles et silencieux, les traits tirés par la faim. Awinita pose son sac sur la table, l'ouvre avec un grand sourire et en retire un énorme rouleau de billets de un dollar. Mais, loin de s'illuminer, les yeux de ses frères et sœurs deviennent plus tristes encore. Des larmes roulent sur leurs joues. Awinita se tient là, l'argent à la main, sans savoir quoi faire. La lumière déjà faible baisse encore.

De retour à la rue Sainte-Catherine, nous entendons claquer la porte : le client vient de partir.

ON COUPE.

Awinita est assise au bar. Du monde et de la musique autour d'elle. Quand le barman lui apporte un Coca-Cola, on voit que le tabouret près du sien est vide.

— Tanks, Irwin.

---

valable pour une sauvage. Bon, mais là c'est pus nécessaire, hein ? Tu peux pas tomber enceinte une deuxième fois ! Même vous autres Peaux-Rouges duplices comme Satan, vous savez pas faire deux bâtards l'un par-dessus l'autre, hein ? Ah… ah !

Elle sirote sa boisson. Enfin un homme d'affaires blond dans la trentaine – lunettes, attaché-case, costard-cravate – vient poser ses fesses respectables sur le tabouret voisin. Gros plan sur son visage rasé de près. Lèvres minces, un vague air de méchanceté autour de la bouche… (Oui, tu as raison, Milo : c'est important de capter le visage de chacun des clients. Ils sont d'une diversité effrayante… mais tous sont encombrés par leur histoire et désireux de se délester de ce poids…)

Irwin apporte un Coca à Awinita, accepte un billet de l'homme, encaisse le montant de deux rhum and coke…

— Tanks, dit Awinita, montrant son verre d'un vague geste de la tête.

— Pleasure. What's your name?

— Nita.

— Hey, Nita, I'm John.

— Good to meet you, John.

— Good to meet *you*, Nita. Had no idea I'd be meeting somethin so good when I ducked in here.

— You jus' wanted in out of de rain, eh?

— Right.

— Well. Cheers, John.

— Cheers, Nita…

(Problème, Milo. Vieux problème : que faire de dialogues ennuyeux? Nah, oublie ça. Tourner cette scène depuis l'autre bout de la pièce, près du

---

— Merci […] – Tout le plaisir est pour moi. Tu t'appelles comment? – Nita. – Salut, Nita, moi c'est John. – Enchantée, John. – C'est *moi* qui suis enchanté, Nita. J'pensais pas rencontrer une telle merveille en entrant dans ce trou. – Tu voulais juste t'abriter de la pluie, c'est ça? – Exactement. – Okay! Ben, à la tienne, John. – À la tienne, Nita.

jukebox où passe en ce moment *Too Young* de Nat King Cole… Ne voir que leurs lèvres qui bougent…)

L'homme blond regarde Awinita et elle lui rend son regard. Ses yeux à lui disent Are you… et les siens à elle Long as you're not a cop, baby ; les siens à lui Here, upstairs ? et les siens à elle You got it all figured out, smart boy. L'homme d'affaires se penche en avant. Ses lèvres forment les mots How much for the back entrance ? et celles de la femme Fifteen. Il tressaille. Hey that's steep, dit-il, faisant mine de détaler, mais la main d'Awinita est déjà plaquée sur sa cuisse, il a déjà le sang qui bout dans ses veines, tous deux savent qu'il est trop tard pour faire marche arrière.

Trois billets de cinq sur la table en formica.

Il n'avait pas remarqué. Ce n'est qu'en l'approchant de dos et en l'entourant de ses bras que la grossesse d'Awinita s'inscrit dans sa conscience. Ses mains se figent sur son ventre.

— Jesus, dit-il.

— Kinda doubt it, dit-elle, ce qui le fait rire, ce qui le détend.

Les yeux d'Awinita sont fermés. Des images se déploient sur l'écran rose pâle de ses paupières.

Dessin animé dans lequel une forêt d'arbres pousse d'un seul coup. Des oiseaux multicolores volettent parmi leurs branches, leur chant est en accéléré lui aussi. Trilles et pépiements stridents, virevoltes saccadées. En l'espace de quelques secondes, le soleil se lève et se couche plusieurs fois. Les saisons se succèdent : les arbres perdent leurs feuilles,

---

— T'es… […] Du moment que t'es pas dans' police, chéri […] Ici même, à l'étage ? […] T'es sharp, t'as tout compris. […] C'est combien par la porte arrière ? […] Quinze. […] Aïe, c'est fort.
— Jésus […] — Non, j'crois pas.

demeurent un instant dans une ambiance sombre, hiver-
nale… puis de nouvelles feuilles leur poussent.

Pendant ce temps, nous entendons le bruit d'une
boucle de ceinture… pas la même. Une fermeture à
glissière qu'on défait. Des vêtements qui bruissent.
Une clef qui tourne dans une serrure. Le grincement
d'un sommier. Une porte qui se referme. Une clef qui
tourne dans une serrure. Une porte qui claque. *Ta,
ta-da Da…* Oui, on pourrait amener le battement de
capoeira ici – mais tout bas, comme un indice, une
façon de respirer, un vestige. *Ta, ta-da Da…* Une clef
qu'on tourne dans une serrure. Une braguette qu'on
remonte. La boucle d'une ceinture. Une braguette
qui descend. Un homme qui pisse dans la cuvette
des W.-C. Le tintement de plusieurs pièces de mon-
naie dans une poche. *Ta, ta-da Da…* Le bruit d'une
gorge qui siffle de la bière, puis lâche un rot. Une clef
dans une serrure. Un ronflement d'homme. Une porte
qui claque. Un pet. Une dispute dans la pièce à côté.
Bruits de portes, grincements rythmiques de som-
miers. *Ta, ta-da Da…* Fermetures à glissière. Boucles
de ceinture. Grognement d'un orgasme masculin.
Cette bande-son sera shuntée peu à peu… Fondu au
noir. Rugissement du vent…

On coupe.

Awinita est au bar, cigarette à la main. Le barman
voit qu'elle a l'air fatiguée.

— Want a coffee ?
— Sure. Tanks, Irwin.

Un autre homme s'installe sur le tabouret près d'elle.
Grand et plutôt jeune, il a de longs cheveux noirs crasseux et une casquette en similicuir. Il zézaie.

– Tu veux-tu un café ? – Ouais… Merci, Irwin.

— You alone, Mith?

— Not anymore!

— Mind if I thit with you for a while?

— Make yourself at home.

La porte du bar s'ouvre à cet instant et Declan pénètre dans l'établissement, tête nue. Bien que mouillés, ses cheveux sont plus longs que la dernière fois : il n'est donc pas retourné en prison. Gros plan sur ses yeux qui, en se posant sur Awinita, lancent de belles flammes vertes.

Nous avançons vers lui : Awinita a donc planté là son zézayeur.

— Well, if it ain't mister Cleaning-Fluid.

Ils se jettent dans les bras l'un de l'autre.

— I missed you, Nita.

— I missed you, too, baby…

Et ON COUPE.

– Vou-zhètes toute cheule, mademoizhelle? – Pus maintenant!
– Cha vous dérange pas chi je m'achoie ichi? – Faites comme chez vous.
– Eh ben! m'sieu l'Détachant en personne. […] – Tu m'as manqué. – Toé aussi tu m'as manqué, bébé.

III

MOLEQUE

Gosse, gamin. À l'origine, désigne l'en-
fant. Aujourd'hui assimilé à l'enfant des
rues, le petit délinquant.

MILO, 1956-1958

À quatre ans Milo est un enfant hérisson, nerveux
et méfiant. Il parle bien l'allemand et un peu le
français et l'anglais, mais il parle surtout le silence,
la langue qu'il partage avec les chiens, les chats, les
arbres, les fleurs, les pierres, les lacs, les rivières, les
ciels, les tortues, les poissons, les oiseaux, les lits,
les tables, les chaises, les plafonds, les rideaux…
À vrai dire, la plupart des choses dans le monde ne
parlent pas et ne vous feraient jamais de mal. Les
téléphones sont entre les deux : ils ressemblent à des
objets mais sont en fait plus comme des personnes.
Ils parlent. Sa mère d'accueil allemande a écouté le
téléphone, puis est venue lui dire qu'il allait devoir
partir. C'est le téléphone qui le lui avait dit. Milo
ne sait pas pourquoi : c'est comme ça. Si on prend
comme point de départ que tout est insondable et
qu'on refuse d'en démordre, on ne sera jamais déçu.

Des inconnus sont venus le chercher et l'ont
amené dans un bâtiment pour lui étranger. Il y a
vécu trois jours, dans un immense dortoir rempli
d'enfants, puis d'autres inconnus sont venus le chercher et maintenant il habite chez ceux-là.

Il n'y habite pas pour de vrai, il fait seulement
semblant. Il a décidé de leur donner le change, le

temps de prendre ses repères, puis de fuguer. Même si ces gens l'appellent Milo, il sait qu'il a un autre nom… le nom que lui a donné la dame blonde, le jour où ils ont fait un tour de manège ensemble. Un nom-cocon qui le plongeait dans le bien-être. Il était si petit quand elle le lui a dit qu'il l'a oublié pour le moment, mais le nom est là dans sa mémoire et lui reviendra un jour, il en est sûr.

La nouvelle famille s'appelle Manders. Il y a Jan, le père, bel homme chauve à lunettes, Sara, la mère, aux seins gros et doux et à la voix musicale, Norbert, garçon de dix ans aux mèches blondes en bataille, et Ana, fille de sept ans au nez émaillé de taches de son. Les parents sont dutch* ce qui ressemble à deutsch ce qui veut dire allemand, sauf qu'ils ne parlent pas l'allemand ils parlent le dutch, mais en s'installant au Canada ils ont fait le serment de ne plus parler que l'anglais, sauf que parfois ils oublient et se remettent à parler le dutch qui ressemble à deutsch qui veut dire allemand.

C'est Jan, le père, qui a construit de ses propres mains le jeu de balançoires dans le jardin arrière, comme Norbert ne peut s'empêcher de le faire remarquer à Milo dès le premier jour…

(Allez, Astuto, ne pleure pas. Oui, je sais que tes yeux sont secs mais tu peux pas me la faire, je vois bien que tu pleures, alors arrête. Rappelle-toi cette pépite de sagesse qu'on a réussi à formuler après des années passées à parler et à faire l'amour ensemble : être adulte, c'est reconnaître qu'à peu près tout ce à quoi on croyait dur comme fer, enfant, était faux. On croyait au lever et au coucher du soleil, à

---

* Néerlandais.

l'immortalité de l'âme, à l'omniscience des grandes personnes. C'est dur, la sagesse…)

Jan Manders porte Milo jusqu'aux balançoires, le dépose dans l'énorme pneu noir suspendu à une corde, et commence à le pousser. Doucement d'abord, pour lui donner le temps de s'habituer, puis Want to go a little higher? Milo fait oui de la tête. A little higher? Excité, Milo opine à nouveau. A little higher? Milo fait oui. OK, that's high enough…

Entouré par l'anneau dur et chaud en caoutchouc noir, tout entier livré au mouvement enivrant de va-et-vient, il voit les arbres se balancer au-dessus de sa tête et se sent en sécurité.

Sara Manders prépare une pâte à tarte. En fond, une musique de radio… voyons, en quelle année sommes-nous, là? 1957, OK, disons Ella? Oui, Sara pourrait fredonner une chanson d'Ella Fitzgerald… Milo approche pour l'observer. Le plus naturellement du monde, elle le hisse sur une chaise près d'elle et l'aide à l'aider, lui nouant un tablier autour de la taille, enduisant le rouleau à pâtisserie d'une légère couche de farine, et guidant ses mains sur le rouleau pour abaisser la pâte.

À l'heure du bain, elle asperge d'eau tiède son dos et sa nuque et le frotte doucement partout avec un gant savonneux.

À l'heure du coucher, elle s'installe sur le canapé du salon pour lire aux enfants plus grands. Milo en pyjama se glisse dans la pièce à quatre pattes, appuie son dos contre le dos du canapé, met son pouce dans la bouche, ferme les yeux et écoute. Comme il y a

---

— Tu veux aller un peu plus haut? […] Un peu plus haut? […] Un peu plus haut? […] OK, c'est bon comme ça…

beaucoup de mots qu'il ne comprend pas, au début ce sont la cadence, le rythme et la mélodie de la voix de Sara qui l'hypnotisent, mais au bout de quelques semaines les images des histoires commencent à se cristalliser dans sa tête et il attend avec impatience le moment où, reprenant sa lecture là où elle l'avait interrompue la veille, Sara les enchantera de nouveau avec ses imitations de l'âne boudeur ou de la reine de cœur ou du perroquet qui s'égosille : *Pieces of eight! Pieces of eight!*

— What does pieces of eight mean, Mama? demande Ana et Sara avoue qu'elle ne le sait pas, son anglais n'est pas assez bon… mais son imitation du perroquet est désopilante.

(Est-ce ton grand-père, Milo, qui t'a enfin expliqué le sens de cette expression ? T'incitant à le chercher toi-même… Why do we call a quarter two bits, my boy ? Because British pounds were divided into eight pieces or bits…)

Quand elle vient embrasser Milo dans son lit le soir, Sara passe souvent les doigts dans sa chevelure. Les cheveux de Norbert et Ana, comme ceux de Jan – ce qu'il en reste –, sont blonds et fins ; les siens à elle sont châtain clair, alors que ceux de Milo, épais et ondulants, sont bruns aux reflets auburn. What beautiful hair you have, Milo !

Il n'avait jamais pensé posséder quelque chose de beau.

— Ça veut dire quoi, pièces de huit, maman ?
— Tu sais pourquoi on appelle une pièce de vingt-cinq cents *two bits*, mon garçon ? Parce que, vois-tu, la livre britannique se divisait en huit pièces ou *bits*…
— Qu'ils sont beaux, tes cheveux !

Traversons rapidement le cycle d'une année.

Automne : à mesure qu'elle les apprend à l'école, la petite Ana enseigne à Milo les rudiments de la lecture.

Hiver : la patinoire. Milo hérite des patins rose et blanc que portaient Ana l'année précédente ; ouf, personne ne se moque de lui parce qu'il porte du rose. À la fin de l'après-midi, joues en feu, yeux brillant d'une fierté silencieuse, il fait seul le tour de la patinoire et la famille Manders l'applaudit. Un peu plus tard, à la baraque où Jan leur achète du chocholat chaud, ils sont chahutés par un groupe de préados francophones. Même si Milo ne comprend pas ce qu'ils disent, les sons de la langue raniment dans son cerveau des flashs violents – *néons, bras vêtus de blanc…* qui lui donnent envie de mourir.

Printemps : Norbert lui montre que si on coupe un ver de terre en deux, les deux moitiés continueront un moment à frétiller. Sur la galerie devant la maison, Jan prend Milo dans ses bras et lui montre le ciel là-haut : tout blanc, vivant, vibrant et hurlant, du retour des outardes.

Été : barbecue dans le jardin derrière la maison. Tous les cinq s'empiffrent de côtes levées de porc, doigts et lèvres teints en écarlate par la sauce, puis se moquent les uns des autres, pouffent de rire, se jouent des tours. Ana verse un verre d'eau glacée dans la nuque de son père, déclenchant un rugissement. À la tombée de la nuit, ils partent à la chasse aux lucioles dans les hautes herbes.

Et puis… le deuxième automne… dans la cuisine, une jeune inconnue leur prépare le repas du soir. Debout près de la porte de la chambre qu'il partage avec Sara, Jan discute avec un médecin. Un autre jour : coup d'œil à l'intérieur de cette chambre au moment où Jan en sort, en larmes. À peine visible au milieu de la literie, un monceau immobile.

Corbillard garé devant la maison. Norbert prend sa petite sœur dans ses bras pour la consoler, puis éclate lui-même en sanglots. Jan aide Milo à faire ses bagages, l'étreint bien fort, entasse ses valises dans le coffre d'une voiture inconnue. Assis raide et droit sur le siège arrière, Milo ne réagit pas quand, debout en rang devant leur maison, les Manders lui font adieu de la main.

Il est fou de rage contre Sara d'être morte. Mais ça lui a appris une chose importante : *on ne peut pas être à quelqu'un*. Plus jamais il ne se fiera ni ne se confiera pleinement à une autre personne.

Placards. Balais. Ceintures. Pluie de coups sur la tête de l'enfant. Cris. Voix qui l'appellent : Milo… Milo… Milo… Where is that boy? Milo… Milo… Milo… Where ARE you? I'll teach you to hide when it's time to go to school! Des jambes de femme le cognent, des bras de femme le rossent. Roulé en boule, il ne pleure ni ne sanglote. Son corps est flasque, passif, son esprit un blanc.

Parfois, du cœur sombre et secret de ce néant, surgissent des images (peut-être se servir ici de l'animation?). Un chat sans sourire et un sourire sans chat… La fée Clochette touche quelque chose de sa baguette magique et le transforme en autre chose… John, Michael et Wendy Darling s'élancent à travers

---

— Où il est ce ti-cul? […] Où T'ES? M'en vas t'apprendre, moé, à te cacher à l'heure de l'école!

le ciel… *I can fly, I can fly, I can fly!*… des outardes hurlent en plein vol… des jambes sans corps et des corps sans jambes… le crocodile fait hurler le capitaine Crochet en lui arrachant une jambe… le capitaine Long John Silver a perdu une jambe lui aussi… les deux pirates avancent en claudiquant sur leur jambe de bois… bras de bois… nez de bois… le nez de Pinocchio s'allonge chaque fois qu'il ment… Alice grandit tellement vite qu'elle se retrouve la tête coincée contre le plafond… puis rapetisse si vite qu'elle manque se noyer dans la bouteille d'encre… On plonge dans la bouteille d'encre avec elle.

Noir.

Je sais voler! (Chanson du film *Peter Pan* de Walt Disney.)

NEIL, 1916

Perron de la maison Kerrigan tôt le matin, un beau jour d'avril. Serviette à la main, Neil plante un baiser distrait sur la joue de sa mère. En deux ans, les rapports de force dans la maisonnée ont évolué : on voit que Mme Kerrigan respecte son fils, n'est pas loin de l'admirer, et que celui-ci, mûri, pose un regard presque bienveillant sur les petites manies de sa mère. Quand Neil se retourne et commence à descendre les marches, c'est seulement pour la forme que Mme Kerrigan proteste.

— Je ne comprends pas quel travail tu peux avoir à faire un jour de fête ! Aucun de tes collègues ne sera au cabinet aujourd'hui, j'en suis certaine.

— Je t'ai déjà expliqué, maman : le travail d'un avocat, comme celui d'une femme, n'est jamais terminé. J'ai toujours de nombreux procès à préparer. Et, comme je suis l'associé le plus jeune du cabinet, il faut que chaque dossier soit inattaquable. Que s'est-il passé, du reste, le lundi de Pâques ? Jésus était si éreinté par la Résurrection qu'il a demandé un jour de congé ?

— Neil !

— Une blague, maman. Une blague.

On coupe.

Neil retrouve son cousin Thom (muni lui aussi d'une serviette) sur les docks du quai Victoria. On filmera cette scène caméra à l'épaule pour traduire la fébrilité des deux jeunes hommes. Après s'être introduits dans un entrepôt abandonné près de la brasserie de la porte Saint James, ils se changent à toute vitesse, troquant leurs costumes-cravates pour les atours plus décontractés des Volontaires. Thom assemble son fusil, Neil glisse un revolver dans sa poche, et ils se joignent aux autres jeunes membres du Sinn Féin qui, en tenue de combat, convergent sur la Grande Poste, rue Sackville. Parmi eux, un nombre surprenant de femmes. Gros plan sur la belle comtesse Constance Markiewicz, les bras croisés, les traits empreints de calme et de détermination.

Pearse et Connolly haranguent les rebelles.

— Une fois de plus, nos garçons meurent comme des mouches! tonne Pearse. Au moment où je vous parle, *un quart de million* d'Irlandais risquent leur vie pour l'Union Jack! Et pourquoi s'engagent-ils? On connaît la réponse : parce qu'ils ont faim!

— Le sous-marin *Aud* devait accoster à Tralee le Vendredi saint, poursuit Connolly, nous apportant des armes et des munitions d'Europe. Eh bien, il a été coulé par les Brits! Tous nos précieux armements sont au fond de la mer! L'heure est venue, mes amis, on ne peut plus attendre! Arrachons aux mains de l'ennemi la ville de Dublin et notre bien-aimé pays d'Eire!

Même si cette rhétorique me rebute, dit la voix intérieure de Neil, *même si je trouve dommage de mobiliser les masses en s'adressant à leurs tripes plutôt qu'à leur cerveau, même si j'aurais préféré qu'on puisse bouter les Anglais dehors sans s'accrocher, comme*

Pádraic Pearse, à l'absurde propagande celtique, ou comme John MacBride, au catholicisme réaction- naire, ou, comme James Connolly, aux dogmes de la théorie marxiste, j'accepte de combattre du côté des rebelles. Mais dans ma serviette, dans cette banale serviette provisoirement planquée dans une brasserie abandonnée, se trouve une arme bien plus puissante que le revolver dans ma poche : le manuscrit de mon premier livre de poèmes. Une forme nouvelle, révo- lutionnaire : joyeux mélange d'anglais et de gaélique qui, en reflétant notre histoire bâtarde, en choquera plus d'un. La nouvelle Irlande aura besoin de nou- veaux écrivains et je serai le premier parmi eux. Dès que j'aurai trouvé un éditeur, mes mots mettront le feu au cœur de mes compatriotes.

Thom est prêt, et fier, et impatient de faire ses preuves. Neil, lui, est effaré. Jamais il n'a connu la faim, la misère, le désarroi ; il sent qu'il n'a pas le *corps* qu'il faut pour se jeter courageusement dans la révolte.

On étudie des plans de la ville, on distribue des listes de noms. Sur les seize mille rebelles théori- quement disponibles à Dublin, seul un petit mil- lier s'est manifesté.

Et les autres ? se demande notre héros. *Ceux qui ne sont pas venus sont-ils lâches, ou raisonnent-ils mieux que nous ?…*

Une caméra subjective montrera, en succession rapide et chaotique, les perceptions de Neil au cours des jours et des nuits qui suivent. Le drapeau trico- lore est hissé sur le toit de la Grande Poste, suivi du drapeau vert à la harpe d'or. Les Volontaires poussent un immense hourra. D'une voix entrecoupée d'émo- tion, Pearse lit la Proclamation de la République irlandaise. Hélés, harcelés, poussés et bousculés par de jeunes gens surexcités, les passants réagissent avec colère et incompréhension. Les grandes portes en fer forgé de Trinity College se referment avec fracas et sont cadenassées.

C'est ça *que je dois écrire*, dit la voix intérieure de Neil. *Bazarder mes poèmes anglo-gaéliques et écrire* ça : *le grand roman de la rébellion de Pâques à Dublin. Trouver le rythme des mots qui plongera le lecteur dans l'état où nous nous trouvons en ce moment. Lui faire sentir les battements erratiques de notre cœur, Ta, ta-da* **Da**, *ta, ta-da* **Da**... *le frisson de terreur dans nos couilles, nos muscles à la fois souples et tendus. Jamais on n'a été plus vivants qu'en cet instant, si près de la mort.*

Tout en prenant leur poste à l'entrée du square Saint-Étienne, Neil et Thom discutent à voix basse.

— Les Brits auront du mal à trouver des hommes à envoyer à Dublin aujourd'hui, Neil.

— Pourquoi ça ?

— Les Fritz viennent de faire un raid de zeppelin à Anglia Est.

— Ah, je vois... Drôle de coïncidence, hein ?

— T'as un problème avec ça, Neil ?

— Je ne sais pas comment en parler dans mon roman.

— Un bon roman doit être plein de contradictions, non ?

Tout près, une cascade de détonations les fait se jeter au sol. C'est alors qu'ils voient, en civil, nez en l'air, approchant tranquillement dans la rue Grafton... le commandant John MacBride. Arrivé à leur hauteur, il s'arrête, saisi.

— Que diable faites-vous par terre, les gars ?

— On reprend le pays, mon commandant! explique Thom, se relevant à la hâte et époussetant son pantalon.

— Ah bon?

Le commandant lance des coups d'œil à la ronde et se rend compte que quelque chose cloche. À voix basse, les deux cousins le mettent rapidement au courant.

— Comment se fait-il que je n'aie pas été informé de ces projets?

— Eh bien, commandant… voyez-vous, étant donné votre notoriété en tant qu'ennemi des Britanniques, on n'a pas voulu prendre le risque. On avait peur que vous ne soyez sous surveillance.

— Mais si le cœur vous en dit, commandant, ajoute Neil avec tact, libre à vous de nous rejoindre maintenant.

John MacBride hésite. Le rose aviné de ses joues vire soudain au violine, et on sent que son pouls s'est mis à battre à la cadence militaire.

— C'est-à-dire que… Je suis attendu au mariage de mon frère, mais… à la guerre comme à la guerre, hein? Je suis certain que mon frère comprendra ce changement de projet. Bien qu'impréparé et sans arme, je n'ai d'autre choix que de risquer ma vie pour l'Irlande, une fois de plus!

(Milo, ce dialogue est à chier. En trois décennies de collaboration, je crois qu'on n'a jamais écrit un truc aussi lamentable. OK d'accord, tu fais exprès, tu t'amuses, mais en attendant il s'agit d'événements historiques de la première importance et il faut bien trouver le moyen de les évoquer…)

— Où puis-je me rendre utile? demande MacBride, enthousiaste.

— Chez Jacob, répond Thom sans hésiter. Ils ont besoin de renforts à l'usine de biscuits Jacob : alors que quarante hommes devaient y être stationnés, seuls quatorze sont venus, tous jeunes et sans expérience. Peut-être que vous pourriez prendre les choses en main là-bas.

— Mais bien sûr que je le pourrai !

Avec un salut militaire, MacBride tourne les talons et déguerpit (et c'est la fin de cette scène vraiment faiblarde qu'il nous faudra impérativement reprendre...).

Vacarme et confusion dans la ville de Dublin, pendant que baisse le jour. Sacs de sable. Barricades. Ombres sombres zigzaguant de-ci, de-là. Halètements. *Ta, ta-da **Da**, ta, ta-da **Da**...* Bruits sourds : chutes sur le sol de sacs de sable ou de cadavres. L'obscurité s'installe. Le lendemain matin, la canonnière britannique *Helga*, accostée sur la Liffey à l'endroit précis où Neil a exécuté ses gambades post-Monto dans la première scène, se met à bombarder la ville. Des mouettes tournent dans le ciel en hurlant. La Grande Poste prend feu. Toute la rue Sackville est en flammes, puis tout le centre-ville... Des bâtiments ravagés montent des volutes de fumée noire. *Ta, ta-da **Da**, ta, ta-da **Da**...* Des soldats britanniques envahissent les rues de Dublin, submergeant les rebelles simplement par leur nombre. Accroupi sur le toit de Trinity, un sniper britannique abat un combattant du Sinn Féin... Quand tombe la nuit de mardi, le ciel au-dessus de la ville vire au rouge profond.

Les logements insalubres le long de la Liffey prennent feu. Les pauvres décampent... les femmes avec leurs bébés hurlants dans les bras, les hommes dans un état de fureur noire, tous en brandissant le poing contre les insurgés. *On a tout perdu… s'égo-sillent-ils.*

Voix intérieure de Neil : *Comment écrire cela ? Comment l'expliquer ? Quel rythme de syllabes sur la page imprimée pourrait rendre cet* On a tout perdu *? À elle seule, cette scène suffirait à prouver l'inexistence de Dieu. Aucun prêtre de mon enfance n'a dit un seul mot de vrai, Darwin est le seul à parler vrai, le seul ! Des animaux, tous autant que nous sommes ! S'escrimant à survivre depuis les temps immémoriaux. Les forts éliminent les faibles et les faibles cherchent à deve-nir forts pour prendre le dessus et se mettre du côté des gagnants. Moi-même, je viens de participer à la des-truction de la vie des faibles, or personne ne me punira. Les méchants ne sont pas punis ni les bons récompensés – ni ici-bas, ni dans l'au-delà, puisque l'au-delà n'existe pas. Désolé, maman. Désolé, bande de grenouilles de bénitier bigotes. Ah, ce qu'elles seront déçues, toutes ces dames, qu'elles soient catholiques ou protestantes ! Je les vois d'ici, qui se réveillent après la mort, jettent un coup d'œil à la ronde et se mettent à bégayer : M… mais… qu'est-ce que c'est que ce putain de néant ? Tu veux dire qu'au bout du chemin il n'y a pas de paradis du tout ? Tu veux dire que j'ai passé soixante-quinze ans à me faire chier… pour rien ? J'en ai bien peur, maman. J'en ai bien peur, vous autres bécasses de bégueules. Vous avez gardé les cuisses serrées, vous réservant pour votre orgasme ininterrompu avec Jésus après la mort… et puis non, zéro paradis en fin de compte ! Zéro justice divine ! Même dans le tribunal où siège mon père, la soi-disant justice n'est qu'un jeu de pouvoir. La vérité est la dernière chose à laquelle on s'intéresse dans une* *cour de justice! Voilà ce que j'écrirai, oui : les dessous de la rébellion de Pâques. Ses chefs qui rêvent d'être de grands hommes, et ses combattants qui rêvent d'être des hommes tout court : se sentir forts, échapper à leur mère et à leur sœur, éblouir leur amie de cœur, transmettre leurs gènes. C'est ça la politique : une histoire de survie ni plus ni moins...*

(D'accord, le discours de Neil pourrait être un peu moins prolixe... Mais il ne faut pas oublier qu'à ce stade de sa vie c'est un jeune homme plutôt arrogant, pas encore le merveilleux grand-père que tu rencontreras quatre décennies plus tard...)

Le surlendemain. Des cernes profonds sous les yeux, Neil and Thom sont à nouveau postés à l'entrée du square Saint-Étienne. Découragés, brisés par le manque de sommeil, d'autres combattants du Sinn Féin sont disséminés çà et là à travers le jardin (nous reconnaissons Constance Markiewicz à l'arrière-plan). Dans un buisson derrière les deux cousins, la caméra découvre un rebelle à peine pubère, garçon blond de quinze ans tout au plus, endormi au poste.

— Neil! Il y a trente Brits pour chaque Volontaire maintenant!

— C'est pas ça le pire. Le pire, c'est que les Dublinois eux-mêmes nous résistent. Comment libérer une ville contre son gré?

— Ah la passivité! Moteur principal de l'histoire humaine.

— Les gens ont besoin de manger, Thom. Se mettre à table ensemble le soir, ça leur tient à cœur. Tu as vu comme ils nous ont hurlé dessus? Jamais je n'oublierai le désespoir dans leurs yeux. Tu sais, Thom, je me disais que... AARGH...!

Un groupe de soldats britanniques vient de s'emparer des deux jeunes par-derrière. Ils leur arrachent les armes. Réveillé en sursaut, l'adolescent blond se fige et se plaque au sol. Un soldat derrière chaque cousin lui plie le bras droit au niveau du coude et le lui remonte violemment dans le dos ; un autre leur fouille les poches et farfouille sous leurs habits. Sans transition, le cerveau de Neil le ramène à l'instant atroce, dans le bordel de Talbot Street, où il croyait avoir égaré ses propres mains. Depuis sa cachette derrière les buissons, le gamin blond observe tandis que Thom se débat, maudit les soldats et les tance avec des rimes joyciennes cocasses, les traitant de *twitbrits* et de *clitwits**. L'homme qui le tient lui tire dessus à bout portant et il s'effondre sur le trottoir, son corps en partie sur les pieds de Neil.

Plus rien à la bande-son. Silence blanc dans la tête de Neil. Son visage, tout blanc.

Dans son dos aussi, le canon d'un revolver.

— Tu t'appelles comment, pédé ?

D'une voix blanche il balbutie son nom, puis ajoute : Je suis avocat et mon père est magistrat, vous n'avez pas le droit…

— Ton droit, tu peux te le foutre au cul, dit le soldat. Tu seras le prochain à faire connaissance avec ce trottoir, pédé, sauf si tu nous donnes de bonnes raisons de ne pas t'y envoyer. Où sont vos chefs, petit garçon ? Où sont vos putains de chefs, espèce de patriote aux chocottes ? Des noms et des adresses, plus vite que ça. Allez, un bon gros nom pour nous faire plaisir.

Engourdissement. Étrangeté. Paralysie des muscles faciaux de Neil. Sentiment d'irréalité. Le temps ralentit, s'arrête presque. Bêtement, il regarde le visage de

---

* "Crétins de Britanniques" et "esprits en forme de clitoris".

l'homme qui lui crie dessus, un homme de son âge. Il voit sa peur. Il partage sa peur, sa crispation… et sa rage de se sentir si peureux et si crispé. Il a l'impression singulière que ce soldat britannique est son cousin… que l'âme de Thom, à l'instant de sa mort, s'est glissé dans le corps de l'ennemi et le dévisage en ce moment en essayant de le mettre en garde : Tout doux, Neil. Attention, mec. Tout doux. L'heure est critique.

Le nom lui échappe : MacBride.

Les synapses explosent dans son cerveau tels des feux d'artifice au ralenti. Éliminer MacBride… libérerait Maud Gonne… Ça rendrait service à Yeats… supprimerait le dernier obstacle à leur mariage… Il serait fou de joie… voudrait me rendre service à son tour… m'aiderait à publier mon roman…

— Quoi ?

— Le commandant John MacBride, répète Neil tout bas.

Le gamin blond est toujours là, à côté, derrière le buisson. Il écoute. Tout en tremblant de peur, il écoute.

— Tu nous racontes des bobards.

— Je vous le jure. MacBride en personne…

— Où ça ?

— Chez Jacob.

— On t'amène avec nous… Ah ! pour l'amour de Dieu, il s'est conchié, le gros bébé ! Tant pis, on t'amène avec nous, tas de merde puante. Si tu nous mens, c'est la mort. Tu le sais, n'est-ce pas ?

— Je ne vous mens pas, que Dieu me…

À la fois entravé et poussé dans le dos, il avance d'un pas heurté… et c'est en trébuchant nous aussi que nous suivons le petit groupe d'hommes jusqu'au noir.

AWINITA, MAI 1951

— I dunno why I like you so goddamn much,
mister Cleaning-Fluid.
— Must be cause I'm cute.
— Not cause you're rich, anyhow.

Ils rient. Ils ont fini de faire l'amour il y a quelques
minutes et Declan est toujours en elle, le corps
recourbé en cuiller contre son dos, un bras drapé
sur son ventre énorme.

— Maybe I make you happy in bed, lui chu-
chote-t-il.
— Hm. Don't let it go to your head.
— That's not where it goes, Nita.

Ils rient. Des bruits du quartier leur parviennent
par la fenêtre ouverte : klaxons, cris d'ouvriers du
bâtiment, cliquetis de vaisselle d'un restaurant voisin, même le hurlement de quelques mouettes au-
dessus de la ville. Sur la table de chevet le réveil
indique onze heures. Declan est arrivé vers cinq ou

– J'me d'mande pourquoi j't'aime autant, m'sieu l'Détachant.
– Ça doit être parc'que j'suis cute. – Pas parc'que t'es riche, en
tout cas.
– Pis p't-êt' que j'te rends heureuse au lit […] – Hmm. Y a pas
d'quoi t'enfler la tête. – C'est pas elle qu'y est enflée, Nita.

six heures, à la fin du service d'Awinita, et ils ont passé ensemble ce qu'ils appellent la nuit.

— Sure you never get me mixed up with one of your johns?

— How could I? You ain't paid me since de first time we came up here. *I* buy *your* drinks now.

Ils rient et se câlinent.

— Seriously. You can tell the difference?

— Yeah. Never saw a guy had such a big... head o'red hair.

Ils rient. Doucement, de sa main droite, il lui effleure le cou et le visage. Elle arrête sa main de sa main à elle et prend ses doigts dans la bouche.

— And from behind?

— Hmm?

— When I'm behind you, you can't see my hair... *Then* what's the diff?

Silence...

— Hey, Nita? Tell me. Me or a john... same diff?

Long silence. Enfin :

— Johns don't bring me flowers.

Sur la table en formica au fond de la pièce, on voit une rose fanée et solitaire dans un vase bleu ébréché.

– T'es sûre que tu m'confonds jamais avec un d'tes clients? – Pas d'chance que j'confonde, tu m'as pas payée depuis la première fois que t'es monté icitte. C'est *moé* qui t'offre à boire.
– Pour vrai. Tu fais la différence? – Ben oui. J'ai jamais eu de client qui avait une aussi grosse... chevelure rousse.
– Et de derrière? – Hmmm? – Quand j'suis derrière toé, tu vois pas mes cheveux... C'est quoi la différence *à ce moment-là*?
– Hein, Nita? dis... Moé pis un client, c'est du pareil au même?
– Les clients m'apportent pas d'fleurs.

— Dey don't hold me tight when we dance. And dey don't ask so many questions.

— That why you love me?

— I say I love you?

— Yeah!

— OK, den shut up.

Ils rient. Declan quitte le lit et, tirant un flacon de whisky d'une poche intérieure de sa veste en cuir accrochée sur un dossier de chaise, s'envoie deux ou trois bonnes lampées. Allume une cigarette, va à la fenêtre et se tient là à fumer, nu. Nous sommes dans le regard d'Awinita sur son corps…

(D'accord, Milo, restons simple. La caméra ne fera pas l'inventaire détaillé de la beauté physique de Declan, explorant lentement sa nuque, où des cheveux blond vénitien bouclent en jolies frondes, glissant sur la courbe de ses reins pour caresser ses fesses, ses cuisses… Il serait facile de tomber amoureux de ton père à l'âge de vingt-quatre ans mais bien sûr, tu as raison, il faut laisser les spectateurs libres d'apprécier ou non ses charmes, comme ils l'entendent…)

— What do the johns talk to you about? demande Declan tout en fumant. Son ton est curieux, pas agressif.

— Whatever.

— No, really.

— Why?

— Just… you know… to know what kinda stuff you go through here.

– Y me serrent pas cont' eux quand on danse… pis y me posent pas tant d'questions. – C'est pour ça que tu m'aimes? – J'ai dit que j't'aimais, moé? – Ouais! – Bon, alors tais-toé.
– Y t'parlent de quoi, les gars? […] – Pff… ff. – Pour vrai. – Pourquoi tu me l'demandes? – Ben… jus' pour savoir c'que tu vis ici.

Éclose dans l'esprit d'Awinita une cascade chaotique de photos en noir et blanc. Des hommes en gros plan flou, aux traits contractés, transpirant et criant dans le vide, d'autres hommes qui, assis au bord du lit dans une transe d'auto-apitoiement, lui parlent sans discontinuer, d'autres encore qui tirent des photos de leur portefeuille pour lui montrer avec fierté leurs maisons, chevaux, autos, enfants, épouses. Fondu au noir. Dans le noir, le film se mue imperceptiblement en animation…

La main d'une femme s'empare d'un serpent violet foncé. Celui-ci se tord et se débat mais la femme le serre fort et pour finir il devient tout flasque, sa tête tombe en avant, de sa bouche sort une langue fourchue.

— Lotta dem boast, elle résume. Dey wanna be admired.

— Do they ask you your name?

— Sure. Some o'dem ask it tree, four times.

— Do they come back? The same ones?

— Happens.

— And you don't get attached to them?

— Happens.

— But not like with me?

— Everybody different.

— Nita!

Il rit, elle non.

— You got Indian clients?

— Indians are broke, mister Cleaning-Fluid.

– Y en a beaucoup qui s'vantent […] Y veulent que j'les admire.
– Y te demandent ton nom? – Des fois… Même qu'y en a qui l'demandent trois quatre fois. – Y r'viennent? les mêmes? – Des fois. – Pis tu t'y attaches pas? – Des fois. – Mais pas comme pour moé? – Tout l'monde est différent. – Nita!
– T'as-tu des clients indiens? – Y ont pas une cenne, les Indiens, m'sieu l'Détachant.

— So'm I.

— Well, maybe you part Indian! Now shut up and lemme get some sleep.

— No, don't go back to sleep, Nita... Let's go down to the river.

ON COUPE.

Plan très court : dans la minuscule salle de bains, Awinita verse dans sa paume une petite pluie des pilules blanches et les avale avec de l'eau du robinet.

Île Sainte-Hélène, les promeneurs tournent la tête sur ce couple qui marche en se tenant par la main, la jeune Indienne enceinte aux cheveux blonds oxygénés et le grand gringalet roux en bottes de cow-boy. Declan l'amène à un endroit qu'il affectionne, petite crique où l'eau forme un plan tranquille parmi les rochers, protégé des flots du fleuve. Installés sur la minuscule étendue de cailloux qui fait office de plage, les hanches d'Awinita serrées entre les maigres jambes repliées de Declan, son ventre volumineux encerclé de ses bras protecteurs, ils contemplent l'eau, les bateaux, les oiseaux. Declan s'envoie une lampée de whisky.

— I love it here.

— Yeah, 's OK.

— Want some?

— Tanks...

— I really only feel at home in nature, you know? I'm a country boy at heart.

– Moé aussi, j'ai pas une crisse de cenne. – Ben, t'es p't-êt' un peu indien ! Tais-toé, là, laisse-moi dormir. – Non, rendors-toé pas, Nita... Viens avec moé su' l'bord du fleuve.

– J'aime vraiment ça, c'te place-là. – Ouais... c'pas pire. – Tu veux-tu une gorgée ? – Merci... – Pour vrai, y a jus' dans' nature que j'm'sens ben d'même. J'suis un gars d'la campagne, dans l'fond des fonds.

— So what ya doin in de city?

— No jobs in the country.

— You got a job now?

— Nah. Prefer to live offa you.

Il rit, elle non.

— Awinita…

— Yeah.

— Since… I mean, since you're planning to give
the kid up anyhow… why don't we… like, go someplace together? I mean… why don't we just leave
Montreal and go live out in the forest some place,
make a life for ourselves? Awinita, come away with
me! We're both young, we can start over.

— Start what over?

— Whatever! We could buy a stand of maple trees
and learn how to make maple syrup…

— Buy it how?

— You ain't got any savings?

Elle garde le silence. On se souvient de la hutte
minuscule, du sol en terre battue, de la famille en
larmes.

— Your dad didn't leave you any money when
he died?

À nouveau elle se tait.

– T'es venu viv' en ville pourquoi? – Y a pas d'job à la campagne.
– Pis t'en as une, job? – Nan… J'aime mieux qu'tu m'entretiennes.
– Awinita… – Ouais. – Vu que… j'veux dire, vu que t'as prévu
de l'faire adopter, ton bébé, pourquoi c'qu'on… irait pas que-
qu'part ensemble? Hein? Pourquoi c'qu'on crisserait pas l'camp de
Montréal pour aller viv' ailleurs, s'bâtir une vie quequ'part dans les
bois? Viens-t'en avec moé, Awinita! On est jeunes tous les deux,
on peut r'commencer! – R'commencer quoi? – Ben, peu importe!
On pourrait acheter une érablière pis apprend' à faire du sirop…
– L'acheter comment? – T'as vraiment pas d'argent de côté?
– Y t'a rien laissé quand y est mort, ton père?

Au bord du fleuve se tient un Indien d'une quaran-
taine d'années, au corps transparent. Il se penche au-dessus
de l'eau. Il tient quelque chose dans les mains, on ne voit
pas ce que c'est… Il le brise violemment sur une pierre et
le lance en l'air. Les morceaux retombent – lourdement
d'abord, comme des pépites d'or, puis doucement, comme
des gouttes de pluie. Les gouttelettes troublent la surface
plane de l'eau. Peu à peu, l'homme se dissout.

— *Your* dad's de one who got money, dit-elle
enfin.

— Only hitch is, he disowned me.

— How come?

— Third jail sentence, he got fed up. I disappoint
him, Nita. Seems like none of his sons turned out
the way he hoped. He wanted us all to go to university. Workin on the land is beneath us, he says. Back
in Ireland he was a lawyer, his dad was a judge, his
friends were a buncha famous writers…

— So how come he left?

— Some'n' happened during the First World War,
I don't know what. I think he refused to be drafted
by the British, some'n' like that.

— Dey drafted Indians from here, too, murmure
Awinita, mais Declan ne l'entend pas.

– C'est *ton* père à toé qu'y a des sous […] – P'tit problème, y m'a
renié. – Pourquoi? – Ma troisième fois en dedans, y a pas supporté.
Je l'déçois, Nita, je l'écœure. Y dit qu'aucun d'ses fils est à la hauteur
de ses espoirs. Y voulait qu'on fasse des belles études… Travailler la
terre c'est pas digne de nous, qu'y dit. Lui, pendant sa jeunesse en
Irlande c'tait un avocat, son père y était juge, ses amis c'étaient tous
des gens célèbres, des hommes de lettres… – Fait que… y est parti
pourquoi? – Y s'est passé quequ'chose pendant la guerre de 14, j'sais
pas quoi. Peut-être qu'y a refusé de servir sous les drapeaux anglais,
une histoire de même. – On a forcé ben des Indiens à aller s'battre
là-bas, pareil […] – Y est v'nu au Canada…

— He came to Canada… pis y s'est trouvé une belle Québécoise bien en chair à marier… Quand a s'est mise à pondre des bébés, y a été obligé de s'tuer au travail sur la terre de son beau-père. Ah, on m'a assez cassé les oreilles avec ça! Pendant vingt ans, y a travaillé dans l'industrie forestière de Pierre-Joseph Chabot… mais malgré ça, y a jamais lâché son rêve d'écrire un roman. Après une longue journée de labeur sur la ferme, y partait dans sa bibliothèque lire pis écrire jusqu'au milieu d'la nuit. Quand ses parents sont morts, y a fait venir *dix-huit cartons de livres* de Dublin par bateau! Pis c'tait pas suffisant! Chaque fois qu'y allait à Montréal ou à Ottawa, y rev'nait avec encore une brassée de volumes. Pièces de théâtre, poésies, premières éditions, ça finissait pas… Mais Neil amour, ça sert à quoi tout ça? j'me rappelle qu'a disait, môman. C'est pas avec des poésies qu'on va pouvoir nourrir nos p'tits! La vérité, c'est que ça l'énervait, ma mère, elle qu'avait passé son enfance à la ferme pis qu'avait voulu en partir. À dix-huit ans, a l'avait fugué à Montréal pour s'faire actrice, pis a l'avait trouvé de l'emploi comme serveuse dans un café su'a rue Notre-Dame. C'est là qu'y se sont rencontrés… fait que a l'était pas trop contente quand y a insisté pour qu'y retournent viv' su' l'domaine des Chabot. A s'disait qu'si elle, a passait ses journées dans la bouse de vache pis de bébé, la moind' des choses c'était qu'y lui crisse la paix avec son Shakespeare. Fait que tous les dimanches matin, y nous coinçait dans son bureau, nous les gars, y ouvrait un d'ses liv' poussiéreux, pis y nous lisait tout haut pendant des heures. Guerres grecques, rois britanniques, pis tout ce que tu voudras. J'ai appris à l'haïr, sa bibliothèque, c'est pas mêlant.

Pendant c'temps-là, les filles allaient à la messe avec môman. Elles parlaient toutes français, j'te l'ai déjà dit, j'pense. Môman est morte en accouchant pour la treizième fois, pis c'est Marie-Thérèse, la fille aînée, qui a pris l'relais. A nous a élevés avec une poigne de fer, crois-moi, mais… notre père, pas possible de l'changer.

Pendant que Declan pérore, *nous quittons dou-cement le sol en flottant et montons rejoindre les mouettes qui décrivent de grands cercles au-dessus du Saint-Laurent. Nous volons à travers nos propres cheveux, longs et ondulants… Mais au bout d'un moment nos cheveux commencent à nous enserrer, à s'enrouler autour de nous, si bien qu'à la fin nous ne sommes plus qu'une petite boule toute dure. Nous rebondissons.*

— Anyway… quand j'avais dans les douze ans, mon père y a reçu un paquet au courrier, un roman signé par l'auteur lui-même, un Irlandais avec un nom d'femme… Janice ou quequ'chose de même. Son livre, c'était un pot-pourri de mots étrangers pis de mots difficiles pis de mots inventés, comme si y avait pris une pile de livres du monde entier pis qu'y les avait pitchés dans une grande marmite pour en faire une bouette, pis qu'y avait spreadé ça à grandes louches sur les pages… Après une heure passée à écouter, j'en pouvais pus! J'étais en maudit contre mon père, me faire perdre mon temps avec des affaires de même, alors que j'avais des choses à faire pis des chums à voir! Mes frères ont dû se fâcher pareil parce que y en a pas un des six qui a plus que sa huitième année.

— En tout cas…

— Not so different, murmure Awinita de sa voix rauque.

— What's not so different?

— You.

— From what?

— My johns.

— Thanks!

— 'S OK. You're a guy, and guys like de sound of deir own voice. Hey, gotta get back to work.

— Pas si différent […] – Que c'est qu'y est pas si différent ? – Toé. – De quoi ? – Des clients. – Ah ben merci ! – Pas grave. T'es un gars, pis les gars aiment s'écouter parler. Hé, là, faudrait que je r'tourne à l'ouvrage.

IV

MALÍCIA

L'essence même de la capoeira, la ma-
lícia *permet au capoeiriste de voir les
côtés les plus obscurs de l'être humain
et de la société sans perdre sa joie de
vivre.*

MILO, 1958-1962

L'enfant de l'absence est à nouveau enfermé dans le
placard… dans *un* placard, plutôt, pas le même. Il a
déjà connu pas mal de placards dans sa courte existence, et il a trouvé le moyen d'y survivre. Il construit
dans sa tête un placard plus sombre encore, y pénètre
de son plein gré et verrouille la porte derrière lui.
N'appelle personne, n'a besoin de personne, trouve
en lui-même ce dont il a besoin.

Une fois à l'intérieur, dans le noir du noir, il est
heureux car il sait qu'en fermant les yeux il peut
convoquer des images, des voix, et qu'elles afflue-
ront. Il peut susciter le cocker anglais de la maison
voisine de celle de la famille allemande, et jouer avec
lui comme il n'a pu le faire à l'époque car seulement
deux lattes étaient cassées dans la clôture entre les
deux jardins. Tout excité, le chien se mettra à japper,
Milo lancera un bâton, le chien détalera et le lui rap-
portera avec des grognements de fierté… Ils répètent
ce jeu indéfiniment. Ensuite Milo peut gratter la
tête du chien, lui dire Gute Hund, le récompenser
avec un biscuit et sentir sa petite langue mouillée
et râpeuse lui lécher la paume parce qu'ils s'aiment

— Bon chien.

plus que tout au monde. D'autres jours dans le noir du noir, il retrouve son meilleur ami, un garçonfille nommé Ness comme le monstre du loch Ness, et ils partent vivre de folles aventures ensemble, explorant la Lune ou la planète Mars ou l'océan ou la jungle ou la toundra ou le désert, les glaciers du pôle Nord ou les volcans d'Amérique du Sud ou les pics les plus élevés de l'Himalaya.

(Peu à peu, Milo, ce placard intérieur deviendra ta carapace. Il te protégera toute ta vie. Ta concentration y est si intense que tu pourras encaisser n'importe quoi – coups, viols, agressions verbales – sans que vacillent les feux de ton étoile intime.)

À d'autres moments dans le placard, Milo écoute la voix de sa mère qui lui chante et lui répète tout bas son nom secret, ou la voix de Sara Manders qui lui lit des histoires à l'heure du coucher. Sara le tient sur ses genoux, le câline, lui caresse la tête et s'émerveille de la beauté de ses cheveux, il sent son ample poitrine contre son dos... Lové sur le sol du placard, il enlace son propre corps. Parfois, écoutant les voix ou sentant les seins de ces belles femmes, sa main glisse dans son pantalon et il se caresse en gémissant et en haletant jusqu'à ce qu'une lumière vienne lui embraser le cerveau, après quoi il se détend et parvient à s'endormir. Un jour tombe sur lui au moment critique, au lieu de l'embrasement, une pâle et affolante lueur réelle : sa mère d'accueil a ouvert la porte du placard et l'a surpris ainsi, la main dans le pantalon, la tête rejetée en arrière, abandonné à la joie lente et profonde d'une peau féminine se frottant doucement à la sienne. Elle pousse un cri qui arrache l'enfant à sa rêverie et le fait basculer dans la honte – après quoi, s'emparant de l'arme la plus proche, le long tuyau métallique de

l'aspirateur, elle lui tombe dessus à bras raccourcis :
God forgive me, but if I don't beat this evil out of you
there'll be no hope left, you'll grow up to be a crimi-
nal just like your parents! Bad seed on bad ground…
Tout en faisant pleuvoir une avalanche de coups sur
sa tête, son dos et ses épaules – il lève les bras pour
protéger son visage –, la femme lui inflige des coups
de pied assassins de ses chaussures pointues, partout
où elle le peut…

(Tu as raison, Milo : les spectateurs raffolent
d'images pleines de gore et d'hémoglobine ; ils ricanent
pendant que les gens se font décapiter ou couper en
mille morceaux, se curent le nez pendant que des
bombes réduisent des villes en cendres ; nombre
d'entre eux se délectent aussi de voir des fillettes sauvagement violées par des hommes adultes ; mais, ça
a beau être une des formes de violence les plus répan-
dues sur la planète, une femme qui frappe un petit
garçon les fait se tortiller sur leur chaise… Bizarre, eh ?
… T'entends ça, Milo ? Tu m'as même appris à dire
eh ? comme un Canayen. Hé. Ça va, toi ? Et ça va,
nous, dis ? On peut continuer, amour ? Je t'adore,
Astuto. Continuons. Oui, oui, on changera le nom,
pas de souci, dès qu'on a fini le premier jet. C'est
l'affaire d'un seul clic…)

Le petit bâtard sait lire maintenant, en anglais.
Ayant rattrapé en un an les deux premières années
de l'école, il lit tout ce qui lui tombe sous la main :
mièvreries du *Reader's Digest* dans les toilettes, vieux
numéros de la *Gazette* qui traînent, même la Bible

— Dieu me pardonne ! Si je chasse pas le mal de ton corps maintenant, il y aura plus d'espoir, tu deviendras un criminel comme
tes parents ! Mauvaise graine…

que sa mère-du-moment garde sur sa table de chevet pour y puiser de l'inspiration. Les mots imprimés le transportent au pays de la liberté, les histoires font vibrionner son esprit. L'important, c'est de décoller de ce monde et de s'envoler loin, loin, loin...

Même s'il nous est loisible d'insérer à cet endroit du film des images de la soi-disant vraie vie de Milo pendant ces années-là – Milo à l'école, le regard rivé tantôt sur la maîtresse tantôt sur le tableau noir, indifférent aux enfants qui l'entourent ; Milo agressé dans la cour de récré par des garçons plus grands que lui, se défendant de manière si subreptice et efficace qu'en trois secondes le nez du chef pisse le sang ; Milo rentrant seul à pied dans la nuit de décembre qui tombe à quatre heures de l'après-midi ; Milo pelletant la neige ; tondant le gazon ; assis sur le banc d'une église protestante, droit et raide entre un homme et une femme droits et raides dont on ne verra jamais le visage –, il est clair que sa *vraie* vraie vie se déroule désormais dans le placard, dans le noir du noir. Extase des images, voix à travers le silence. La solitude est devenue sa drogue.

Et puis, brutalement : sevrage.

Une journée chaude de mois de juin, il rentre de l'école, ouvre la porte moustiquaire et s'arrête net. Ses parents d'accueil (toujours des troncs sans tête) sont au salon avec un inconnu à barbe grise. La valise de Milo a été préparée et attend dans le couloir. Ses yeux zigzaguent à toute vitesse des adultes à la valise et de la valise aux adultes, mais, même en permutant sans cesse l'ordre des objets regardés, il n'arrive pas à comprendre ce qui se passe...

On coupe.

Le hall énorme de la gare Windsor à Montréal. Lumières glauques. Tohu-bohu. Sifflements de moteurs à vapeur, soupirs stridents de sifflets. Hordes de gens qui courent en tous sens, crient, fument, se font signe, s'étreignent, se hèlent, traînent derrière eux sacs et malles. Élégants porteurs au chapeau rouge et à la peau couleur chocolat, qui poussent sur des chariots des montagnes de valises. Annonces d'arrivées et de départs, en français au haut-parleur, qui résonnent comme des menaces. Après avoir balayé d'en haut la foule, la caméra repère le vieillard, zoome sur lui et le suit, tirant d'une main la valise lourde de Milo et de l'autre Milo lui-même.

En état de choc, le garçon résiste de toutes ses forces. Quand l'inconnu à barbe grise se tourne vers lui, on voit enfin son visage. Il nous faudra peut-être quelques instants pour reconnaître Neil.

— Come on, dit-il. We'll miss the train.

— I don't want to go.

— What?

— I don't want to go.

— They beat the bejesus out of you and you want to stay with them?

— I don't want to go.

— I didn't ask you if you wanted to go, I'm your grandpa and I'm taking you out of that Protestant hellhole.

— You're not my grandpa.

— So I am, bless you. Look.

Neil sort de sa poche un passeport irlandais.

– Allez, viens […] On va rater le train. – J'veux pas y aller. – Quoi ? – J'veux pas y aller. – Ils t'ont sacré des volées et tu veux rester avec eux ? – J'veux pas y aller. – Je ne t'ai pas demandé si tu le voulais, je suis ton grand-père, et c'est mon devoir de te sortir de cet enfer protestant. – T'es pas mon grand-père, d'abord. – Mais si, petit. Regarde.

— Know how to read? Neil Noirlac. You see, it's written there. And what's your name?

— ...

— What's your name, youngun?

— Milo.

— Milo what?

Le garçon ne peut s'empêcher de marmonner Noirlac.

— Right. And where would you have gotten a name like Noirlac?

— I don't wanna go.

— Do you know its meaning?

— I don't wanna go.

— Black lake, it means. Did you know your name was black lake, my boy? Do you speak French?

— I don't wanna go.

— Come on, now, Milo, or we'll be missing our train! Way they've been treating you, those Protestants are lucky I came without my gun.

— You got a gun?

— Naturally, for hunting rabbit and lynx and moose.

— Will you teach me to hunt?

— Tu sais lire? Neil Noirlac. Regarde, c'est écrit là. Et toi, tu t'appelles comment? — ... — Voyons, tu t'appelles comment, petit? — Milo. — Milo comment?
— C'est ça. Et d'où tu tiens ça, Noirlac? — J'veux pas y aller. — Tu sais ce que ça veut dire? — J'veux pas y aller. — Ça veut dire lac noir. Tu le savais, mon gars? Tu parles français? — J'veux pas y aller. — Allez, Milo, viens vite, on va manquer notre train! Après ce qu'ils t'ont fait, ces protestants, ils ont de la chance que je sois venu sans mon arme. — T'as une arme? — Bien sûr! pour chasser le lapin, le lynx et l'orignal. — Tu m'apprendras à chasser?

Neil prend l'enfant dans ses bras et, un moment, fait semblant d'être assez fort pour le porter. Mais il ne l'est pas… et, le sentant, Milo cède.

— I'll come wit you, dit-il, if you teach me how to hunt.

— You've got a deal.

ON COUPE.

Assis face à face dans le train, l'homme et l'enfant traversent la province de Québec vers le nord-est. Autour d'eux, d'autres passagers bavardent tranquillement en français. Neil sort un sandwich d'un sac en papier brun et le tend à Milo, qui le prend et le dévore sans un mot. Tout en mastiquant, il regarde la forêt défiler à toute allure de l'autre côté de la vitre. C'est la première fois qu'il met les pieds hors de Montréal…

ON COUPE.

Repas de la famille Dubé, le repas de midi qu'ils appellent *dîner*, dans la cuisine d'une grande maison de ferme. Assis sur des bancs de part et d'autre de la longue table en bois d'érable sont Marie-Thérèse, la fille aînée de Neil, brune fine aux traits d'une beauté acérée, son timide époux Régis Dubé, aux joues marbrées par la petite vérole, et leurs deux fils adolescents François-Joseph et Jean-Joseph – de rudes gaillards. Tous parlent français et aspirent bruyamment leur soupe en même temps.

Milo est paumé. Même s'il pouvait ressusciter les rudiments de français qu'il possédait naguère, cette version rurale de la langue, saccadée et comme oblique, lui serait opaque. Ponctuellement, Neil se penche pour lui traduire une phrase à l'oreille, mais

---

— Je viendrai avec toi […] si tu m'apprends à chasser. – Marché conclu.

Marie-Thérèse le surprend chaque fois et réagit en frappant la table du plat de la main.

— Papa! Pas d'ça icitte! C't' une maison francophone. Autant qu'y s'habitue tu-suite. On r'commenc'ra pas avec tes maudites idées d'biling', pas question.

— Comment veux-tu qu'il apprenne? proteste Neil en tirant doucement sur sa barbe. Il ne comprend rien, le pauvre.

— Y apprendra su' l'tas, comme tout l'monde.

— Un peu d'patience, suggère Régis, les lèvres à trois ou quatre centimètres de son assiette de soupe, mais à voix si basse que nous sommes les seuls à l'entendre. (Régis est un homme intimidé en profondeur ; même quand il n'est *pas* penché sur son assiette il a l'air d'esquiver des coups.)

— Alors ça vient d'où, c'cousin anglais-là? demande François-Joseph.

— Oui, grand-papa, tu l'as dégoté où? C'est pas tous les jours qu'on rencont' un cousin qu'y a déjà huit ans!

— C'est le fils de Declan…

— Qui d'autre! grogne Marie-Thérèse.

— Mais où c'qu'il l'a caché tout c'temps-là? On l'a jamais vu avec un r'jeton, l'oncle Declan…

— Moi non plus je ne savais pas, dit Neil. Mais Declan est venu begger la semaine passée…

— Ça, c'est pas nouveau! observe Marie-Thérèse.

— Justement! J'étais à bout, et son crédit aussi… Alors pour me faire céder, il m'a dit que les cinquante dollars n'étaient pas pour lui mais pour la pension de son fils…

— Ah! c't' émouvant, certain! fait Marie-Thérèse en hochant la tête, j'vas pleurer betôt.

— Je ne le croyais pas moi-même. Franchement, je lui ai dit, tu ne vas pas m'enfirouaper aussi facilement que ça! Où se trouve-t-il, ce prétendu fils?

— Miracle qu'y s'rapp'lait, Declan, après toutes ces whiskys…

— Tu as raison, c'est un miracle! Il m'a montré d'abord son certificat de naissance, puis toute une liasse de papiers… Milo avait été dans cinq familles d'accueil différentes et, vous me croirez ou non, Declan ne l'avait jamais perdu de vue…

— Baptême!

— T'as fait cinq familles, toé?

— You were in five families? they ask you.

Milo hausse les épaules et garde les yeux collés à son assiette. Il sent que la conversation tourne autour de lui, mais n'arrive pas à en saisir même le sens général.

— Pourquoi c'qu'on l'a changé aussi souvent?

— Est-ce que je le sais, moi? Mais l'idée qu'un petit-fils à moi vivait à Montréal depuis tout ce temps et que je ne le savais pas… ça m'était insupportable. Il fallait que je le récupère.

— J'te comprends, murmure Régis. J'te comprends. T'as ben fait.

— Encore une bouche à nourrir, pour nous aut'! soupire Marie-Thérèse.

— Une de plus, une de moins… dit Neil.

— Facile à dire, quand on passe sa journée le nez dans les livres! dit Marie-Thérèse. Nous aut', on trime fort pour s'en sortir!

— Voyons, Marie-Thérèse! fait Neil. Je n'allais pas le laisser chez les protestants!

– Tu as fait cinq familles? ils te demandent.

C'est sa dernière carte mais c'est un joker et il le sait. De toutes les histoires de sa jeunesse irlandaise dont Neil avait régalé sa marmaille, c'est l'histoire des enfants volés qui avait le plus frappé Marie-Thérèse. Alors que toute la ville de Dublin était paralysée et affamée par la grève sans fin et sans merci de 1913, des soldats britanniques avaient fait irruption dans la maison des grévistes, s'étaient emparés de leurs enfants et les avaient envoyés par bateau en Grande-Bretagne, où ils avaient été accueillis au sein de familles protestantes. Et quel travailleur catholique honnête pouvait supporter l'idée de retrouver plus tard, à sa propre table, un petit protestant fanatique aux yeux brillants? Ils avaient repris le chemin de l'usine…

Après le dîner, Jean-Joseph et François-Joseph amènent Milo faire le tour du domaine. Il les suit à travers la basse-cour… Gros plan sur leurs énormes bottes en caoutchouc glougloutant dans la gadoue. Au moment d'entrer dans l'étable, les nuées de mouches noires et l'odeur virulente du fumier font reculer Milo, mais bientôt les vaches exercent sur lui une attraction irrésistible. Il éprouve plus d'empathie pour ces grosses bêtes laiteuses, brunes, douces et tièdes, à la queue qui fouette lentement, que pour ses cousins, quatorze et treize ans respectivement, qui rotent et pètent, fument et jurent, fanfaronnent pour lui faire comprendre qui est aux commandes.

— T'as avalé ta langue? lui demandent-ils.

Pendant toute la visite il ne dira pas un mot…

On coupe.

Série de scènes flottantes et éphémères pour esquisser l'année qui suit : Milo à l'école… Milo à l'étable… attardons-nous un peu sur Milo à l'église. On le reconnaît sur un banc tout devant, serré parmi ses camarades des petites classes… Les écoliers plus grands sont derrière, et plus loin encore, les professeurs, parents et grands-parents. On remarque que Marie-Thérèse et Régis se trouvent parmi eux, Neil non…

Fondu enchaîné : soirée d'hiver à la ferme. Marie-Thérèse a sommé Milo de l'aider avec la corvée des concombres. La vapeur rend l'air de la cuisine presque opaque…

(Le téléphone joue un rôle dans cette scène ; il faudra donc nous l'établir dès le premier repas de Milo à la ferme… un gros machin noir en bakélite, installé sur le mur au-dessus de la table. Marie-Thérèse pourrait y faire allusion, fière d'avoir enfin le téléphone… Ou alors il pourrait sonner pendant le repas, faisant sursauter tout le monde car c'est encore un bruit inédit. À voir…)

Assis au bout de la longue table en érable, tout contre le mur, Milo verse précautionneusement la saumure dans les bocaux tandis que, assise en face de lui, sa tante épluche et fend en quatre des gousses d'ail. Soudain elle lève les yeux :

— T'es un p'tit mécréant, toé, hein ?

— 'Scuse ?

— T'as été chez les protestants pis y t'ont mis des gros mensonges dans' tête ?

— Sais pas.

— Tu crois, au moins ?

— À quoi ?

— Ben, à tout ce qu'y dit l'curé, l'dimanche à' messe. À Dieu l'Père pis à la Bonne Viarge pis à Not'Seigneur qu'y est mort sur la Croix pour nos

109

péchés, pis à tout l'reste, pis qu'si t'y crois pas t'iras en enfer ?

— ...

— T'écoutes pas pantoute à l'église, hein ?

— ...

— Crois pas que j'te vois pas, j'ai ben vu qu't'écoutais pas. Tu chantes pas avec nous aut', pis tu pries pas avec nous aut', tu laisses faire. Tu t'en vas que-qu'part dans ta tête.

— ...

— C'est ça qu'tu fais, Milo. J't'ai vu, tu peux pas l'nier.

— Je l'nie pas.

— Bon, écoute Milo, ça va pas. Parc'que d'ici deux trois ans, va falloir faire ton catéchisme pis préparer ta première communion, montrer que t'as compris la Vraie Religion pour vrai !

— ...

— Que t'es pas un hérétique de protestant, comme les gens où c'qu'y t'a trouvé, ton grand-père !

— J'suis rien, moé.

La voix de Marie-Thérèse monte en flèche.

— Comment ça, t'es rien ? Tu vis-tu avec nous aut', oui ou non ? T'appelles-tu Noirlac comme nous aut' ? Veux, veux pas, tu fais partie d'la famille, pis faut que t'apprennes à être un bon catholique !

Le silence obstiné de l'enfant la met hors d'elle.

— M'entends-tu, Milo ? Sinon tu vas finir à Bordeaux comme ton bon à rien d'père... Un quêteux ! Un paresseux ! Un délinquant ! Tu m'écoutes-tu, là ? J'te parle ! Tiens ! fait-elle soudain... et, décrochant le téléphone du mur, elle lui assène un grand coup sur la tête avec le combiné. *(Bong.)*

Les yeux de Milo s'emplissent de larmes mais il tourne la tête et regarde par la fenêtre. Se concentre sur la neige qui tombe. Part rejoindre le lion, la sorcière et l'armoire… la petite fille aux allumettes… le rossignol aux yeux de rubis… le vilain petit canard… Ne donnera pas à sa tante le plaisir de le faire pleurer. (Je te vois, amour, au bout de cette longue table, tout tassé contre le mur. Je te *vois*, je te le jure…)

Elle le frappe encore. *Bong!* Elle y prend goût, à ce *bong!*

— T'es fier, hein! Tu viens d'la ville, c'est ça! T'es trop bon pour nous aut', tes péquenauds de parents! C'est ça! C'est ça, dis-moé, hey, fils de dépravée! *(Bong.)* Hé! Réponds-moi quand j'te parle! *(Bong.)* Tu l'sais ça, au moins, que t'es un fils de dépravée? Si tu l'savais pas, tu l'sais maintenant. Ah, la slutte pis le soûlon! Y étaient faits pour s'entendre, tes parents! Deux ratés, oui! Deux riens! Fils de rien, de moins que rien, c'est ça qu't'es! *(Bong, bong.)* Fils de l'absence!

Milo s'est recroquevillé sur la table parmi les bocaux de concombres. Comme il a croisé les bras derrière la tête pour se protéger, les coups que lui inflige Marie-Thérèse avec le combiné tombent parfois sur ses mains. Elle est déchaînée.

— A voulait pas t'garder, ta chienne de mère. Pich'notte, poubelle! *(Bong.)* C'est comme ça, les sauvages! Les mères s'débarrassent de leurs petits comme des crottes de nez. *(Bong.)* A s'en sacrent, du salut d'l'âme de leur enfant! *(Bong.)*

C'est alors que Régis entre d'un pas lourd dans la cuisine, les bottes couvertes de neige. Une rafale glaciale en profite pour se glisser par la porte.

— Ciboire qu'y fait frette!… Eh! Que c'est qui s'passe?

Se voyant comme il doit la voir – transpirant, hurlant, débraillée, dressée au-dessus de l'enfant recroquevillé – Marie-Thérèse se fige.

— Faut ben lui donner une leçon, marmonne-t-elle en raccrochant le téléphone. C't une mauvaise graine. Faut ben l'corriger.

— Ben, corrige-le su' les fesses comme tout l'monde, pas su' la tête! dit Régis, dans un élan atypique d'autorité conjugale.

— Oh, on a ben vu sur nos gars c'qu'a donne, ta discipline à toé. T'as jamais voulu les corriger, pis nous v'là ben! Nos fils, c'est deux bons à rien qui pensent jus' à se pacter pis à courir les filles. Y vont jamais être capab' de r'prend' la ferme, ces deux-là.

— Pis sers-toé d'autre chose que du téléphone. Y est tout neuf, tu vas le casser.

— Fait que, Milo… j'vas pas t'laisser me l'gâter comme les deux autres, m'entends-tu? Milo, c'est moé qui vas m'en occuper.

Elle baisse la voix soudain.

— 'Coute-moé, Régis… Y est fin, c'te p'tit gars-là.

— Okay, okay, j'ai rien dit. M'en sacre de Milo, toute façon. C'est ton n'veu, pas l'mien. Tu fais comme tu veux.

— J'espère ben!

Épuisé, Régis sort de la pièce, et Marie-Thérèse vient se mettre près de Milo sur le banc.

— Allez, p'tit cul, fait-elle en le couvrant de petits baisers câlins. On oublie tout ça, hey? J't'aime ben, t'sais. On va apprendr' à s'connaître, toé pis moé, pis tu vas voir. Allez, viens icitte, colle-toé, laisse-toé aller. C'est moé ta môman maintenant. Tu l'sais, hein? L'autre, à c't'heure, elle doit pus être de ce monde…

Le trottoir, ça tue… Pis a devait se piquer en plus…
Hey, Milo chéri? Tu veux-tu donner un ti-bec à
matante Thérèse?

Elle attire l'enfant à elle mais il se transforme en
poupée de chiffon, de sorte que la seule chose qu'elle
puisse faire avec son corps c'est le relâcher.

— Allez. Y est tard, là. Va t'coucher. J'vas finir la
besogne tu-seule comme d'habitude. On s'en veut
pas, hein? Hein, Milo, qu'on s'en veut pas?

Noir…

Un de ces jours, amour, faudrait vraiment que
j'écrive un livre sur la passivité. J'espère que tu me
pardonnes d'avoir mis dans la bouche de Thom, dans
la scène du square Saint-Étienne, ma propre convic-
tion à ce sujet : "La passivité est l'un des moteurs
les plus puissants de l'Histoire…" C'est aussi l'un
des plus sous-estimés, car les gens préfèrent se voir
comme courageux et maîtres de leur destin… Libres,
surtout! La liberté est souvent décrite de nos jours,
dans la littérature et la presse, comme *la* chose sans
quoi l'homme ne saurait vivre… Mais si, il le peut!
Il le fait très bien, merci! La liberté est tout sauf une
pulsion irrésistible, un besoin irrépressible, le plus
petit dénominateur commun des membres de notre
espèce! Au contraire, c'est un luxe! Une chose aussi
rare que les œufs de colibri dorés! L'immense majo-
rité des êtres humains se foutent éperdument de la
liberté ; ils chérissent deux *autres* choses, sans doute
soudées entre elles dans les circuits de notre cerveau
reptilien : la survie et l'intégration au groupe…

Non, amour, je ne parle pas de toi – pas plus pour
toi que pour un opossum, faire le mort ne relève de
la passivité – mais c'est toi qui m'as aidé à réfléchir

là-dessus, et… OK, Astuto, trêve de blablatage. Pas la peine de retourner le couteau dans la plaie : je sais que je ne suis pas en état d'écrire un livre…

NEIL, SEPTEMBRE 1917

On retrouve notre jeune héros penché sur son bureau dans un coin de sa chambre. Par les rideaux blancs froufroutants à sa gauche arrivent des flots de soleil dont l'éclat lui est douloureux, tant il rend aveuglante la blancheur de ses pages.

Derrière lui, Daisy, la domestique, tape bruyamment dans ses oreillers pour leur redonner du volume :

— Dois-je vous préparer une tasse de thé, monsieur?

— Non. Je vous en prie, je vous en supplie, Daisy, combien de fois dois-je vous dire de ne pas me déranger lorsque j'écris? Vous voyez bien que je suis en train d'écrire, là, oui ou non?

— Non, monsieur.

— Oh! Un homme assis devant une feuille de papier à sa table de travail est en train d'écrire, Daisy, même si l'on ne voit pas sa plume courir follement à travers la page et se retremper toutes les trois secondes dans l'encrier.

— Oui, monsieur.

— Une partie importante du travail d'écriture – à vrai dire, la partie la *plus* importante – se déroule avant que la plume ne s'approche du papier, à l'intérieur du cerveau… Oui, cette fournaise aussi brûlante qu'énigmatique, où se fondent et fusionnent les métaux spirituels. À travers une série de réactions chimiques, ceux-ci engendrent des formes frustes et flottantes, que l'artiste jette ensuite dans la réalité… Là, elles se cristallisent miraculeusement en des œuvres d'art qui nous sembleront aussi immuables et incontournables que si elles avaient toujours existé.

— Oui, monsieur, répète Daisy.

Et, dans une pseudo-obséquiosité qui frôle l'insolence, avec force révérences exagérées et mouvements superflus de son plumeau, elle sort de la pièce à reculons et ferme la porte derrière elle.

— Comment *ose-t-elle*? fulmine Neil… avant de revenir à la page blanche d'un mouvement rageur.

Il y griffonne une phrase que nous l'entendons formuler dans sa tête : *Il y avait de nombreuses vérités de la rébellion de Pâques, selon les points de vue.* Il biffe *selon les points de vue* et le remplace par *cela dépendait de qui et où on était.* Biffe *était* et le remplace par *se trouvait être.* Biffe le tout, roule la page en boule et la balance à la corbeille.

Non, non, non et non, l'entendons-nous dire tout bas. *Même s'il se passait mille choses à la fois dans différentes parties de la ville, on n'a d'autre choix que de les écrire successivement. Pas de blabla, pas de grand discours. Il faut amener le lecteur à l'intérieur de l'action. À l'intérieur, par exemple, du corps de ce jeune combattant du Sinn Féin abattu par le sniper sur le toit de Trinity. Non, mauvaise idée : il est mort le mardi, son chapitre serait trop court. Eh bien… pourquoi pas une mouette, qui verrait d'en haut comment s'articulent les événements? Mais non, ridicule. Les mouettes ne comprennent pas ce que font les humains, et encore moins ce qu'ils disent. Oh, Thom, je veux faire ça pour toi. Tu as perdu la vie, moi non, et maintenant c'est grave : je dois écrire. Bon… commençons quelque part, n'importe où, l'important est de commencer, on peut toujours corriger plus tard.*

Sa sœur passe la tête par la porte.

— Tu vas encore rester à la maison aujourd'hui, c'est ça ?

Neil ne daigne même pas se retourner.

— Tu ne vas pas aller chercher du travail aujourd'hui, Neil ?

— Dorothy, je *travaille*.

— Ah bon ? Ah, d'accord. En effet, tu sembles pris par des grands labeurs. Et bien payés avec ça, j'en suis sûre ! Belle contribution aux finances de la famille, justifiant les années longues et coûteuses de ton éducation. Fais attention à ne pas trop te fatiguer, hein ? Quand tes doigts seront las de tenir la plume, n'oublie pas d'aller prendre un bon bain chaud pour les détendre !

— Dorothy, ne t'ai-je pas sommé à plusieurs reprises de ne pas débouler dans ma chambre sans frapper ?

— Oh ! pardon, frérot. Je voulais juste te dire un petit bonjour. Le sais-tu, Neil Kerrigan ? depuis que tu t'es découvert une vocation d'artiste, tu es devenu de plus en plus irritable !

— Puis-je te persuader de t'en aller *immédiatement* ?

— Déjà tu n'étais pas très aimable comme avocat, mais alors comme romancier tu es franchement déplaisant. Bon, à plus tard. J'espère au moins que tu te rendras utile, en aidant Daisy à éplucher les pommes de terre pour le souper.

Et, lâchant un rire dont l'éclat lui est aussi intolérable que celui du soleil, Dorothy s'éclipse.

Les nerfs en vrille, Neil serre sa plume de toutes ses forces et on entend sa voix intérieure…

Il faudrait être non seulement dans des lieux différents au même moment, mais dans un même lieu à des moments différents. Le lieu, assurément, c'est la ville de Dublin. Mais on ne peut rien comprendre à la rébellion de Pâques de 1916 si l'on ne connaît pas les grèves de 1913-1914… la gloire et la déchéance de Parnell dans les années 1890… l'histoire pluriséculaire de l'occupation britannique de l'Irlande. Et il nous faut non seulement reculer mais avancer dans le temps aussi. Montrer comment les gens de Dublin, réticents envers la rébellion pendant la semaine de Pâques, se sont ralliés à la cause des rebelles au cours des premiers jours de mai, quand les leaders indépendantistes ont été arrêtés et froidement abattus par des pelotons d'exécution britanniques. Pearse, Plunkett, McDonagh, Connolly… seize hommes en tout, dont celui que j'ai moi-même dénoncé, le commandant John MacBride. Crâneur jusqu'au bout, il est mort sans le bandeau réglementaire sur les yeux, en se vantant d'avoir déjà affronté à maintes reprises le feu des Anglais. Et puis… j'ai été dénoncé. Par qui? sans doute le gamin blond qui s'était planqué dans les buissons. À qui? je ne le sais toujours pas. Aux deux côtés, peut-être, car j'étais doublement duplice. Traître envers mon milieu, j'ai été défroqué par le barreau. Traître envers ma cause, j'ai été exclu par le Sinn Féin. Mais ce n'est pas mon histoire personnelle que je veux raconter ici, c'est celle de ce dear dark Dublin. *Le chamboulement de Pâques 1916 a laissé la ville ravagée et en ruine mais renouvelée, enfin mûre pour la révolution…*

À force de serrer sa plume, les doigts de Neil ont blanchi aux articulations. Trois coups vifs sont frappés à la porte.

— Qui est-ce? Quoi encore? hurle-t-il en sautant sur ses pieds.

Réponse glaciale : C'est ta mère.

Dès qu'il ouvre la porte d'un coup sec, les yeux de sa mère s'emplissent de peur et il comprend qu'il a l'air effrayant : cheveux en bataille, vêtements froissés, bretelles de travers... il n'a pas fermé l'œil de la nuit.

— Ton père souhaite te parler, dit Mme Kerrigan avec roideur, sans franchir le seuil de sa chambre serait-ce du bout pointu de sa mule en velours rose...

ON COUPE.

Quelques instants plus tard, dans le bureau du juge Kerrigan.

S'y affichent tous les symboles de la richesse et du pouvoir virils : livres reliés de cuir serrés sur les rayonnages, diplômes accrochés au mur, et, sur le bureau en chêne poli, lampe à abat-jour vert, presse-papiers doré, sous-main en cuir aux bords dorés... tu vois le genre. Cet homme a le succès ostentatoire pour ne pas dire féroce... et je pense, Milo, que n'importe quel spectateur du film pourrait écrire aussi bien que nous le dialogue qui suit.

— Vous souhaitiez me voir, père?

— En effet.

— Eh bien, me voici.

— Neil, je pense à votre avenir. Les choses ne peuvent continuer ainsi. Voilà dix-huit mois que nous avons appris vos agissements au sein de cette racaille, douze mois que vous avez été exclu du barreau...

— Comme vous le savez, père, je n'aspire pas à être réintégré. Du moins, pas tant que les cours de justice dublinoises seront gérées par l'occupant.

Le juge prend sa voix de stentor, couvrant la voix de son fils.

— Je suis convaincu, Neil, que votre cas n'est pas totalement désespéré. J'ai imaginé un moyen par lequel vous pourriez… remonter en selle.

Neil attend, il sait que l'attente ne sera pas longue. Le juge Kerrigan va à la fenêtre, lui tourne le dos, allume sa pipe.

— Vous devez vous engager dans l'armée.

— Impossible.

— J'ai fait une enquête préliminaire au château et trouvé deux ou trois individus qui, en raison du respect qu'ils me portent, sont prêts à intervenir en votre faveur. Vous démarreriez d'emblée avec le rang d'officier.

— Même si j'ai *entaché le nom de la famille*?

— Oui. Ils seraient prêts à passer l'éponge sur cet épisode. Réfléchissez-y. Je vous conseille de sauter sur cette occasion de sauver votre réputation. Il est peu probable que l'on vous donne une deuxième chance.

— Père, j'ai vingt-cinq ans. Tout en connaissant mes convictions politiques et mes aspirations artistiques, vous trouvez normal de me demander de trahir les unes et les autres, uniquement pour que le nom de Kerrigan retrouve sa pureté virginale…

— Jeune homme, je vous interdis de recourir à ce vocabulaire grossier devant votre père. Je ne suis pas une page blanche que peut venir souiller n'importe quel gribouillage grivois des jeunes dépravés comme vous-même et Jimmy Joyce. *Portrait du jeune homme en artiste*, non mais, quelle outrecuidance!

— C'est le contraire, père. *Portrait de l'artiste en jeune homme.*

— Des traîtres, tous ! voilà ce que vous êtes ! Votre pays a besoin de vous ? Joyce court se cacher en Suisse et *vous*, vous ne trouvez pas mieux que de vous acoquiner avec une bande de haillonneux sans foi ni loi ! Puisque vos petits camarades sont morts à l'heure qu'il est, pourquoi ne pas aller donner un coup de main aux bolcheviks qui mettent la Russie à feu et à sang ? Ils ont peut-être une meilleure chance de l'emporter !

— Père... je suis *écrivain*.

— Neil, je suis las d'attendre que vous me fournissiez une preuve de cette affirmation.

— C'est-à-dire... ?

— Vous avez le choix. Soit vous acceptez l'offre généreuse que je viens de vous faire, soit vous m'apportez la preuve tangible que vous faites partie de l'établissement littéraire irlandais. Faute de quoi, vous ne serez plus le bienvenu sous mon toit. Les écrivains en début de carrière se plaisent à manger des lentilles dans une mansarde misérable, c'est bien connu, non ? Eh bien, trouvez-vous une mansarde misérable où manger des lentilles. Je veux que vos effets personnels aient disparu de cette maison d'ici à dimanche prochain.

— Je vous la donnerai, la preuve.

— Ce sera tout, Neil.

— Je vous la donnerai, la preuve ! répète Neil un peu plus fort.

Sans répondre, le juge Kerrigan s'assoit à son bureau et ouvre un registre d'un mouvement rageur...

ON COUPE.

Dans sa chambre à nouveau, Neil tire de sous son lit un carton rempli de vieux papiers et farfouille dedans. Il en extrait son manuscrit de poésies et le glisse dans un dossier noir...

ON COUPE.

Un fiacre dépose Neil devant la tour Ballylee, dans le comté de Galway. Dossier noir sous le bras, il se dirige vers la tour. Gros plan sur son visage, dont l'expression traduit à la fois une crainte révérencielle et une certaine fierté devant sa propre audace. Mauvaises herbes et fleurs sauvages prolifèrent à la base de la tour ; toutes les fenêtres sont sans vitre… (Tu crois qu'on y arrivera, Milo ? Tu crois qu'on nous donnera l'autorisation de tourner dans la tour Ballylee ? Ce serait fantastique, non ? Avec, mettons… Lambert Wilson dans le rôle de Willy Yeats ? Ouais… super…)

Une corpulente domestique aux cheveux gris, affublée d'un bonnet et d'un tablier blancs, fait entrer Neil. Elle le précède sur les marches branlantes d'un escalier en colimaçon et l'introduit, au premier étage, dans le salon du grand poète. Comme le lieu n'a pas encore été meublé, le bruit de leurs pas résonne sur les murs de pierre… Lunettes de guingois, cardigan mal boutonné, Yeats semble passablement distrait. Il fait les cent pas dans la pièce en se passant les mains dans les cheveux.

— C'est donc vous, le jeune poète qui m'a écrit la semaine dernière.

— C'est cela, monsieur.

— Vous avez vu les cygnes sauvages ?

— Les…

— Pendant qu'on vous amenait ici, vous les avez vus ?

— Je crains de ne pas les avoir remarqués, monsieur. C'est donc en ce moment qu'ils partent vers le sud ?

— Comment… comment peut-il s'agir, année après année, des *mêmes* cygnes ? La *même* passion de soulèvement, le *même* battement féroce des ailes contre le ciel ? Se dirigeant innombrables vers les tropiques dans le *même* vol époustouflant, tandis que nous autres humains… vieillissons, changeons, perdons nos certitudes et nos dents…

— Euh… c'est bien vrai, monsieur.

— Pourquoi souhaitiez-vous me voir ?

— J'ai besoin d'aide, monsieur.

Yeats lance discrètement un coup d'œil sur son bureau.

— Votre lettre en dit autant, mais pourquoi vous adresser à *moi*, monsieur… Kerrigan ?

— Simplement parce qu'un jour, monsieur… euh… j'ai moi-même tenté de vous aider.

— Ayez la bonté de vous expliquer. Je suis certain de ne vous avoir jamais vu.

— Eh bien, monsieur… Bien que fils d'un magistrat de Dublin, j'ai rejoint le mouvement des Volontaires irlandais en 1914 et… euh… c'est-à-dire que… ayant eu connaissance des obstacles regrettables empêchant Mme MacBride d'obtenir un divorce, je…

Soudain attentif, Yeats se tourne vers lui…

On coupe.

Une demi-heure plus tard, le poète pousse un énorme éclat de rire tout en leur servant à chacun un verre de cognac :

— Je n'en reviens pas… C'est *vous* qui avez dénoncé le commandant John MacBride ! Vous !

— Moi-même, monsieur.

— Et, m'ayant rendu ce service à mon insu, vous désirez qu'en échange je vous aide à trouver un éditeur ! Ah, mais c'est *sublime*, Neil Kerrigan ! C'est une histoire tout à fait merveilleuse ! Malheureusement, vos espoirs seront déçus. À vingt-cinq ans, il est temps d'apprendre que nos espoirs et nos rêves les plus chers dans la vie sont généralement déçus. Voyez-vous cette tour?

— Oui, monsieur.

— Je l'ai achetée au mois de mars. Voici l'acte de vente : désormais c'est moi le propriétaire. Eh bien, qu'en dites-vous?

— C'est… euh… c'est très… spacieux, monsieur.

— Trop spacieux pour un homme seul, c'est cela que vous voulez dire?

— Peut-être, monsieur.

Yeats avale cul sec un deuxième cognac.

— Plus approprié pour un père de famille… ai-je raison, Kerrigan? Je ferais mieux d'amener une épouse ici, c'est cela que vous voulez dire? Oui, mais *quelle épouse*, ah, c'est là que le bât blesse, *quelle épouse*? Vous avez raison : depuis 1889, mon corps crie son besoin d'aimer Maud Gonne, c'est d'elle et d'elle seule que dépend mon imagination poétique! Il y a dix ans, alors que son élégance et son éloquence me torturaient depuis de longues années déjà, elle a enfin daigné m'ouvrir sa robe et ses cuisses… mais elle a refroidi ma passion en suppliant Dieu chaque jour de nous affranchir du désir terrestre.

— Je comprends votre… frustration, monsieur.

— Cette femme, Kerrigan, est à la fois terrorisée et horrifiée par l'amour physique. N'est-ce pas pitié, étant donné l'harmonie exceptionnelle de ses formes, de sa peau, de son allure? Comment vous débrouillez-vous dans ce domaine, à propos?

— Eh bien, monsieur… pour l'essentiel, hormis quelques petites virées du côté de Monto comme tout le monde, je m'occupe de mon propre plaisir.

— Pour le confesser ensuite ?

— Ah ! non, monsieur. Je n'ai plus mis les pieds à l'église depuis la rébellion de Pâques. Le comportement inqualifiable des prêtres pendant les événements m'a guéri de la foi une fois pour toutes… Ainsi, monsieur Yeats, si je saisis votre propos… euh… bien que le commandant MacBride soit parti pour un monde meilleur… Mme MacBride a de nouveau décliné votre demande en mariage ?

Willy rejette la tête en arrière et boit.

— *De nouveau*, oui : et ce fut la fois de trop. M'étant rendu l'été dernier en Normandie *de nouveau*, et ayant trouvé Maud *de nouveau* entourée par les gloussements, les grognements et les pépiements de toute une ménagerie, je me suis *de nouveau* jeté à genoux devant elle pour presser sa main contre mes lèvres et la supplier d'être mienne… (Il chante.)

> *Oh my lovely, be thou not hard*
> *Look thou kindly upon me*
> *Wilt thou not come with an aging bard*
> *All the way to Ballylee?*

… Tout en m'accueillant chaleureusement, en jouant avec moi au tarot et en m'aidant à interpréter mes rêves, Maud s'est gaussée de mes avances. Non, monsieur Kerrigan, jamais Mme MacBride ne m'épousera et j'ai enfin compris pourquoi : par fidélité à son père mort et à la cause de l'Irlande par lui épousée. Mais saviez-vous qu'en plus du jeune fils engendré par feu son rustique commandant, Mme MacBride a une enfant plus âgée, fille illégitime d'un journaliste français.

Ô ma beauté, dure ne sois pas / Ma requête contemple et me dis / Qu'avec le vieux barde enfin viendras / Vivre à la tour Ballylee !

— Oui, je me le suis laissé dire.

— Une fille du nom d'Iseult, aujourd'hui âgée de vingt-deux ans, et d'une beauté aussi renversante que celle de sa mère à son âge. Monsieur Kerrigan, je connais et j'aime Iseult depuis sa naissance.

— Je vois.

— Alors le mois dernier... Maud m'ayant donné sa permission — sceptique, je dois dire, à un point blessant —, je me suis jeté à genoux devant Iseult pour presser sa main contre mes lèvres et la supplier d'être mienne. (Il chante.)

Oh my lovely, be thou not hard
Look thou kindly upon me
Wilt thou not come with an aging bard
All the way to Ballylee?

— Et elle ?

— A refusé.

Yeats sombre dans un silence prolongé. Au bout d'un moment, voyant le jour baisser dans le ciel, Neil l'encourage d'une voix douce :

— Et alors ?

— Eh bien, j'ai récemment fait la connaissance d'une *autre* jeune femme, une certaine Georgina Hyde-Lees, également ma cadette de trois décennies... Alors la semaine dernière je me suis jeté à genoux devant elle pour presser sa main contre mes lèvres et la supplier d'être mienne. (Il chante.)

Oh my lovely, be thou not hard
Look thou kindly upon me
Wilt thou not come with an aging bard
All the way to Ballylee?

— Et elle?

— A accepté. Les bans ont été publiés hier, le mariage aura lieu dans quinze jours. Il *faut* que des enfants gambadent au pied de cette tour, comprenez-vous?

Comme Neil ne sait pas quoi dire, il ne dit rien.

— Mais revenons à vous, Neil Kerrigan. Vous avez donc envie d'écrire?

— C'est cela.

— Alors, quittez l'Irlande.

— Pardon?

— On ne saurait écrire dans ce pays. Allez-vous-en. Le conseil de votre père est excellent, il vous rend service en vous chassant de chez lui. Quittez son domicile.

— Mais pas pour l'armée britannique!

— Non, pour la littérature.

— Il dit que j'ai entaché le nom de notre famille.

Yeats feuillette rapidement les poèmes de Neil.

— Changez de nom. Changez de pays. Changez de soi… Oubliez ces pages. Elles ont été écrites avant la rébellion par un jeune homme brillant, enflé d'ambition mais dépourvu de sagesse. Puis les Britanniques sont venus ravager notre ville et assassiner nos seize leaders, votre cousin Thom a été tué sous vos yeux, les plus beaux bâtiments de Dublin ont été réduits en cendres, les pauvres sont sortis de leurs masures en criant, et…

all changed, changed utterly.
A terrible beauty was born.

… Je crois que vous avez désormais une petite idée, un pressentiment, disons, de ce que pourrait

---

Tout a changé, changé complètement. / Une terrible beauté est née.

être la sagesse, ou du moins de comment faire pour la chercher… Ai-je raison ?

— J'espère que oui, monsieur.

— Alors partez. Allez en Angleterre… ou, mieux, aux Amériques.

— Mais notre cause ? La cause de la nation irlandaise et de la liberté irlandaise, pour laquelle Thom et tant d'autres ont fait l'ultime sacrifice ?

— Ne vous en faites pas, les choses suivront leur cours. Vous n'oublierez pas votre pays. Puis-je vous lire quelques vers d'un poème récent ? Je ne l'ai qu'en manuscrit, il faudra sans doute plusieurs années avant que l'Irlande ne soit prête à l'entendre. Il s'intitule *Ceux qui conduisent la foule*…

(Aïe, je ne sais pas, là, Milo… *Tout le poème*, t'es *sûr* ? Putain ! Ça, c'est le côté schmaltz de ta personnalité, sympa dans la vie mais une vraie cata dans l'art… OK, OK, attends, ne te mets pas dans tous tes états, tu l'auras, ton poème ! Pendant que Lambert Wilson le lit à voix haute, on peut partir en flottant par la fenêtre et monter rejoindre le vol des cygnes sauvages dans le ciel du comté de Galway…)

> *They must to keep their certainty accuse*
> *All that are different of a base intent;*
> *Pull down established honour; hawk for news*
> *Whatever their loose fantasy invent*
> *And murmur it with bated breath, as though*
> *The abounding gutter had been Helicon*

Pour préserver leurs certitudes ils doivent accuser / D'intentions basses tous ceux qui sont différents ; / Démolir l'honneur établi, vendre comme nouvelles / Tout ce qui excite leur lâche fantaisie / Et le susurrer en retenant leur souffle comme si / Le caniveau débordant était l'Hélicon /

Or calumny a song. How can they know
Truth flourishes where the student's lamp has shone,
And there alone, that have no solitude?
So the crowd come they care not what may come.
They have loud music, hope every day renewed
And heartier loves; that lamp is from the tomb...

... Comprenez-vous, Kerrigan ?

— Pas facile de saisir à la première lecture, monsieur, mais il me semble en avoir capté l'essence...

— Les vers les plus importants sont ceux-ci : *How can they know / Truth flourishes where the student's lamp has shone, / And there alone, that have no solitude ?* Restez étudiant à jamais. Protégez votre solitude. Entretenez votre lampe.

— Pourquoi la lampe vient-elle *de la tombe* ?

— Où trouverait-on la sagesse, Kerrigan, sinon dans les mots d'hommes morts ?

— Dans les bras de femmes vivantes ?

William Yeats éclate de rire.

— Ah, vous êtes un garçon selon mon cœur ! Tenez... Permettez-moi de vous dédicacer un de mes livres.

Prenant un exemplaire du *Vent parmi les roseaux*, il inscrit à la page de titre les mots suivants : *Pour Neil Kerrigan. Puisse-t-il ne pas suivre les pas chancelants de ce barde vieillissant, mais forger avec ses mots à lui un chemin viril et neuf pour dégager un sens provisoire du néant riche et sombre qui nous entoure. W. B. Yeats, 16 septembre 1917.*

Noir.

Et la calomnie une chanson. Comment sauraient-ils, / Ceux qui n'ont pas de solitude, que la Vérité n'éclôt / Que là où a brillé la lampe de l'étudiant ? / Pourvu qu'arrive la foule, peu leur importe ce qui arrive / Ils possèdent la musique forte, l'espoir chaque jour renouvelé / Et des amours plus robustes ; la lampe vient de la tombe.

AWINITA, JUIN 1951

Musique de radio… Vague gazouillis de filles, babillant et se chamaillant à mi-voix… La caméra explore, au rez-de-chaussée d'une maison délabrée sur le Plateau-Mont-Royal, l'appartement qu'Awinita partage avec une douzaine d'autres jeunes prostituées, certaines indiennes, d'autres pas. Aux fenêtres, les rideaux de jute restent fermés en permanence pour décourager toute velléité de curiosité chez les voisins.

Débouchant à la cuisine, on découvre – assise à la table, cigarette à la main – Liz, brunette plantureuse d'une quarantaine d'années vêtue d'un ensemble veste-pantalon jaune. C'est la gérante de la maison, et toutes les filles qui travaillent pour elle savent que vendredi est jour des comptes. Devant elle, un grand livre et un tiroir-caisse ; sur la cuisinière à côté, une cafetière à pression. Plus ou moins habillées, les filles entrent une par une, s'installent en face de Liz et lui remettent leurs gains de la semaine. Liz se lèche un doigt, compte soigneusement les billets, inscrit le montant dans le grand livre, soustrait ce que les filles lui doivent pour le loyer, les vêtements et les médicaments, et leur rend la différence.

Vêtue d'un kimono en satin noir bon marché, Awinita franchit la porte de la cuisine en titubant

un peu, le ventre tendu, énorme, sur le point d'écla-
ter. Devant ses yeux, tout tremblote et oscille. L'enveloppe qu'elle tend à Liz semble bien légère. Après
y avoir jeté un coup d'œil, la madame dit en fron-
çant les sourcils :

— What's this supposed to be? I hope this
isn't supposed to be your rent money, Nita...
You already owe me... ah... seventy-four bucks
in back rent, to say nothing of the advances I've
made you... Ten for clothing... twenty for medi-
cation... that brings us to a grand total of one hundred and four. I've told you before, Nita, this isn't
a charity operation.

— De guys... dey scared to go up with me. Dey
scared sometin could happen while dey up dere.

— When are you due?

— Any day.

— OK... And your plan is to give up the baby?

— Yeah.

— At once?

— Yeah.

— So you think you could be back at work when?

— Like, a week or two.

– C'est quoi, ça? J'espère que c'est pas supposé être l'argent
de ton loyer, Nita... Déjà que t'as... voyons... soixante-qua-
torze piastres de loyer en retard, sans parler des avances que je
t'ai faites... Dix piastres pour tes habits, vingt pour tes médicaments... Ça fait un grand total de cent quatre piastres. J'te
l'ai déjà dit, Nita, c'est pas une maison de charité icitte. – Les
clients... Y ont peur de monter avec moé. Y ont peur qu'y
s'passe quequ'chose pendant qu'y sont en haut. – Y est dû
quand ton bébé? – Là, là. – Okay... Pis... tu penses-tu toujours le donner en adoption? – Ouais. – Tu-suite? – Ouais. –
Fait que, tu vas pouvoir r'prend' quand le travail...? – Dans
une semaine ou deux.

— OK, listen. You know, I don't mean to be hard on you, Nita, but I've got my books to balance. One more week of credit is all I can give you. Either you catch up on your debts or you find someplace else to live.

— Sure.

— All right. One more week's delay for the rent. Think you can do without your pills this week?

— I need 'em.

— At least try to cut down, for your baby's sake. Let me give you half the usual amount, that way you won't be tempted.

— Gimme the pills... I'll try and cut down myself.

— Price of Diazepam went up to twelve bucks last week.

Tandis que Liz inscrit cette nouvelle dette dans le grand cahier, Awinita lui arrache presque le flacon de pilules...

On coupe.

Dans la salle de bains, Awinita avale une pilule et attend qu'elle agisse.

On la retrouve lovée sur un matelas dans un coin de la chambre, en train de ronfler doucement. Près

---

– Okay. T'sais, Nita, j'ai rien cont' toé, mais faut ben que j'équilibre mon budget. J'peux te donner encore une semaine de crédit pis c'est tout. Ou ben tu rattrapes tes dettes, ou ben tu vas viv' ailleurs. – Correct. – Okay. Encore un délai d'une semaine pour le loyer. Tu vas pouvoir te passer de tes pilules cette semaine? – J'en ai besoin. – Essaie au moins de réduire ta dose. C'est pas bon pour l'enfant, l'Valium. 'Garde, j'vas t'donner la moitié de ce que tu prends d'habitude, comme ça tu vas pas être tentée. – Donne-moé-lé... j'vas essayer de réduire moi-même. – Ç'a augmenté depuis la semaine passée, c'est rendu à douze piastres le flacon.

d'elle, Deena, Cheryl et Lorraine se peignent les ongles en jacassant comme des pies…

On coupe.

Quelques heures plus tard. Lumière différente. Les autres filles sont parties. Le sol de la chambre est jonché de sous-vêtements, de mouchoirs roulés en boule, d'emballages de bonbons, de bas nylon entortillés et de cendriers à moitié renversés… Enroulée seule sur son matelas dans un coin, Awinita a sa première contraction. Elle appelle sa mère en langue crie.

Caméra subjective : nous fixons le plafond de l'ambulance. Les lumières de la ville sont des éblouissements irréguliers à la périphérie de notre vision. Bande-son : hurlement de la sirène, propos échangés à voix basse entre les deux ambulanciers assis devant… et, de temps à autre, nos propres gémissements de douleur…

On coupe.

Salle d'urgence d'un grand hôpital montréalais. Nous accouchons. La douleur est si forte que les contours du monde en sont brouillés, fantastiques. Des infirmières s'agitent et s'agglutinent autour de nous. (Quasiment toutes des bonnes sœurs, n'est-ce pas Milo, à Montréal en 1951 ?) Leurs mains sur et dans notre corps sont sans douceur, et le fait d'épeler pudiquement certains mots ne rend pas ceux-ci moins blessants.

— Encore un b.â.t.a.r.d de sauvage.

— J'en ai vu douze ce mois-ci, si j'en ai vu un !

— Y ont pas d'avenir, que Dieu les bénisse. On a presque envie de mettre fin à leur malheur avant qu'y commence.

— Les voies du Seigneur sont impénétrables, sœur Anne.

— A va s'en débarrasser ?

— Oui. A veut même pas le voir.

— Quelle hypocrisie. C'est pas moins un péché, ce qu'elle a fait!

— Peut-être qu'a l'a été v.i.o.l.é.e?

— Comment veux-tu qu'on sache?

— Une t.r.a.î.n.é.e peut-elle être v.i.o.l.é.e?

Les femmes pouffent de rire.

— Dieu seul le sait!

Aveuglée par la violence des lumières, nous fermons les yeux.

De grands arbres tombent de tout leur long, écrasant taillis et broussailles. Les animaux de la forêt écarquillent les yeux d'effroi. Un incendie démarre, s'étend et monte ; les flammes sautent de plus en plus haut, s'efforçant de toucher le soleil. Puis le soleil disparaît et des nuages d'orage viennent le remplacer : ils guerroient contre le feu, tirant des balles de pluie sur son corps secoué de soubresauts extatiques.

Un énorme grognement nous sort des tripes en passant par les poumons, et des voix nous parviennent de toutes parts :

— Ah! Le v'là!

— Le v'là enfin!

— C't une fille!

— C't une 'tite fille!

— Vous voulez pas voir vot'fille, ma'm'selle?

À l'écran, la lumière rose se déplace lentement de gauche à droite : nous faisons non de la tête.

Une étoffe rose, lisse et transparente, flotte et se balance doucement dans l'air, puis se recourbe, se met à danser et se transforme en papillon. Voletant avec grâce, le papillon rose approche lentement de la forêt en feu. Avant même que les flammes ne le touchent, ses ailes s'évaporent sous l'effet de la chaleur intense.

Son étroit corps sombre se noircit et se fige, puis s'effondre d'un coup en cendres, tel un cône d'encens brûlé.

Le bébé a disparu. Une voix d'homme résonne au-dessus des voix de femmes : c'est l'obstétricien.

— Z'auriez dû faire une épisio, elle est très déchirée. Elle a eu quoi ?

— Une fille.

— Normale ?

— Oui, oui. Sans problème, docteur.

— Bon, ben, j'vais remplir les formulaires pour sa prise en charge.

Le bruit mat d'une porte à battants nous signifie son départ.

— Sans problème, docteur… répète à voix basse, sarcastique, l'une des infirmières. À part que c't une sauvage et une bâtarde, bien sûr.

Les autres étouffent un fou rire.

— C'est moé qui la recouds, là, ou c'est toé ?

— Vas-y, toé. Je t'ferai un p'tit thé pour la nausée après, okay ?

— Okay… J'devrais p't-êt' tout recoudre, là, pour qu'elle arrête de corrompre nos pauv' hommes vulnérables, hein ? Qu'en dites-vous, sœur Anne ? On devrait p't-êt' tout le recoud', ce gros bâillement-là, non ?

— Allons, sœur Claire. N'oublions pas, il est aussi grave de pécher par la pensée et la parole que par les actes.

Retour aux ombres torrides de l'esprit d'Awinita.

Des chatons terrorisés reculent, le dos rond, le corps gonflé d'hostilité, les yeux en soucoupe, crépitant de ressentiment.

Enfin la couture prend fin et, soulagée, nous glissons vers le néant…

Cette fille aura-t-elle un nom, Milo? Non, pas dans notre film. Voilà qu'elle vient tout juste de naître, et déjà on va devoir la pousser hors de l'histoire. Regardons-la bien, au moins, avant qu'elle ne disparaisse.

Hé... ça va, dis? On peut cesser de parler un moment. Je peux même revenir demain si tu préfères. OK, OK, pas de panique, je reste... Je comprends, ça doit être bizarre d'avoir une demi-sœur qui se balade quelque part sur la planète et de ne savoir ni qui elle est, ni où elle est, ni quel genre de vie elle a eue...

Allez, Astuto, tiens bon, accroche-toi... C'est dans quelques heures seulement que le bon Dieu te donnera la trithérapie quotidienne.

V

TERREIRO

Lieu, maison de culte : terreiro *de candomblé. Il signifie plus généralement emplacement, place.*

MILO, 1962-1965

Messe de dimanche dans la minuscule église de village que nous connaissons déjà. Âgé de dix ans, Milo est assis au troisième rang près de son meilleur ami Normand. Nettement plus grand et plus costaud que Milo, Normand a dû redoubler un certain nombre de fois. (Ah, Astuto, on peut dire qu'elle est bigarrée, la bande de tes amis! D'un bout à l'autre de ta vie, rien que des désaxés, des artistes et des parias, des obèses et des pédés.)

Perclus d'ennui, les deux garçons jouent avec le feu qui s'appelle fou rire. Ils se passent et se repassent le programme de l'office, chacun gribouillant dans la marge un dessin destiné à faire pouffer l'autre. Le dessin de Normand, qui montre un garçon en train d'uriner sur une jeune femme enceinte, porte la légende : *Je te salis Marie, pleine et grasse.* Milo ravale son rire, c'est à son tour. En quelques traits rapides il a fini ; Normand reçoit un dessin qui montre des pommes, des poires et des cerises jaillissant d'une pile d'intestins : *Béni soit le fruit de tes entrailles.* Il s'ébroue, faisant tourner des têtes.

Assis derrière les deux garçons, Jean-Joseph Dubé se penche en avant, arrache le programme des mains de Normand, y jette un coup d'œil et le passe rapidement à leur maîtresse. À son tour Mme Morissette regarde le papier et un petit cri d'horreur lui échappe. Quand l'assemblée des fidèles se lève pour chanter un cantique, elle passe en s'excusant devant les gens de sa rangée, avance à grands pas dans l'allée, attrape les deux garçons par les cheveux (bien que Normand soit plus grand qu'elle) et les traîne *manu militari* jusqu'aux bancs du milieu, où se trouvent les parents.

Gros plan sur Milo dont le visage s'assombrit…

On coupe.

Cuisine de la ferme. Marie-Thérèse hurle et lui fouette le dos avec le cuir à rasoir de Régis : T'oses me faire honte de même, devant tout l'monde! Niaiseux de païen! Fils de pute, mauvaise graine! J'vas t'nettoyer l'âme, moé, sí c'est la dernière chose que j'fais sur c'te terre-là!

Au-delà des fenêtres, dans le jardin arrière, se servant d'une scie comme guitare et d'un bidon de pétrole comme tambour, François-Joseph and Jean-Joseph se déchaînent dans une parodie du tube country de Roger Miron.

> *À qui le p'tit cœur après neuf heures ?*
> *Est-ce à moi, rien qu'à moi ?*
> *Quand je suis parti loin de toi, chérie*
> *À qui le p'tit cœur après neuf heures ?*

On coupe.

Ciel perçant d'un jour de canicule, bleu saphir. Des corbeaux le traversent avec des croassements noirs. Chaleur menaçante et miroitante. La caméra, descendant en piqué vers une touffe de peupliers dans un coin du domaine, trouve Milo assis sur une souche d'arbre. On l'approche doucement de dos : le contournant, on voit qu'il taille un bout de bois avec son canif.

Quelques secondes plus tard, la sculpture est achevée. Haute de seulement cinq centimètres mais très expressive, c'est une tête humaine avec deux pattes de chevreuil à la place du cou. La tête a deux visages, l'un tordu de rage, l'autre, de terreur. Milo scrute l'objet et souffle dessus pour disperser les copeaux. Puis, s'agenouillant au pied d'un arbre, il creuse un trou dans le sol avec son canif et glisse prestement la statuette dedans. Remplit le trou, aplatit la terre et lisse les herbes par-dessus jusqu'à ce qu'il ne reste aucune trace.

Le domaine Dubé acquiert ces jours-ci une population souterraine, invisible mais puissante : éparpillées un peu partout, des douzaines de figurines y sont déjà installées. Ce sont les alliées de Milo. Comme lui, leur vraie vie se déroule dans le noir. Comme lui, elles devront y trouver leur liberté.

Bande-son : musique d'orgue…

On coupe.

Bibliothèque de Neil, un dimanche matin de janvier. Milo a été dispensé d'aller à la messe en raison d'un rhume. Il est assis sur les genoux de Neil, qui lui lit à voix haute *De l'importance d'être Constant* d'Oscar Wilde. L'enfant suit le texte sur la page, exultant de voir la correspondance entre mots dits et écrits. Soudain il éclate de rire.

— Is it not a marvel[1]? dit Neil, et sa grosse main tavelée par l'âge vient doucement recouvrir la

---

[1] N'est-ce pas merveilleux ?

menue menotte de l'enfant. That this Irishman Oscar Fingal O'Flahertie Wills, by himself rebaptized Wilde, born on the far side of the Atlantic Ocean in 1854, can make a Canadian boy laugh a hundred years later?

— A hundred and eight, dit Milo.

— Wha'… ? Yes, you're right, a hundred and eight. And this is only the beginning, Milo. On these shelves are countless treasures, to which I shall introduce you one by one. My library will be your school away from school and your church away from church. We must just keep it a secret from Marie-Thérèse… That's not a problem, is it?

Milo fait non de la tête.

— Books from all centuries and all continents. Poems, tragedies, comedies, histories, war and adventure, nonsense and fairy tales… Humanity's multitudinous joys and sorrows at your fingertips, my boy! Some of these volumes are worth a pretty

---

– […] Que cet Irlandais du nom de Oscar Fingal O'Flahertie Wills, par lui-même rebaptisé Wilde, né de l'autre côté de l'océan Atlantique en 1854, puisse faire rire un petit Canadien cent ans plus tard? – Cent huit […] – Quoi…? Oui, tu as raison, cent huit. Et ça, Milo, ce n'est que le début. Ces étagères contiennent des trésors incroyables. Je te les ferai connaître un à un. Ma bibliothèque sera ton école loin de l'école et ton église loin de l'église. Il ne faut juste pas en parler à ta tante Marie-Thérèse,… ce n'est pas un problème, hein?…
– Des livres de toutes les époques et de tous les continents. Poésies, tragédies, comédies, livres d'histoire, de guerre et d'aventures, contes de fées et balivernes… Tous les chagrins et toutes les joies de l'humanité à portée de la main, mon garçon! Certains de ces volumes valent une petite fortune. Regarde celui-ci, Milo… et celui-ci… Dans ma jeunesse, les plus grands écrivains de l'Irlande étaient de mes amis : James Joyce et William Butler Yeats…

penny. Look at this one, Milo — and this one… In my youth, the greatest writers of Ireland were my friends. James Joyce and William Butler Yeats…

— But they both say *To Neil Kerrigan*, not *To Neil Noirlac*.

— Wha'? Oh. Yes, well, you see, I changed names when I came over to Quebec.

— You mean you took your wife's name?

— No, no, she took mine, only it was… a pseudonym, if you like. That means a false name. Writers often prefer publish their books under a pen name, you see… just as Oscar Wilde did.

— And your children all took your false name?

— Yes.

— So my name's false, too? I should really be called Milo Kerrigan?

— Oh, no, don't worry about that — by the third generation it becomes true. I have something important to tell you, little one. I've already made arrangements… When I die, everything in this library will go to you… But that, too, is our secret for the time being, yes?

— Mais c'est écrit *À Neil Kerrigan*, pas *À Neil Noirlac*. — Comment? Oh. Oh oui, eh bien, vois-tu, j'ai changé de nom en venant au Québec. — T'as pris le nom de ta femme? — Non, non, c'est elle qui a pris le mien, mais c'était, disons, un pseudonyme. Ça veut dire un faux nom. Tu sais, les hommes qui veulent écrire s'inventent souvent un nouveau nom… comme Oscar Wilde, justement. — Alors ils ont tous pris ton faux nom, tes enfants? — Oui. — Donc il est faux mon nom aussi? Pour vrai, je m'appelle Milo Kerrigan? — Non, non, ne t'en fais pas pour ça, Milo! À la troisième génération ça redevient vrai. Écoute-moi bien maintenant, mon petit, j'ai une chose importante à te dire… J'ai déjà pris des dispositions… À ma mort, toute ma bibliothèque te reviendra à toi… Mais ça aussi, on le garde entre nous pour l'instant… d'accord?

On coupe.

Le salon au rez-de-chaussée, un samedi après-midi de février. Feu dans la cheminée et, au-dehors : lente chute de neige. Jean-Joseph et François-Joseph, quinze et seize ans, sont couchés à plat ventre sur le tapis du salon : de grandioses batailles entre cow-boys et Indiens se déploient en noir et blanc devant leurs yeux, sur fond de musiques tonitruantes. Les deux garçons s'empiffrent d'épluchures frites de pomme de terre, sifflent de la bière artisanale et lâchent des rots sonores. Ponctuellement, ils rient à gorge déployée pour tester le nouveau potentiel en décibels de leurs cordes vocales. Dans la buanderie de l'autre côté du couloir, Marie-Thérèse, tout en retirant les vêtements du lave-linge pour les glisser dans l'essoreuse à rouleaux, pousse des soupirs exaspérés…

On coupe.

Au bois avec son oncle Régis, Milo tire un lapin… et tous deux se précipitent pour voir. L'animal est grand. Le sang lui gicle des narines sur la neige blanche. Il n'est pas blessé, il est mort sur le coup. La balle de Milo lui est entrée dans le cerveau juste au-dessus de l'œil, laissant le corps intact. Régis est fier.

— Pourquoi grand-père y vient jamais chasser avec nous ? Milo demande à son oncle alors qu'ils prennent le chemin du retour.

— Ah, ça ! Le jour où Neil Noirlac va s'mett' à chasser…

— Mais y m'a dit qu'y chassait des orignaux, des lynx pis des lapins.

— Rien qu'ça ! Régis éclate de rire. C't une autre sorte de proie qu'y traque, ton grand-papa.

— Mais y m'a dit qu'y avait une arme à feu !

— Ça... paraît qu'oui, même si je l'ai jamais vue. Un revolver allemand d'avant la Première Guerre! Y l'a apporté avec lui de l'Irlande.

— P't-êt' qu'y chasse la nuit? suggère timidement Milo.

— C'est ça. Pis y mange ses orignaux la nuit aussi, pour pas avoir à les partager.

Ils viennent d'entrer dans l'appentis près de la maison. Sous le regard attentif de Milo, Régis écorche et vide le lapin, maniant le couteau acéré avec une dextérité consommée pour inciser et retourner la fourrure, puis ouvrir le ventre. C'est de ses mains nues qu'il en retire les entrailles.

— Prochaine fois, c'que tu tues, c'est toi qui l'écorches. Okay?

— Okay, okay.

ON COUPE.

Après le bénédicité, Marie-Thérèse soulève le couvercle de la casserole : Savez-vous c'est qui qui l'a tiré, ce lapin-là? C'est Milo!

— Smells heavenly, fait Neil.

— Pardon? fait Marie-Thérèse.

— Oups! L'odeur est divine!

— Seul le bon Dieu est divin. Arrête de blasphémer, papa... Pis arrête d'apprendre à Milo à blasphémer, faut donner l'exemple! J'veux pas qu'tu lui bourres le crâne avec tes athées d'écrivains. Tu l'as fait avec mes frères, résultat c'est tous des incapab', des pelleteux d'nuages. M'entends-tu, Milo? C'est pas un métier, la littérature, c'est des *bulles*. Rien qu'des bulles!

— On le mange-tu, c'te crisse de ragoût-là? dit Régis.

– Ça sent divinement bon.

On coupe.

Scènes des cauchemars de Milo. Lumières aveuglantes, sonneries de téléphone, voix de femme stridentes... Des voitures se garent dans un hurlement de freins... *Ta, ta-da Da, ta, ta-da Da*... Des portières claquent... Des mains d'inconnus s'emparent de Milo dans une gare géante et le poussent, le traînent, le manipulent... Sa tête heurte des jambes d'inconnus, toute une forêt de jambes... Bruits superposés de pas : grosses bottes, talons aiguilles, chaussures de ville... Fracas métallique des trains, un sifflement féroce lui remplit la tête... Des téléphones sonnent et sonnent... puis, sautant du mur tout seuls, viennent le frapper à la tête... Longs pleurs déchirants des sirènes d'ambulance... *Ta, ta-da Da, ta, ta-da Da*... Des portes claquent... Des femmes jacassent... Des lumières violentes approchent... Fondu au blanc.

Milo se redresse dans le lit et étouffe un cri de terreur.

— Ah, c't encore c't ostifi de Milo qui nous réveille, grogne François-Joseph. Tais-toi, insecte ! Tais-toi ! Mais tais-toi, tabarnak !

Jean-Joseph quitte lourdement son lit, traverse la pièce en tanguant et frappe violemment la tête de Milo du plat de la main. Pour lui faire peur, il appuie des deux pouces sur sa jugulaire et fait mine de l'étrangler.

— Tu vas-tu t'taire ? dit-il d'une voix furieuse mais basse, pour ne pas réveiller la maisonnée. Ça suffit pas que tu nous enquiquines toute la sainte journée avec tes bonnes notes à l'école, faut encore que tu nous gâches not' sommeil avec tes cris d'orfraie. T'as dix ans, là, ciboire de mes gosses, t'es pus une pisseuse ! Si tu veux pas dormir, va-t'en au moins, fous-nous la paix ou mange d'la marde !

Le pouls de Milo palpite follement sous les pouces de Jean-Joseph. Ses membres se débattent.

— Y s'croit mieux qu'nous aut', marmonne François-Joseph, toujours au lit. C't un fils de pute pis ça s'croit mieux qu'nous aut'.

Se tournant vers le mur, il lâche un pet long et bruyant. Jean-Joseph ricane. Il laisse enfin tomber le garçon exsangue et retourne à son lit en titubant.

— A l'aurait dû t'étrangler à la naissance, ta traînée de mère. Bon débarras, franchement.

Le lendemain au petit-déjeuner, Milo saute au plafond quand le téléphone sonne. Ses cousins le montrent du doigt en s'esclaffant.

Dans l'étable, Milo rêvasse les yeux fermés, la joue appuyée contre le flanc plat et brun de la vache qu'il est en train de traire... François-Joseph et Jean-Joseph l'approchent de dos, déclenchent la sonnerie d'un réveil – *Drring! Drring!* – et hurlent de rire lorsque, raide de peur, Milo saute sur ses pieds et renverse le seau de lait.

Gros plan sur les chaussures de Milo qu'inonde le lait blanc, tiède et mousseux.

Au lit la nuit, Milo a peur de s'endormir. Gros plan sur ses yeux vissés au plafond, pendant que François-Joseph traverse la chambre et grimpe dans le lit de Jean-Joseph... Milo entend leurs voix étouffées, puis une série de bruits brutaux. Il enfonce ses index dans les oreilles jusqu'à ce que ce soit fini... mais après, il est réveillé à un point désespérant. Quand les deux frères se remettent à ronfler, il se glisse hors de la chambre, longe le couloir sur la pointe des pieds et descend au salon. Avant d'allumer la télévision, il prend soin de vérifier que le son est éteint. On le voit regarder, sans le son, un film des années 1930... *Hôtel du Nord*, mettons, avec Louis Jouvet. Ses lèvres remuent. S'approchant, on comprend qu'il invente à voix basse les dialogues du film…

(C'est alors qu'est née ta vocation, amour. J'ai une dette de gratitude envers tes cousins affreux et ta tante abominable : s'ils ne t'avaient tourmenté comme ils l'ont fait, tu ne serais pas devenu scénariste et je n'aurais pas fait ta connaissance. La vie de Paul Schwarz sans Milo Noirlac : inconcevable…)

Dans la classe de Milo à l'école, une fille lui sourit et lui lance des regards en biais… À douze ans, elle a déjà la poitrine généreuse et elle sait en tirer profit ; ses seins sautillent à chaque pas quand elle marche. Un jour pendant la récré, elle trouve le moyen de glisser sa photo dans la main de Milo. Il lit ce qu'elle a griffonné au dos : *Je t'aime beaucoup ! Édith.* Il lève les yeux vers elle, un sourire géant sur son visage. (Tu n'as jamais eu besoin de poursuivre les femmes, Milo. Toujours ce sont elles qui t'ont poursuivi. Cela aussi a dû contribuer à ton don exceptionnel pour l'inertie…)

Série de scènes en champ/contrechamp. Pas de dialogues, seulement de la musique : tubes des Beatles, peut-être ? Nous sommes en 1964.

À la table de la cuisine, Marie-Thérèse surveille les devoirs de Milo, lui infligeant dictée sur dictée et le tançant sans relâche… Elle est devenue son *dictateur*.

Milo raccompagne Édith après l'école. Elle le prend par la main, l'amène dans la remise à bois derrière la maison, le pousse contre le mur en souriant, se plaque contre lui et colle ses lèvres aux siennes. Milo a la tête qui tourne ; toutes seules, ses mains remontent aux seins de la jeune fille et les malaxent, lentement et en profondeur. Édith ne fait aucun mouvement pour l'en empêcher.

Milo a eu trois fautes à son contrôle de français et Marie-Thérèse lui hurle dessus.

Édith pose ses deux mains sur les joues de Milo et lui montre ce que veut dire un *French kiss**. Puis, tirant sa tête vers le bas, elle lui caresse les cheveux pendant qu'il embrasse passionnément ses gros seins à travers son pull épais, d'abord le gauche, ensuite le droit.

Marie-Thérèse le tabasse avec le téléphone.

Allongé dans le grenier de l'étable, photo d'Édith à la main, Milo halète et se pâme en silence dans la paille alors que les vaches mugissent doucement au-dessous.

Rentrant de l'école à pied, Milo manque se faire écraser par une voiture qu'il n'a pas entendue approcher. Dans son lit la nuit, il vérifie plusieurs fois : plaque une main sur l'oreille gauche puis l'enlève… non, il n'entend rien du tout de cette oreille.

Retour du son réel : Milo avec sa tante dans un cabinet d'oto-rhino-laryngologiste.

— Ça va s'améliorer, dit le médecin en tendant une ordonnance à Marie-Thérèse, mais ça sera pus jamais cent pour cent dans c't'oreille-là. Va falloir éviter les otites comme la peste, sinon c'est la surdité totale.

Marie-Thérèse étreint Milo, l'écrase contre sa plate poitrine, le félicite d'avoir sauté encore une année à l'école :

— T'es l'plus brillant, tu vois ben ? On va faire des miracles, toé pis moé !

— J'veux un chien, dit Milo à voix basse.

— Quoi ?

---

* Se rouler une pelle.

— J'veux un chien, dit-il plus distinctement, les yeux ailleurs.

— Ah, tu veux un chien ? Ben, écoute. Si au prochain bulletin t'es toujours premier d'ta classe, j'vas t'ach'ter un chien de race. Okay ?

ON COUPE.

Dans l'animalerie d'une ville voisine, Milo et sa tante regardent les différents chiens. Le visage de Marie-Thérèse irradie la fierté ; elle se dit que ses rêves pour l'avenir de ce garçon vont finir par se réaliser.

— Celui qu'tu veux, Milo. Prends celui qu'tu veux.

— 'garde.

Fourrure duveteuse et douce, tête d'ours, longue queue qui traîne par terre ou remue en l'air.

— C'est celui-là qu't'aimes ?

— Oui. Tu vois ? C'est l'mien. Y me r'connaît.

Marie-Thérèse fait signe à la vendeuse.

— C'est quoi, celui-là ?

— C't un bâtard. Moitié berger allemand, moitié coyote. Y côute pas cher, j'vous l'laisse pour dix piasses.

— Ça coûtera c'que ça coûtera. J'ai donné ma parole, moé !

— Ton gars a l'air ben content en tout cas.

Marie-Thérèse ne corrige pas la vendeuse.

Pendant le trajet de retour, elle lance un coup d'œil dans le rétroviseur et, voyant Milo extatique sur le siège arrière avec le chien : T'es plus mon fils que mes fils, toute façon. Comment tu vas l'appeler ?

— Oscar.

— Quoi ?

— Oscar.

— N'importe quoi. C'est pas un nom d'chien, ça ! En tout cas. C'est toi qui l'sais.

— C'est ça.

Neil comprend mieux : Oscar... because he's half Wilde?

— Yeah, dit Milo.

— ... Like you?

— Maybe. Only my wild half isn't de one people tink it is.

Neil rit : You know, you're right.

Scènes des mois suivants en kaléidoscope : Oscar court après Milo quand il part à l'école à sept heures du matin et se précipite à sa rencontre quand il revient à seize heures... suit le cheval que Milo lance au galop à travers la forêt... nage avec Milo dans le lac voisin, le lac des Piles... attend sagement entre les pieds de Milo pendant les repas, attrape les morceaux de choix que son maître lui glisse sous la table et les avale sans bruit, car tous deux savent que c'est interdit (une fois il oublie : sa queue tape bruyamment sur le sol)... dort couché au pied du lit de son jeune maître, pattes de devant croisées, et protège Milo des monstres dans la chambre et dans ses rêves.

Le kaléidoscope ralentit, s'arrête. Zoom sur le garçon et le chien qui se regardent longuement, les yeux dans les yeux. On tourne autour du duo. Plan long, magnifique.

Début de soirée en été. Assis sur la galerie, Milo aide sa tante à écosser des pois. Ils sont seuls à la maison.

Soudain, Marie-Thérèse se tourne vers lui et susurre, d'une voix si douce qu'il en est déconcerté :

— Oscar... parce qu'il est à demi Wilde ? — Ouais [...] — ... comme toi ? — Peut-être. Sauf que ma moitié sauvage n'est pas celle qu'on croit. [...] — Tu sais... tu n'as pas tort.

La connais-tu, Milo, la maison du bossu ? C'est su' ch'min du village, tu passes devant en allant à l'école…

(D'accord, Astuto, on peut essayer d'écrire cet épisode si tu insistes… Mais je te préviens, il y a toutes les chances qu'on ait besoin de le couper plus tard…)

— Oui, j'vois.

— Tu peux-tu y porter un message ?

— Au bossu ?

— Oui, 'garde. J't'ai préparé une enveloppe. Tu y donnes ça, pis t'attends sa réponse. Pis en revenant, tiens, prends ça, tu peux t'acheter d'la gomme au dépanneur. Avec les images des Beatles, t'sais là ? Sauf que, t'en parles pas à personne, okay ? Ça reste ent' toé pis moé, compris ?

Nous suivons Milo à distance pendant qu'il traverse l'interminable crépuscule d'été en trottant, Oscar sur ses talons. À douze ans, ses épaules sont moins étroites qu'avant et sa poitrine commence à se muscler… mais son pas est toujours aussi léger, son regard aussi attentif, son esprit aussi alerte. Dans sa tête il remplace la voix ronronnante et rasante de Marie-Thérèse par celle, basse et rauque, de sa mère. *You gonna have to resist, little one*, dit-elle. *Be strong, be tough, don't forget me*. À cette voix entendue jadis, il attribue aussi des bribes de sagesse glanées depuis : *Fear noting, son. You got de right to*

– Va falloir que tu résistes, mon p'tit. Sois fort, sois costaud, oublie-moé pas.
– Aie pas peur de rien, mon fils. T'as le droit d'marcher sur cette Terre, comme les animaux. Fais confiance aux animaux, ils te trahiront jamais, mais méfie-toi des humains. Tracasse-toi pas au sujet de Dieu ou du diable ou de ce qui s'passe après la mort. Paradis et Enfer sont faits par les hommes, et ne se trouvent que sur la Terre. Ce qui

walk on dis Eart', just like de animals. Trust de animals – dey'll never betray you – but beware of humans. Don worry bout God or de devil or what happen after deat'. Heaven and Hell are manmade and here on Eart. What will be will be. Respect nature. Respect your body, it's part of nature. Respect de ground you walk on. De sacred isn't above you or below you, it's inside of you and all around you. You're a part of it, son. Prayin's a waste of time. Everyting you do, good or bad, is a prayer, so don't let dem force you to pray. When dey tell you to pray, dream, little one. Dream.
Il monte les marches jusqu'à la galerie et frappe à la porte. Sur la boîte aux lettres, nous voyons le nom de *Bernstein*...

(Milo, sans vouloir te vexer, je crains que les spectateurs refusent tout simplement de *croire* que l'amant de ta tante, au fin fond de la campagne québécoise au début des années 1960, était non seulement un bossu mais un juif. Oui, je sais que c'est vrai... mais c'est pas une raison! Parfois la réalité est totalement invraisemblable...)

Le quinquagénaire qui répond à la porte ressemble à un corbeau : cheveux de jais, yeux perçants, bosse, nez crochu, dents jaunes, habits sombres. En plus on dirait qu'il transpire, car Milo s'essuie discrètement la paume sur son short après leur poignée de main. M. Bernstein fait signe au garçon de s'asseoir pendant qu'il lit la lettre de son amante, et lui donne un

---

doit arriver arrive. Respecte la nature. Respecte ton corps, il fait partie d'la nature. Respecte le sol sur lequel tu marches. Le sacré, y est ni au-dessus ni en dessous de toi, y est en dedans de toi pis partout autour. T'en fais partie, mon fils. Prier, c'est une perte de temps. Bien ou mal, chaque chose que tu fais est une prière, alors laisse personne t'obliger à prier. Quand y te disent de prier... rêve, mon p'tit. Rêve.

verre d'eau à boire en attendant que la réponse soit prête. Milo est à la fois curieux et indifférent, attentif et non impliqué. (Ta philosophie est en place : tu veux bien savoir, mais, sinon, pas grave…)

À la nuit tombée, billet doux à la main, il prend le chemin du retour avec Oscar. Quand il s'arrête en chemin à l'épicerie, c'est pour acheter non du chewing-gum mais un paquet de cigarettes. Il en allume une tout en marchant, et s'entraîne à fumer avec nonchalance.

Marie-Thérèse le saisit par les épaules, renifle son haleine. C'est-tu de la fumée ? Dis-moi pas que tu fumes à c't'heure…

Milo dévisage froidement sa tante jusqu'à ce qu'elle détourne le regard.

Répétition de ce voyage. Aller. Retour. Aller. Retour. Un jour, alors que Milo enterre une nouvelle statuette derrière la maison, il voit Jacob Bernstein sortir par la fenêtre de la chambre de Marie-Thérèse. Chaussures à la main, il se dirige vers la route en chaussettes, marchant absurdement sur la pointe des pieds et jetant des coups d'œil à la ronde. Étrangement, sa bosse rend ses gestes furtifs plus ridicules encore.

On coupe.

Au cours des années qui suivent, Milo, tu reconstitueras petit à petit l'histoire d'amour de ta tante.

À seize ans, avide de se forger une destinée, Marie-Thérèse part chercher un emploi à Québec. L'écrivain reclus Jacob Bernstein l'engage comme domestique et ils tombent fous amoureux l'un de l'autre. Mais, à cette liaison, Marie-Jeanne oppose son véto maternel : Un homme qu'y a deux fois ton âge ?

Pis qu'y est *bossu* ? pis *juif* ? T'es pas sérieuse ! Pour finir, la jeune fille cède aux injonctions de sa mère et rentre à la maison, la mort dans l'âme. Loin de guérir, son chagrin d'amour continue de la ronger, la rendant crispée, malheureuse et... pragmatique. L'année suivante, elle épouse Régis Dubé, seul de tous ses jeunes soupirants locaux à avoir assorti sa demande en mariage d'une promesse de diamant. Le jeune couple reprend le domaine et fonde une famille... Mais, quelques mois à peine après leur mariage, Jacob Bernstein achète une maison dans le coin et l'aventure reprend de plus belle. Elle se poursuit non seulement avant et après, mais même pendant les grossesses de Marie-Thérèse. Exceptionnellement doués pour la discrétion, voilà pas loin de trente ans que les amants se retrouvent pour des festins érotiques...

Malgré ton ressentiment envers ta tante, Milo, tu la respectais – car elle savait quelque chose de l'amour.

NEIL, 1918

En route vers Liverpool, le ferry de Neil en croise un autre qui traverse la mer d'Irlande en sens inverse. Même s'il n'a aucun moyen de le savoir, sur ce bateau-là se trouve la jadis flamboyante, aujourd'hui pâle et décharnée Maud Gonne, déguisée en infirmière de la Croix-Rouge.

Elle avait tenté de revenir à Dublin au mois de février mais s'était fait promptement arrêter, en même temps que plusieurs dizaines d'autres nationalistes dont la comtesse Constance Markiewicz, et déporter en Angleterre. En neuf mois à la prison de Holloway, sa santé s'est détériorée. Émaciée et affaiblie, sa magnifique tignasse rousse devenue grise, au bout de tant d'années d'exil, de frustration et de fureur, Maud rentre enfin en Irlande ! Son plan est évidemment de se diriger droit vers son cher appartement du square Saint-Étienne, cédé pendant sa longue absence, à titre gracieux, à son merveilleux ami de toujours, le poète William Butler Yeats. Jamais elle n'aurait pu imaginer que Willie lui interdirait l'entrée de sa propre maison sous prétexte que sa jeune épouse Georgie, qui attend leur premier enfant, pourrait attraper une maladie comme le choléra, la curiosité ou le goût de la politique. Dénouement franchement sinistre de cette amitié, vieille de trois décennies, entre le rêveur et la militante.

À Liverpool, se servant de l'argent et des connexions de son père pour, il l'espère, la dernière fois, Neil se fait faire de faux papiers.

— Neil Noirlac, dit-il au propriétaire de l'imprimerie clandestine.

— Un nom français que vous voulez, c'est ça? Pour aller vivre au Canada français?

— Exactement. Je me suis contenté de prendre le nom de ma ville natale et de l'exagérer un peu. Dublin en gaélique c'est *étang sombre*, alors que Noirlac en français signifie *lac noir*.

— Ah! je vois. Un peu comme si on prenait Liverpool et qu'on le gonflait jusqu'à ce qu'il devienne Cirrhoselac?

Neil le gratifie d'un sourire.

— Vous ne voulez pas changer votre prénom, pendant que vous y êtes? Pour que les deux sonnent bien ensemble?

— Non, non, Neil Noirlac, ça me va. J'aime l'allitération.

— Le comment de quoi?

— Pas grave. Une autre manière de bien sonner.

— Comme vous voulez. À propos, vous connaissez la blague sur les deux pédés irlandais, Gerald Fitzpatrick and Patrick Fitzgerald*?

(Bien sûr qu'on va l'enlever, Milo. Pardon. Tu as raison, elle est complètement nulle. Irlandophobe et homophobe à la fois.)

---

* Jeu de mots, d'un goût plus que douteux, autour du verbe *to fit*, s'ajuster, s'adapter à.

… Et le voilà sur le bateau. Tu as envie que cette séquence nous donne mal au cœur, Milo. Dans le noir quasi total de sa cabine exiguë, sous le pont du navire secoué par les tempêtes de la fin novembre, au long des neuf jours et neuf nuits que dure l'interminable voyage de Liverpool à Québec, Neil vomit. Il rend Trinity College, la reine Élisabeth, la reine Victoria, le roi Édouard VII, le roi George V, et Billy Walsh l'archevêque de Dublin. Il rejette le square Saint-Étienne et la mort de son cousin Thom. Il se débarrasse de Daisy, Dorothy, sa mère, son père, sa vie d'avant, son soi d'avant, et jusqu'au nom de *Kerrigan*. C'est d'ailleurs un nom qu'il fait bon prononcer en gerbant ; il ressemble déjà à un bruit d'expectoration.

À bien y réfléchir, Neil a dû accepter encore un service de son père – car, sans l'intervention du puissant magistrat, comment se serait-il dégoté une *cabine* sur ce navire voyageant de Liverpool à Québec… à moins que ce ne fût de Southampton à Montréal ?

Tu ne sais pas grand-chose de cette période de la vie de ton grand-père, Astuto, mais peu importe ; l'essentiel c'est que la caméra nous le montre, trois longues minutes durant, assis sur la malle qui renferme ses effets personnels, y compris les précieux exemplaires dédicacés de *Gens de Dublin* et du *Vent parmi les roseaux*, en train de vomir. On n'a pas besoin de voir ni d'entendre directement la chose ; on la déduira de ses tremblements et haut-le-cœur. Pendant ce temps, en off, on l'entendra te raconter cette traversée, trente-cinq ans plus tard…

L'Armistice avait été signé à peine quinze jours plus tôt, et j'avais réussi à embarquer dans un des premiers vaisseaux qui ramenaient les soldats canadiens chez eux. Il faut dire que les troupes étaient éclaircies : comme tu l'apprendras à l'école, le Canada avait laissé pas moins de soixante-deux mille de ses jeunes hommes dans la terre à Ypres et à Verdun ! Quant aux survivants — épuisés, blessés, mutilés, fous —, ils n'étaient plus que l'ombre d'eux-mêmes. Mais je ne pensais pas aux soldats, Milo. Je vomissais.

Figure-toi que, tout en ayant grandi face à la mer dans la baie de Dublin, je n'avais jamais mis le pied sur un vrai bateau ! Les Irlandais, à la différence des Britanniques, Français, Espagnols, Portugais et Italiens, ne sont pas gens de la mer. Au long des siècles, l'océan a plutôt eu tendance à leur apporter de mauvaises nouvelles en forme de conquérants et de maraudeurs ; ils ont donc pris l'habitude de lui tourner le dos. À part ramasser des coques et des moules sur son bord, ils l'ont rarement vu comme une source de distractions, de découvertes ou de nourriture. C'est pourquoi, quand la récolte de pommes de terre a été anéantie par le mildiou au milieu du XIXᵉ siècle, tu me croiras ou tu ne me croiras pas, il ne leur est pas venu à l'esprit de manger du poisson et un million d'entre eux sont morts de faim. Mais en traversant l'Atlantique je ne pensais pas à la famine de la pomme de terre, j'étais trop occupé à vomir.

Depuis un siècle déjà, l'Irlande régurgitait sa propre population... Elle rejetait ses pauvres, gerbait ses indigents, éclaboussait les rives de la planète entière de ses malades, ses désespérés, ses haillonneux et ses mourants de faim. Oh, Milo ! la misère de mon pays dépassait l'entendement ! En l'espace d'un petit siècle, cette île minuscule avait déjà vomi huit millions de malheureux ! Et il en restait encore sur place ? me demanderas-tu peut-être, et ce sera une excellente question. Il en restait encore bien sûr et pour une seule raison : le catholicisme.

Familles nombreuses. Personnellement, j'avais toujours souffert de n'avoir qu'une sœur cadette, et antipathique avec ça ! J'enviais les James Joyce de ce monde, qui grandissaient au sein d'une fratrie nombreuse, joyeuse et désordonnée. Dix gamins ils étaient, chez les Joyce : dix à avoir survécu, des douze qui sont nés ! Plus tard, je me suis dit que ma mère avait dû subir une opération après la naissance de Dorothy, car une famille catholique avec deux enfants, à l'époque, c'était une pure aberration.

Oui : alors que les propriétaires britanniques saignaient le pays à blanc, des prêtres célibataires incitaient inlassablement leurs ouailles surmenées et sous-alimentées à pratiquer la copulation constante pour se multiplier ! Ils esquissaient d'horrifiants tableaux des punitions qui attendaient les couples après la mort s'ils négligeaient leur devoir conjugal et cessaient de pondre : utérus en jachère déchiquetés, pénis paresseux transpercés de fourches, nourrissons non nés jetés pour l'éternité dans des chaudrons d'huile bouillante… Il ne faut pas oublier, Milo, qu'il n'y avait ni films d'horreur ni télévision à l'époque ; les gens n'étaient pas encore habitués à avaler des guerres sanglantes avec leur repas du soir. Pour eux, ces images de l'enfer étaient très réelles ! Elles se fichaient dans leur cerveau, tourmentant leur conscience le jour et leur donnant des cauchemars la nuit.

Alors les Irlandais se multiplièrent comme des lapins et moururent comme des mouches. Leur pays, incapable de les nourrir, les entassa à demi morts de faim dans des bateaux. Des milliers d'entre eux moururent en route et furent balancés à la mer ; d'autres milliers moururent en arrivant à Sydney, à New York ou à Toronto et furent enterrés sans cérémonie ; ceux qui débarquèrent à la Grosse Île, un peu en amont de Québec, s'avérèrent doués pour mourir du choléra. C'est ce qu'ils firent, à raison de cinq mille par an, pendant si longtemps que ce lieu fut rebaptisé île de la Quarantaine. Hélas, cela n'empêcha pas les Irlandais de se reproduire encore et toujours — convaincus que, ne pouvant être pire, la vie dans l'autre monde devait être meilleure.

Pauvres Irlandais, Milo ! Gens crédules et ignorants, toujours prêts à courber l'échine devant les professeurs et les prêtres, les rois et les papes, à craindre ceux qu'on leur disait de craindre et à prier Celui qu'on leur disait de prier, à abdiquer leur volonté, à se laisser piétiner, à contribuer indéfiniment à leur propre ruine. Oh, Milo ! comme je rêvais de venir en aide aux Irlandais ! d'écrire un livre qui transformerait leur résignation en une forme inédite d'intelligence ! Et me voilà soudain persona non grata, régurgité à mon tour par l'Irlande, désavoué tant par l'establishment pro-britannique que par le mouvement nationaliste d'indépendance.

Et pourquoi ne l'ai-je pas écrit, ce livre ? me demanderas-tu. Eh bien, mon enfant, sans m'en rendre compte, j'étais tombé de Charybde en Scylla. Au Québec comme en Irlande, les prêtres menaçaient les couples stériles des tourments de l'enfer. Au Québec comme en Irlande, les femmes mettaient au monde douze, quinze, voire vingt enfants, dans l'espoir qu'au moins la moitié d'entre eux parviendraient à l'âge adulte, cahin-caha — et, scénario idéal, que l'un d'entre eux entrerait en religion ! Ah ! Milo, comme je haïssais ces prêtres ! Mais j'aimais ta grand-mère, qui était croyante. Marie-Jeanne n'a jamais voulu entendre parler d'abstinence ni de contraception. Dès qu'un brailleur avait fini de

téter, elle revenait pantelante me quémander de nou-
velles petites graines. Son treizième accouchement l'a
tuée à l'âge de quarante ans, et c'est affreusement qu'elle
me manque encore...

Idée géniale, Milo, de filmer ainsi la traversée de
l'Atlantique. Pour une fois, tu penses budget! Nul
besoin d'affréter un navire ni d'engager sept cents
comédiens aux yeux fous pour jouer les soldats canadiens blessés rentrant au pays ; la scène peut être
tournée entièrement en studio. Génial, vraiment.
Tu mérites un baiser.

AWINITA, JUILLET 1951

Bande-son : en fond, de très loin d'abord, battement des tambours cérémoniaux indiens. *Ta, ta-da*
Da, ta, ta-da Da…

> *Is this throbbing a sound, or an ache in the air?*
> *Pervasive as light, measured and inevitable,*
> *It seems to float from no distance, but to live*
> *In the listening world, the sound of Powassan drum.*

Tu te rappelles m'avoir lu ce poème à voix haute,
Milo, dans l'avion qui nous amenait de New York à
Salvador ? Son auteur Duncan Campbell Scott était
non seulement un grand poète mais sans doute le
plus impitoyable assassin de culture indigène de
toute l'histoire canadienne. Dans les années 1920,
au moment même où Pedro de Azevedo Gordilho,
commissaire de police à Salvador de Bahia, s'acharnait contre la capoeira, le candomblé et les sambis-
tas, Scott sillonnait hystériquement le Canada pour

Ce battement est-il un son, ou une douleur dans l'air ? / Scandé,
inévitable, envahissant comme la lumière, / Il semble de tout temps
flotter, résonner jusqu'à la fin / Le monde entier l'écoute, ce tam-
bour de Powassan.

interdire les festivals païens des Indiens. *Ta, ta-da Da, ta, ta-da Da, ta, ta-da Da...* Les Blancs ont toujours eu une peur bleue de ce rythme-là. C'est le rythme de leur propre corps, leurs propres désirs, qu'ils ont refoulés il y a des siècles pour devenir conquérants... Pardon.

Ta, ta-da Da, ta, ta-da Da... Plus près de nous, si près qu'ils semblent surgir de notre propre cerveau, nous entendons aussi les bruits familiers : fermetures à glissière, boucles de ceinture, pantalon qu'on baisse, souffle lourd d'un homme, juron marmonné d'un autre, souffle d'un autre encore, halètements et jurements, en anglais et en français, you little cunt, petite pute, salope de petite pute, cliquetis de boucles de ceinture... Peu à peu, ces bruits s'éloignent et les battements de tambour approchent, bruit d'une fermeture Éclair qu'on ouvre, cri d'un homme. *Ta, ta-da Da, ta, ta-da Da...* "T'aimes-tu ça ? hein ? T'aimes ça, ma grosse bite dans ta foufoune de p'tite sauvage, dis-le-moi que t'aimes ça, hein ma pute, hein ma p'tite pute, hey little Indian, hey baby..." Battements de tambour de plus en plus forts. "I'm gonna come, lemme come in your mouth baby, can I come on your face, lemme come in your ass, baby... yes, yes, yes, YES, oh my God, oh mon Dieu oh oui oh oui hou hou, oui, OUI." Tout cela s'évanouit, les boucles de ceinture, halètements, souffles et froissements de pantalons, cliquetis de boucles et bruits de fermetures à

"J'vas venir, laisse-moé venir dans ta bouche, ma p'tite fille, j'peux-tu venir sur ton visage, laisse-moé venir dans ton p'tit cul, ma p'tite fille."

glissière sont rendus inaudibles par les battements de tambour assourdissants.

Le visage d'Awinita (notre visage) reflété dans un étang. Nous sommes toujours très jeune, dix-neuf ans, mais notre expression est grave. Esquissant soudain une grimace, notre visage se recouvre de longs poils bruns. Notre corps rapetisse et nous voilà transformée en une petite bête ronde à fourrure, genre marmotte. Parcourue de tremblements, nous nous éloignons par de grands bonds.

Dans la petite chambre crasseuse au-dessus du bar, on retrouve Awinita endormie sur la poitrine de Declan. Son souffle est celui du sommeil profond. Declan a l'air ivre et de mauvais poil. À moitié assis dans le lit, il fume une cigarette.

— Nita… Nita!

Il éteint sa cigarette et la secoue pour la réveiller.

— What?

— Whassa matter with you?

Elle ne répond pas. Ne saurait où commencer.

— Ever since the baby was born, it's as if you don't wanna make out with me anymore. Come on, whassup?

— 't's only been a coupla weeks, Deck. I'm tired, dat's all.

— We used to have such good times in bed, baby. Come on… Make an effort, honey… Make me happy.

— I'm tired, Deck.

— Quoi? — Que c'est qui va pas? […] — Depuis la naissance du bébé, on dirait que tu veux pus de moé. Que c'est qui se passe? — Ça fait jus' deux s'maines, Deck. J'suis maganée pis c'est toute. — Oh, bébé… on s'amusait ben au lit, avant! Allez, ma douce… fais un effort… Fais-moé plaisir. — J'suis fatiguée, Deck.

— You make your johns happy all night long. No problem there! No *I'm tired* there! Just suddenly when it's my turn, the tap runs dry.

— Later, sweetie.

— Don't you later-sweetie me. You know we gotta clear outa the room by noon and I'm not allowed in your place up on the Plateau. I don't like this, baby. I'm not gettin any and it pisses me off. I'm a normal guy with normal needs and you're my girl, remember? Maybe you get your kicks elsewhere, but I sure as hell don't…

— Lemme sleep, man. You should get some shut-eye, too. You had too much to drink.

Elle lui tourne le dos et remonte le drap sur son épaule. Il l'arrache.

— Don't tell me what to do, bitch. You're not my mother.

Il la couvre.

— Hang on, Deck… you wearin a safe?

De grands animaux — des bœufs? — se tordent et beuglent de douleur, tout le corps parcouru de spasmes.

Dans l'appartement sur le Plateau-Mont-Royal, Awinita bavarde avec ses camarades de chambre.

– Tu fais plaisir à tes clients toute la nuit. Là, t'as pas d'misère! Là, y a pas de *j'suis fatiguée*! Mais quand c'est mon tour, tout d'un coup le robinet est vide! – Plus tard, bébé. – Donne-moé pas du plus-tard-bébé. T'sais ben qu'y faut laisser la chamb' à midi, pis j'ai pas l'droit d'aller chez vous su' l'Plateau. J'aime pas ça, Nita. J'ai les couilles pleines pis ça m'tombe su' les rognons. J'suis un homme normal qu'a des besoins normaux, pis t'es ma blonde, t'en souviens-tu? Toé, tu baises ailleurs, moé non, criss de tabarnak… – Laisse-moé dormir, Deck. Toé aussi, tu devrais te r'poser, là, t'as trop bu.

– Donne-moé pas d'ordres, bitch. T'es pas ma mère.

– Attends, Deck… T'as-tu mis une capote?

L'une d'elles, jeune Mohawk du Sud de la province du nom de Deena, fausse blonde elle aussi, lui donne des conseils.

— Wow, Nita! You should get your hair done, you know that? Your roots are really visible.

— Yeah, I'll get around to it. Soon's I pay off my debt.

— I'll be all paid up a month from now, dit Cheryl. Got a super weekend job up at that new hotel near Trois-Rivières… *Le Paradis des Sports*.

— Lucky you! How'd you land that?

— Owner was in town coupla weeks ago. Guy named Cossette. Musta liked the way I went down on him.

— You're goin up in the world, with all that goin down. Wow!

Elles rient.

— Hope you'll put in a good word for us, Cher!

— Sure thing. Uh… Actually, they say they don't want native girls, at least to start with… But at least you're working again, huh, Nita? That's amazing. Got your figure right back, eh?

– Hey, Nita… Tu devrais t'occuper d'tes cheveux. Sont ben visib', tes repousses. – Ouais ouais, j'vas l'faire… Dès qu'j'ai remboursé ma dette, j'vas l'faire. – Moé, d'ici un mois j'vas avoir tout remboursé […] J'ai trouvé une bonne job pour les fins d'semaine : au *Paradis des Sports*, t'sais? Le nouvel hôtel proche de Trois-Rivières. – Chanceuse! Comment t'as fait? – Ben, y a une couple de s'maines, le propriétaire est venu en ville, Cossette qui s'appelait. Faut croire qu'y a apprécié ma façon d'parler… – Ah, pour le travail d'la langue, j'te fais confiance! Wow!
– T'oublies pas de lui parler d'tes amies à ton m'sieu Cossette, hein, Cher? – Ben, certain. Euh… sauf qu'y veulent pas d'Indiennes, là, pas au début en tout cas… Au moins t'as pu r'prend' le travail tu-suite, Nita, c'est fantastique. T'as r'trouvé ta ligne pis toute!

— Yeah, nobody'd ever guess you just had a baby three weeks ago.

— Not even floppy around the tum.

— Hurts, dough, dit Awinita.

— What hurts?

— Work.

— Yeah, I know, dit Lorraine, qui est un peu plus âgée que les autres, vingt-cinq ans environ. Been through it twice.

— I never had a baby, but I can imagine.

— Your johns notice anything?

— Nah… but *I* do.

— Well, tell 'em to be nice 'n' gentle with you.

— Yeah, sure, dit Awinita.

Toutes quatre éclatent de rire.

— You know what the best painkiller is, don't you? demande Lorraine.

— Uh… love? dit Awinita. Leurs rires fusent à nouveau.

— Nope. Cold as ice. Keep guessin…

— Aspirin?

— Better 'n love, but still jus' barely lukewarm.

— Poppers?

— Gettin warmer.

– Ouais… Jamais on dirait que t'as accouché y a trois s'maines.
– 'Garde, t'as même pas la peau du ventre qui pend! – Ça fait mal pareil. – Qu'est-ce qui fait mal? – Ben, le travail. – Ah, je sais […] J'ai passé par là deux fois. – Moé, j'ai jamais eu d'enfant, mais j'peux imaginer. – Y se rendent compte de rien, tes clients? – Eux, non… *Moé*, oui. – Faut leur dire d'être ben ben doux avec toé. – Ouais, c'est ça…
– Tu connais-tu le meilleur antidote à la douleur? […] – Euh… l'amour? […] – Pantoute. Frette comme d'la glace. Essaye encore… – L'aspirine? – Mieux que l'amour, mais non. À peine tiède. – Les poppers? – Là, tu commences à chauffer…

ON COUPE.

On retrouve Awinita et Lorraine enfermées ensemble dans la salle de bains. Caméra subjective : assise sur le couvercle du W.-C., nous voyons notre visage en profil dans la glace au-dessus du lavabo. Gros plan sur une seringue qui se glisse dans une veine de notre avant-bras.

— It's a gift, Nita. This first time it won't cost you a cent. Just a gift, to make you feel better.

Gros plan sur notre visage dans le miroir. Lentement les muscles se détendent, les tensions se dissolvent, les contours se font auréole. Nos traits se fondent et glissent vers la blancheur... Oui, Milo amour, cette divine blancheur laiteuse de l'héroïne que tu as toujours rêvé de filmer. On peut mettre *Litanie* d'Arvo Pärt en bande-son. Nos yeux se ferment, les muscles autour de nos lèvres se relâchent et on s'enfonce de plus en plus loin dans cette extase liquide, flottant en elle comme dans le ventre de notre mère, entendant le doux battement du cœur maternel qui est notre cœur à nous et celui de la Terre, ce tambour indien qui nous accompagnait jadis... Alors que notre chair fond et que l'univers se dissout autour de nous, on s'assoupit, le front appuyé contre le lavabo de la salle de bains, mais même ce rebord dur et froid est un plaisir, aussi exquis que la première cuillérée de crème glacée sur le bout de la langue quand on était toute petite... Nos mains chutent de nos genoux, notre bras pend le long de notre corps. Nous ouvrons les yeux juste à

– C't un cadeau, Nita. Ça t'coûtera pas une cenne la première fois. C't un cadeau, jus' pour qu'tu t'sentes mieux.

temps pour voir Lorraine se relever et s'éloigner en souriant...

ON COUPE.

Awinita est en visite à la réserve de Waswanipi.

Terres vierges à perte de vue. Plein soleil d'été, dansant dans la blondeur des hautes herbes ondulantes. Quand elle passe devant les vieillards assis sur des bancs sous les avant-toits de leurs huttes, ils la suivent des yeux. Fixent ses habits et sa démarche, froncent les sourcils. Ce n'est pas la prostitution qu'ils désapprouvent, c'est le fait que la jeune femme se transforme en citadine, en étrangère. Son pas n'est déjà plus celui d'une Indienne. La communauté perd ses membres un à un, en une lente hémorragie.

À quarante-cinq ans, la mère d'Awinita est une petite vieille toute tassée et ratatinée. Les deux femmes s'installent derrière la cabane, à l'ombre, et discutent en cri ; nous lirons leurs paroles en sous-titres.

— Cela fait bien des lunes, dit la mère en tressant de l'herbe à chat.

— Oui. Trop longtemps.

— Les enveloppes ont cessé de venir. Mais tu es là, toi. Ça vaut mieux que toutes les enveloppes.

— J'avais des dettes à rembourser. J'espère que la vie sera plus facile, maintenant.

— Les difficultés viennent, on fait face. Ton corps est fort ?

— Mon corps est fort. Les frères et sœurs ?

— La faim est venue cette année, au printemps, mais aucun de nous n'a succombé. La vie vit. Le monde suit son cours. Et tous nous retournerons dans les bras de notre mère la terre. Elle attend notre heure avec patience.

— Oui. Quand il y a de l'argent, je te l'envoie.

— Quand tu as un peu plus, tu l'envoies. Et j'achète de la farine.

— Je rentre à la ville maintenant. Le voyage est long, la nuit sera le jour quand j'arrive.

— Sois joyeuse.

— Profite de la vie.

Sans sourire, la mère pose la tresse d'herbe à chat dans la paume de sa fille et appuie doucement dessus avec son pouce. Awinita se lève et s'éloigne. Le soleil aveuglant commence enfin à baisser dans le ciel…

On coupe.

Une série de scènes aux W.-C., filmées encore et toujours du point de vue d'Awinita.

Assise sur la lunette des toilettes, tantôt chez Liz, tantôt dans la chambre crasseuse de la rue Sainte-Catherine, nous nous retournons après nous être essuyée pour regarder le papier hygiénique. Il n'y a jamais de sang.

Encore, encore et encore, nous tournons sur nous-même et il n'y a pas de sang.

Gros plan sur notre visage impassible dans la glace. Nos cheveux sont moitié blonds, moitié noirs.

Bande-son : des hommes qui gémissent, marmonnent, halètent, poussent des jurons. Des fermetures à glissière qui descendent et qui remontent. Des boucles de ceinture qu'on défait ou referme.

Une grenouille essaie de sauter hors d'un puits. Il est clair qu'elle rassemble toutes ses forces, parfois sa tête heurte violemment la paroi de pierre, mais elle ne parvient jamais à atteindre le rebord ; chaque fois elle se retrouve là où elle était avant, mais sonnée. Son besoin d'arriver au soleil et à l'air pur est si irrésistible qu'elle ne peut s'empêcher de sauter. Enfin elle faiblit et se laisse glisser sous la surface de l'eau. Il y a de la lumière là aussi, mais d'une autre sorte... Une luminosité immobile, verdâtre, vient nimber la grenouille.

VI

FLOREIO

En capoeira, exercice de dextérité, de tromperie ; jogo floreio.

MILO, 1965-1967

L'enfant que j'aime se transforme peu à peu en l'homme que j'aime.

À treize ans, son corps entre dans un bouillonnement hormonal. Il le sent dans ses muscles, sa gorge, ses reins. Sa voix mue, et sa façon de regarder les filles. Les seins d'Édith ont encore grossi ; elle laisse maintenant Milo soulever son pull ou son chemisier, lutter avec son soutien-gorge (interdit de le défaire) et en libérer l'un ou l'autre pour l'embrasser et le sucer jusqu'à plus soif. Édith n'est pas belle au sens conventionnel du terme, elle est boulotte et son visage est parsemé de taches de son, mais oh! le frémissement dans les testicules de Milo quand elle lui lance un regard chaud depuis l'autre côté de la classe, ou glisse sa langue entre ses lèvres en l'embrassant! Pendant ses séances nocturnes devant la télévision muette (ils ont une TV couleur désormais, et Cary Grant, Montgomery Clift et Lucille Ball ont acquis grâce à lui un sens de l'humour et une parfaite maîtrise de la langue française), Milo peut s'éjouir sur le canapé en ajoutant, au décolleté de Sophia Loren, le souvenir des bouts de sein d'Édith et celui du visage d'une autre fille à l'école — très belle, elle, mais trop snob pour lui parler.

On ne se servira pas forcément de toutes ces informations, Astuto, mais c'est utile de les évoquer. Les spectateurs les capteront par l'allure plus confiante du garçon, son port de tête, la carrure de ses épaules. Obéissant aux conseils de sa mère, il fait confiance à peu d'êtres humains (pas à ses cousins, et surtout pas à sa tante) – mais il suffit de le regarder pour voir qu'il a confiance en *lui*…

En ce brillant après-midi de dimanche automnal, papi Neil l'a invité dans son bureau à l'étage. Le vieil homme sur le déclin et l'adolescent bourgeonnant tirent tous deux un plaisir intense de leurs échanges. Le don verbal de Neil est aiguisé par sa faim douloureuse et impatiente de la langue anglaise. Milo lui semble la réincarnation inespérée du jeune homme qu'il était jadis… Et, vu qu'au cours des années son propre chemin d'écriture s'est hérissé d'obstacles inattendus, son vœu le plus cher est d'ouvrir pour son petit-fils une voie qui le conduira tout droit à la gloire littéraire.

— So did you manage to read *Hamlet* this week?
— Yes.
— And?
— There's a lot I don't get. Why can some folks see his fader's ghost and oders not? How does he tink he can venge his fader's murder by pretending to be crazy? Why's he so nasty to Ophelia?

– Alors… tu as eu le temps de lire *Hamlet* depuis la semaine dernière ? – Oui. – Et ? – Il y a plein de choses que je comprends pas. Pourquoi y en a qui voient le fantôme de son père et d'autres non ? Pourquoi il pense que s'il mime la folie, ça va l'aider à venger le meurtre de son père ? Pourquoi il est si dur avec Ophélie ?

Pris au dépourvu par ces questions épineuses, Neil se lance dans le petit laïus qu'il a préparé à l'avance : Well, you see, Milo, generally speaking, people don't want to be told the truth, they want to be reassured. Often, if you tell them the truth, they'll get angry and punish you. They prefer dogma to science. Science tends to be depressing, because it shows us we're not as important as we think. Nowadays, everyone learns in school that our Earth is one of nine planets that revolve around the Sun, right? But four hundred years ago, Copernicus shocked all of Europe by suggesting that this might be the case. People were certain that God had made the universe just for us, with the Earth at its center and the Sun, Moon and stars revolving around it. The Italian astronomer Giordano Bruno was burned at the stake in 1600 for confirming Copernicus's theory, and a mere two years later, Shakespeare wrote *Hamlet*! You recall that Prince Hamlet attended the university of Wittenberg?

— Eh ben, tu vois, Milo, de façon générale, les gens ne veulent pas qu'on leur dise la vérité, ils veulent qu'on les rassure. Souvent, si tu leur dis la vérité, ils se mettront en colère et te le feront payer. Ils préfèrent les dogmes à la science. La science a tendance à être déprimante parce qu'elle nous montre qu'on n'est pas aussi importants qu'on le croit. De nos jours, tous les enfants apprennent à l'école que la Terre est une des neuf planètes qui tournent autour du Soleil… pas vrai? Mais il y a quatre cents ans, Copernic a choqué tout le monde en suggérant que tel était peut-être le cas. Les gens étaient convaincus que Dieu avait créé l'univers rien que pour eux, avec la Terre au centre et tous les astres — Soleil, Lune, étoiles — lui tournant autour. En 1600, pour avoir confirmé la théorie de Copernic, l'astronome italien Giordano Bruno a été brûlé sur le bûcher. Et Shakespeare a écrit *Hamlet* seulement deux ans après l'exécution de Bruno! Tu te rappelles que le prince Hamlet a étudié à Wittenberg?

Well, a student of Copernicus's named Georg Joachim was teaching there at the time, so naturally Hamlet would have been obsessed with all these new theories. Indeed, he describes the Earth as *a sterile promontory*, the sky as *a foul and pestilent congregation of vapours*, and man – yes, Milo, man himself – as a *quintessence of dust*. Never had anyone dared express so dark a view of humankind…

— It's not dat different from what de preacher says, objecte Milo. Dat we're made of dust. Ashes to ashes and dust to dust.

— Hm…

À nouveau détabilisé par l'esprit affûté de son petit-fils, Neil se réfugie dans l'association libre.

— You know, when I was a boy growing up in Dublin, all the church services were in Latin, and on Ash Wednesday the priest would dip his right thumb into an urn of ashes, go along the altar where we choirboys were kneeling and make the sign of the cross on our foreheads, intoning the words *Memento homo quia pulvis es*.

— Eh bien, un des professeurs de cette université, un certain Georg Joachim, avait été l'élève de Copernic. Alors forcément Hamlet a été obsédé par les implications de ces nouvelles théories, tu vois ? Il décrit la Terre comme un *promontoire stérile*, le ciel comme un *affreux amas de vapeurs pestilentielles*, et l'homme… oui, Milo, l'Homme lui-même… comme une *quintessence de poussière*. Personne n'avait jamais eu une vision aussi sombre de l'espèce humaine. – C'est pas si différent de c'que dit l'curé : *Tu es poussière et tu retourneras à la poussière.* – Hmm…

– Tu sais, quand j'étais enfant de chœur à Dublin, la messe se disait toujours en latin. Le mercredi des Cendres, on se mettait tous à genoux devant l'autel et le prêtre, après avoir trempé son pouce droit dans une urne remplie de cendres, faisait le signe de la croix sur notre front en psalmodiant les mots *Memento homo quia pulvis es…*

— Know what that means, Milo?

— Uh… is it about men who are attracted to other men?

— … because of the word *homo*?

Neil rit si fort que des larmes se forment au coin de ses yeux, roulent sur ses joues, vont se perdre dans sa longue barbe grise.

— You're right – *homo* in Greek means same, as in *homo*genized milk. But in Latin it means man, as in… ah… *homi*cide. Quite a mish-mash, eh? So the priest's words mean, not *Don't forget to move your pelvis, you little queer*, but *Man, forget not that thou art dust*.

Milo hoche la tête d'un air incertain.

— Remember that book I showed you by the great James Joyce? poursuit Neil, oubliant son désir de prouver à son petit-fils que le nihilisme de Hamlet découle de la théorie héliocentrique de Copernic. The one in which he inscribed my name?

— *Dubliners*, dit Milo, qui n'oublie jamais rien.

— Exactly. Well, there's a funny story about that book. You'll see the connection in a minute.

— Tu sais ce que ça veut dire, Milo? – Euh… c'est à propos des hommes qui aiment les hommes? – … tu veux dire à cause du mot *homo*?

— Ben, c'est pas bête : en grec, *homo* veut dire même, comme dans le lait *homo*généisé. Mais en latin ça veut dire homme, comme dans… euh, *homi*cide. Quel micmac, hein? Alors le prêtre disait non pas *N'oublie pas de pulvériser les tapettes*, mais *N'oublie pas, homme, que tu es poussière*.

— Tu te rappelles ce livre que je t'ai montré du grand James Joyce? […] Celui qu'il m'a dédicacé? – *Gens de Dublin* […] – Exactement. Eh bien, il y a une histoire cocasse autour de ça, tu vas voir.

Neil se cale dans son fauteuil et, ravi de la complicité qui règne entre eux, prend le temps d'allumer sa pipe.

— You see, Jimmy Joyce had one devil of a time getting that book published ; it took him the better part of a decade! He wrote it in 1907-1908, and it was two whole years before he found a publisher for it. Finally, in 1910, he signed with a certain M. Roberts. But then he went off to live in Europe, and seeing all the dirty words and all the real names of businesses he used in the book, Roberts started worrying about libel suits. So he hemmed and hawed and postponed and delayed, and Joyce threatened to sue him for breach of contract. Believe it or not, Milo, the case was handled by my own father, a magistrate of the Dublin courts!

(Neil t'aurait-il menti de façon aussi flagrante, Astuto? Tu n'exagérerais pas ses exagérations, par hasard? Toute façon, on garde. *Se no è vero, è ben trovato...*)

— Court cases take time... But in 1912, when Jimmy returned to Dublin for his mother's funeral,

---

— Vois-tu, Jimmy Joyce a eu un mal fou à faire éditer ce livre-là ; ça lui a pris pas moins de *sept ans*! Il a fini de l'écrire en 1907-1908, et déjà il a mis deux ans rien que pour trouver un éditeur. Enfin, en 1910, il signe un contrat avec un certain Roberts. Mais quand il part vivre en Europe, Roberts se dégonfle, il a peur d'un procès en diffamation à cause de tous les gros mots et vrais noms de commerces que Joyce a utilisés... alors il commence à lambiner, à traîner, à atermoyer, si bien que Joyce le menace d'un procès pour rupture de contrat. Crois-le ou non, Milo, c'est mon propre père, un magistrat de la cour de Dublin, qui s'est occupé de l'affaire!
— Ça prend du temps, les procès... Mais en 1912 quand Jimmy revient à Dublin pour enterrer sa maman, tout est enfin prêt :

everything was finally set to go : the printer, a man by the name of Falconer, had already churned out the broadsheets for a thousand copies of the book. Do you know what a broadsheet is, Milo?

— One big page that'll later be folded and cut up into lots of smaller pages?

— On the nose. But on the very verge of publication, getting cold feet in turn, Falconer decided to shred the broadsheets. Well, when Jimmy learned of that, Milo, he went berserk. He told everyone his book been *burned*, not shredded – that way he could compare himself to Giordano Bruno. Yes! The great James Joyce had been burned at the stake for having told the truth, not about the rotation of heavenly bodies, but about the everyday life of ordinary Irishmen. Stretching the truth a bit, wouldn't you say? As if Rome and Dublin were the same city, Pope and publisher the same authority, Bruno and Joyce the same man.

— *Homo homo*, dit Milo, et à nouveau Neil le gratifie d'un grand éclat de rire.

---

l'imprimeur du livre, un certain Falconer, a préparé les broadsheets pour mille exemplaires. Tu sais ce que c'est un broadsheet, Milo? – Une grande page qu'on pourra plier et découper plus tard en plein de petites pages? – Tout juste! Mais, à la veille même de la publication Falconer se dégonfle à son tour et décide de pilonner les broadsheets. Eh bien, Milo, laisse-moi te dire que quand Jimmy apprend qu'on a détruit son livre, il devient fou de rage. Il raconte à tout le monde que le livre a été *brûlé*, pas pilonné. Tu vois le rapport, comme ça il peut se camper en martyr à la Giordano Bruno. Oui, le grand James Joyce a été brûlé au bûcher pour avoir dit la vérité, non sur le mouvement des corps célestes, mais sur la vie quotidienne des Irlandais ordinaires. Légère entorse à la vérité, n'est-ce pas? Comme pour dire : Rome et Dublin, même ville, pape et éditeur, même autorité, Bruno et Joyce, même homme.

— So what did Joyce do to punish Roberts? He wrote a cruel, castigating poem called *Gas From a Burner*. I have a copy of it here somewhere… ah, here it is. *Burner*, in the present case, refers not your usual gas ring on a kitchen stove but to Roberts himself, because he burned Joyce's book. As for *gas*, well… it's like when you have gas after eating pork 'n' beans. You understand? Roberts's promises, in other words, were nothing but a lot of stenchy farts! Jimmy had the poem printed in Trieste and insisted that his younger brother Charles distribute it in Dublin. Charles did so against his better judgment, and my cousin Thom, who as you recall was a former schoolmate of Jimmy's, got his hands on a copy and brought it to my place. Ah, Milo, that's a day I'll never forget! We weren't wee lads anymore, I was twenty and Thom a decade older, but we fell

---

— Alors tu sais ce qu'il fait pour punir Roberts, le grand Joyce? Il écrit un poème d'une rare méchanceté, intitulé *Gaz d'un brûleur*. Je l'ai, là, quelque part… oui, le voici. Le *brûleur*, en l'occurrence, ce n'est pas le feu de la cuisinière mais Roberts lui-même… parce qu'il a soi-disant brûlé le livre de Joyce. Quant à *gaz*, eh bien… c'est comme les gaz qu'on peut avoir après avoir mangé trop de fèves au lard, tu comprends?… Autrement dit, les paroles de Roberts sont de gros pets puants et rien d'autre. Jimmy fait imprimer le poème à Trieste, puis insiste pour que son petit frère Charles le distribue à Dublin. Charles accepte à contre-cœur, et un beau jour mon cousin Thom, qui avait été à l'école avec Jimmy, met la main sur une copie et l'apporte chez moi… Oh Milo, ça c'est un jour que je n'oublierai jamais! On n'était plus des enfants, moi j'avais déjà vingt ans et Thom dix de plus, mais en lisant tout haut les derniers vers du poème nous nous tordions de rire : *Mon contremaître de Bannockburn / Trempera sa main dans la grosse urne / Et tracera de son pouce charnu /* Memento homo *sur mon cul.*

to the floor in stitches when we reached the final
lines of poem :

> *My Irish foreman from Bannockburn*
> *Shall dip his right hand in the urn*
> *And sign crisscross with reverent thumb*
> Memento homo *upon my bum.*

— Milo ? Milo ?

Montant du rez-de-chaussée, la voix colérique de
Marie-Thérèse parvient aux oreilles de notre héros.

— Où c'est que t'es, pour l'amour ? Il est pas loin
d'quatre heures pis t'as même pas commencé tes
devoirs ! C't assez de l'anglais, là. Viens icitte tu-suite !

C'est avec un léger soupir de soulagement que
Milo descend faire ses exercices d'arithmétique sous
la surveillance maniaque de sa tante. Il vénère son
grand-père, et ça le perturbe que Neil s'adresse à lui
comme à un égal…

Je t'aime, Milo. Je t'aime. J'aimerais tellement faire
l'amour avec toi, là, tout de suite. Ôter mes habits,
arracher ton pyjama d'hôpital, décrocher doucement
les différents tuyaux et t'embrasser partout pendant
que tu glisses tes mains dans mes cheveux et tire dessus… Poser des baisers sur tes paupières, tes joues et
tes lèvres, embrasser ta gorge offerte, lécher ta poitrine
sans poils, sentir lever dans mes mains et durcir dans
ma bouche ton magnifique pénis, te retourner pour
embrasser la peau brune et lisse de ton dos musclé, et,
pendant que tu gémis, te mouiller de mes doigts et te
pénétrer… Oh Milo, si seulement on pouvait joindre
nos deux corps à nouveau comme on l'a fait tant et
tant de fois… à New York, arrivant toi de Toronto et

moi de Buenos Aires, ou à San Salvador, arrivant toi de Paris et moi de L. A… chacun affolant de sa bouche, ses mains, son cul, la queue battante chercheuse de l'autre, chacun stimulant l'appétit et fouettant le désir de l'autre, avant d'entamer ensemble la montée vers la frénésie frémissante, et, oh, inoubliable, Milo, ton cri dans l'orgasme, explosion de joie-perte qui me frappait à chaque fois en pleine poitrine… *Comment tout cela peut-il être révolu?* Tu comprends? Comment est-ce possible qu'on soit devenu *ceci* : deux vieilles baderne marmonnant ensemble des idées de scénario, le long d'une interminable nuit de novembre dans un hôpital public du centre-ville de Montréal… et toi, amour, rongé par le mal tant redouté?

Comment as-tu pu l'attraper à Rio, alors qu'on était tous les deux passionnément fidèles au préservatif depuis la fin des années 1980? Que s'est-il passé, Astuto adoré? Tu t'es repiqué à l'héro et, malgré les quarante nouveaux programmes d'échanges de seringues récemment instaurés par le gouvernement brésilien, malgré les millions de seringues distribuées gratuitement à travers le pays depuis un an, tu as réussi à en dégoter une qui était vieille et sale…? Raconte-moi, Milo… Non, tu ne peux pas, je sais. OK, j'arrête, t'as raison. On reprend le travail…

Un souper en famille.

— J't'ai trouvé un pensionnat, annonce Marie-Thérèse. Une école ben meilleure que tout c'qui s'trouve par icitte. T'auras même pas besoin d'attendre le mois de septembre, tu vas pouvoir commencer après Pâques, y ont fait une exception pour toi à cause de tes bonnes notes.

— Quoi… qu'est-ce que c'est que…? bégaie Neil, mais la voix de Régis vient recouvrir la sienne.

— Eh ben bravo, p'tit cul! Tu vas aller ben plus loin que tes cousins, et même que ton oncle.

— Eh! j'pense ben! dit Marie-Thérèse. J'espère ben!

— Pis Oscar? dit Milo. Il pourra venir avec moi dans c't'école-là?

— Voyons, Milo, dit Marie-Thérèse. Tu peux pas organiser ta vie autour d'un p'tit chien! On va s'en occuper nous aut', pis tu l'verras pendant tes vacances.

Parti vivre dans cette pension, tu te retrouves entouré d'une douzaine de prêtres jésuites en rut, d'une vingtaine de bonnes sœurs frigides, et d'une centaine de garçons dans l'affolement de la première puberté. Comprenant que c'est là une des formes de l'enfer sur Terre contre lesquelles ta mère t'a mis en garde, tu coches les jours sur le calendrier à mesure qu'ils passent, lents et baveux comme des escargots.

Les autres garçons rentrent chez eux en fin de semaine, toi non. (Pourquoi? L'école était-elle trop loin du domaine Dubé, ou y avait-il une autre raison?) Tu te retrouves donc seul dans le bâtiment vide, laissé à tes propres ressources, dévoré par l'ennui et l'angoisse, l'angoisse et l'ennui. Tu passes ton temps à lire, à jouer seul au billard, à repousser les mains baladeuses des prêtres… et, surtout, à t'inquiéter pour Oscar. Tu crois presque l'entendre gémir lorsque, posté près de la porte, il attend le nez en l'air, frémissant, cherchant ton odeur qui ne vient jamais.

Arrive enfin le mois de juin et tu rentres à la ferme. Les retrouvailles entre l'enfant et son chien : une tempête de soulagement réciproque, un raz-de-marée d'euphorie. Certes, tu es content de revoir ton grand-père aussi… et les vaches… et même, d'une certaine façon, la cuisine. Mais c'est sans commune mesure : Oscar est le roi de ton cœur. Oscar à tes côtés, tu te sens capable de tout affronter…

(Arrivés à ce moment du film, tous les spectateurs devinent qu'Oscar va mourir ; la seule question est de savoir comment. Oh, Milo…)

Quand tu retournes à l'école cet automne-là, Oscar ne comprend tout simplement pas que tu aies pu l'abandonner une nouvelle fois. Il reprend son poste à la porte et refuse d'en décoller. De plus en plus anxieux et déprimé, il t'attend en maigrissant de jour en jour. Consciente de ce qui se passe, Marie-Thérèse s'abstient de t'en parler ; elle veut que ton bulletin en fin du semestre soit étincelant. Le chien cesse de manger tout à fait. Il geint. Tire sur sa laisse. Maigrit, gémit, tire sur sa laisse, boude, s'endort. Puis meurt. Il n'était pas assez maigre pour être mort de faim, il est mort de chagrin.

Régis insiste pour que Milo soit informé.

— Okay, dit Marie-Thérèse, mais on va dire qu'y a été écrasé par un char.

— Ben non, voyons. On peut pas y mentir là-dessus.

— Voyons, c'est pas mentir, ça ! C'est jus' le protéger. Y est mort pareil, son chien, on peut pas rien faire.

— C'est moé qui vas y dire, tonne Jean-Joseph de la grosse voix de basse qu'il a mise au point dans les chantiers forestiers depuis deux ans. À vingt ans, il pèse plus que ses deux parents réunis et ceux-ci n'osent plus le contredire.

186

Surprise : quand Jean-Joseph appelle le pensionnat pour annoncer sa visite, on l'informe que Milo est à l'infirmerie. Pendant que, malade de son absence, son chien dépérissait à son insu, il a contracté la scarlatine. En entendant cela, Marie-Thérèse laisse la panique envahir ses traits, et Jean-Joseph sait qu'il passera le reste de sa vie à haïr le bâtard d'Indien.

— J'vas y aller l'voir, moé, dit-il. J'ai une job qui commence après-demain, pas loin d'où c'qu'y est. Laisse-moé faire, m'man.

Il arrive muni non seulement d'un panier à pique-nique que Marie-Thérèse a rempli à ras bord de gâteries, mais aussi d'un plan qu'il met aussitôt à exécution. Tout en plongeant des yeux tristes dans le décolleté de la jolie infirmière, il lui explique que le chien de Milo vient de mourir et qu'il aura besoin d'une heure en tête à tête avec le garçon pour lui annoncer en douceur la mauvaise nouvelle. Dès que l'infirmière a respectueusement quitté la pièce, il verrouille la porte, flanque par terre le panier en osier et arrache les couvertures du lit de Milo. Dit qu'il est sûr et certain que Milo reçoit une excellente éducation dans cette école, qui coûte à ses parents plus d'argent que ce qu'ils ont dépensé pour lui, Jean-Joseph, et son frère François-Joseph réunis, mais que, malgré tout, il est un aspect de son édu-cation qui se trouve sans doute négligé ici, carence que lui seul, Jean-Joseph, est à même de combler. Ce disant, il défait sa braguette et se met à déver-ser en toi par son flingue à l'entrejambe des flots de haine accompagnés de paroles vénéneuses au sujet de ta traînée de Peau-Rouge de mère, ton sang pri-mitif et ta bâtardise sauvage. Pour toi, Astuto, il n'y a rien là de bien neuf. Tu sais depuis longtemps que le pénis humain peut servir au meilleur comme au pire, *Paradis et Enfer sont faits par les hommes et ne se trouvent que sur la Terre*... Tu as écouté tes cousins haleter et grogner au cours de leurs joutes dans le noir de votre chambre... joué le go-between dans la grande passion entre ta tante et Jacob Bernstein... deviné pas mal de choses au sujet du métier de ta mère... vu, ici, de jeunes pensionnaires sortir du confessionnal les joues en feu, des larmes aux yeux... alors tu t'en vas ailleurs dans ta tête et attends que ça se passe. Quand ton cousin te quitte enfin en une ruade, remonte sa braguette et déguerpit, tu te lèves, vas au lavabo et te laves à fond.

Quelques minutes plus tard, l'infirmière revient.

— Pauv' garçon, c't épouvantab', murmure-t-elle, en lui tapotant la main. Moé aussi, j'ai eu un chien qu'y est mort, je sais c'que tu ressens...

C'est alors seulement que le ciel s'effondre sur ta tête.

Le lendemain, la fièvre de Milo a baissé. Dès que l'infirmière entre dans sa chambre, il lui dit qu'il doit appeler sa tante.

— Non, Milo. Tu connais le règlement de l'école : les pensionnaires peuvent écrire des lettres une fois par semaine, mais y ont aucun accès au téléphone.

On consulte les prêtres jésuites, puis le directeur. Tous disent comprendre la tristesse du garçon à la perte de son chien, mais l'incitent à surmonter sa douleur en retournant en classe. Milo n'en démord pas, refuse de changer de sujet. Enfin, au vu de ses notes éblouissantes, il obtient gain de cause.

— Ma tante, tu sais que Jean-Joseph est v'nu m'voir hier. Ben, y m'a violé.

— Qu'est-ce que tu...

— Ton fils, y m'a violé. Si tu veux pas que j'dise ça à tout le monde, que ton fils aîné, c't'une salope de tapette, tu m'sors de c't'école-là. J'vas l'dire au curé. J'vas l'dire à mon oncle Régis. J'vas l'dire à mon grand-père. J'vas l'dire à Jacob Bernstein pis à toutes les voisines…

— Si tu fais ça, Milo, j'te tue.

— Si tu veux pas que je l'dise, tu viens m'chercher. Là, là. Aujourd'hui.

Le soir même il rentre à la maison.

NEIL, 1919

Si tu veux bien, Milo, j'aime autant qu'on se contente d'intérieurs pour la séquence sur les premiers mois de Neil au Canada. Ça te va ? Reconstituer la vieille ville de Montréal post-guerre de 14 mettrait les productions Blackout dans le rouge pendant une bonne décennie.

On pourrait donc retrouver notre héros... mettons... assis devant un minuscule guéridon près de la fenêtre, dans le coin d'une chambre lourdement décorée de rideaux, de froufrous et de papier peint à fleurs. À la faible lumière d'une lampe, Neil lit le *Henry V* de Shakespeare et grelotte chaque fois que, serpentant autour du cadre de la fenêtre, le vent vient le lécher de son froid vénéneux. Nous sommes fin janvier ; Neil est à Montréal depuis deux mois et ce sont les mois les plus sinistres de son existence. Froid monstrueux : à moins quarante, les thermomètres Celsius et Fahrenheit se mettent d'accord : il fait comme moins quarante, disent-ils, se regardant dans les yeux et réitérant leur verdict dans une série d'échos moqueurs. Moins quarante ! Froid à pierre fendre, à cœur fendre.

On entend la quatrième scène du troisième acte telle que Neil se la lit à voix basse, avec un accent en français à couper au couteau : dialogue entre

Catherine la princesse française et Alice sa femme de chambre.

— Je m'en fais la répétition de tous les mots que vous m'avez appris dès à présent. — Il est trop difficile, madame, comme je pense. — Excusez-moi, Alice ; écoutez : de hand, de fingres, de nails, de arma, de bilbow. — De elbow, madame. — Ô Seigneur Dieu, je m'en oublie ! de elbow. Comment appelez-vous le col ? — De neck, madame. — De nick. Et le menton ? — De chin. — De sin. Le col, de nick ; le menton, de sin. — Oui. Sauf votre honneur, en vérité, vous prononcez les mots aussi droit que les natifs d'Angleterre.

Il rit comme un cheval. *Qui eût cru que j'aurais William Shakespeare comme professeur de français ? Suffit ensuite de travailler à rebours : elbow le coude, neck le col, nails les ongles… Il ne me manque plus qu'une Alice !…*

On coupe.

Le dîner, ce soir-là. Nous sommes rue Sherbrooke, dans la maison pseudo-victorienne du juge Ross McGuire qui, en tant qu'ami et ex-collègue du père de Neil, a accepté sans enthousiasme de loger le jeune homme jusqu'à ce qu'il trouve ses repères dans son nouveau pays. Âgé de vingt-sept ans et piaffant d'impatience d'être libre, Neil est accablé de se trouver à table à nouveau avec un magistrat irlandais, son épouse irlandaise et leur domestique irlandaise, à manger un repas irlandais : rosbif accompagné de sa sauce, pommes de terre en mousseline, haricots verts, oignons en sauce blanche. Son père lui a explicitement interdit d'aborder dans cette maison les sujets de James Joyce, Maud Gonne et la rébellion de Pâques.

— Le Sinn Féin a unilatéralement déclaré l'indépendance hier, marmonne le juge McGuire, tout en enfournant dans sa bouche une grosse tranche de rosbif y compris le gras et le cartilage. À mon avis, c'est la guerre.

— La guerre, la guerre, soupire Mme McGuire. On n'a pas déjà eu suffisamment de guerres?

Comme sa question est rhétorique, personne ne songe à lui répondre.

— D'abord la Grande Guerre en Europe, puis la Révolution bolchevique en Russie… et là, à peine nos hommes rentrés au pays, les militants du Sinn Féin recommencent…

— Excusez-moi, dit Neil, mais comme je viens de quitter Dublin, je dois dire que je les comprends. Il serait pire que frustrant, humiliant, d'être venus si près de l'Indépendance pour se la voir arracher à la dernière minute.

D'émoi, l'étroit derrière de Mme McGuire s'agite sur sa chaise.

— Mais pourquoi ne pas se contenter de ce qu'on leur a *donné*? Chacun de leurs soixante-neuf candidats a gagné aux élections le mois dernier, sans exception!

— Dont douze condamnés à mort, fait remarquer le juge, la bouche pleine de mousseline. Et vingt et un autres qui purgent une longue peine.

— N'empêche, c'est une sacrée victoire! insiste son épouse. Ils ont emporté les trois quarts des sièges! Ça leur aurait donné une voix puissante au Parlement, ils auraient pu se faire entendre!

— Oui, mais au Parlement *britannique*, dit Neil. Ils ne veulent pas d'une voix puissante au Parlement britannique, madame McGuire. Après tous les sacrifices qu'ils ont consentis, ils estiment que ce serait un compromis impardonnable.

— Ah oui? mastique le juge, et un filet de sauce brune lui coule sur le menton. Il me semble qu'ils ont surtout sacrifié la vie des autres. Celle des catholiques pauvres, par exemple, qui se sont trouvés happés par des grèves, des lock-out et des émeutes, coincés dans un mouvement politique dont ils ignoraient tout.

— Ils veulent un Parlement à eux, dit Neil avec dignité. Le Dáil Éireann. Voilà, d'après ce que j'ai pu comprendre, ce qui vient d'être entériné.

— C'est la guerre, vous dis-je! crachote McGuire. Le nouveau chef d'État sera Eamon De Valera, qui se trouve lui aussi sous les verrous en Angleterre! Franchement, mon garçon, ne vaut-il pas mieux que l'Irlande soit gouvernée depuis Westminster que depuis Holloway?

— Constance Markiewicz n'a pas eu honte d'accepter! dit Mme McGuire. Je dois dire que je suis fière d'elle. Vous vous rendez compte? La première députée femme de l'Histoire est une Irlandaise! Les Anglaises ont le droit de vote maintenant, ajoute-t-elle, sans logique particulière. Les Canadiennes aussi… enfin… partout, sauf ici au Québec.

— Je l'ai connue, laisse échapper Neil.

— Qui? Dame Constance?

— Oui. Je veux dire, je l'ai vue quelques fois.

— Ah oui? Où cela?

La bonne surgit et, à part lui, Neil la remercie de son interruption providentielle.

— Dois-je réchauffer la tarte aux pommes, m'dame?

— Tout à fait, Maggie. On devrait être prêts à la manger d'ici trois ou quatre minutes.

On coupe.

On retrouve Neil en train d'arpenter les rues du Vieux Montréal. À ce froid, le vent vous brûle, vous écorche les joues, fait monter dans les jambes de votre pantalon des spirales de poudreuse, s'insinue dans l'espace entre votre écharpe et votre cou, attaque votre chair chaude et vulnérable. En l'espace de quelques minutes, vous pouvez vous retrouver le nez gelé, les oreilles gelées, les doigts ou les orteils gelés.

Pas une ville où il fait bon arpenter les rues à la recherche d'un emploi. Neil avait cru qu'étant un port fluvial à l'instar de Dublin, Montréal lui paraîtrait familier. Mais nulle part sur le Saint-Laurent on ne peut, comme sur la Liffey, dansoter et gambader d'un pont à l'autre en rêvassant à son avenir verdoyant comme un pré (ah! bientôt dix ans, ce souvenir-là!). Ici, tout est rude et froid et dur et gris et froid et sombre et froid et hostile, et froid. Ses pieds glissent sur la chaussée traîtresse, hérissée de pointes de sloche gelée. Ses souliers sont usés ; même neufs, ils n'auraient guère été adaptés à ce climat. S'il veut survivre au Canada, il lui faudra non seulement de nouveaux souliers mais une nouvelle personnalité, de nouveaux espoirs, de nouvelles valeurs.

Son premier soir à Montréal, le juge McGuire l'avait plongé dans une mélancolie sans fond, rien qu'en lui montrant une carte du Québec. La province peut facilement contenir une demi-douzaine d'Irlande, lui avait dit le juge, mais elle est vide. En dehors des petites villes et des encore-plus-petits villages qui ponctuent à intervalles irréguliers les bords du Saint-Laurent, fleuve qui s'enfonce tel un coin dans la partie sud de la province pour la fendre à la diagonale jusqu'aux Grands Lacs, il n'y a personne. Quelques vagues tribus esquimaudes et indiennes, de trois ou quatre cents membres chacune, éparpillées çà et là sur une toundra d'une étendue inimaginable, piquée d'un milliard de lacs gelés.

Sans bien savoir pourquoi, Neil est accablé par l'idée de cette vastitude inhabitée.

Au bout d'une quarantaine de minutes, ne supportant littéralement plus le froid — ses jambes se sont transformées en stalactites et il a peur qu'elles ne se brisent s'il reste dehors une minute de plus — il s'engouffre dans le foyer d'un hôtel rue Notre-Dame.

Intérieur jour, si on peut appeler ça du jour. En proie à une dépression aiguë, Neil traverse les portes battantes du restaurant de l'hôtel et se dirige vers une petite table près de la fenêtre. Sa dépression n'est pas celle de tout homme esseulé et au chômage qui se trouverait dans un lieu animé où chacun semble savoir qui il est, où il va et pourquoi. C'est pire. C'est la dépression de l'exil.

Par la fenêtre, à travers l'haïssable neige glaciale, il voit, tracés en lettres blanches sur les briques noircies par la fumée du bâtiment en face, les mots *G. A. Holland and Son Co. House Furnishers, Carpets, Draperies**. Peut-être cette entreprise l'embaucherait-elle? Peut-être pourrait-il vendre des tentures à Montréal jusqu'à la fin de ses jours? Cette pensée lui donne envie de mourir. C'est qui, d'abord, Holland et Fils? D'où viennent ces gens, nom de nom, et que font-ils ici? Pourquoi traverse-t-on l'océan? Pourquoi fait-on quoi que ce soit? Oh, Willie Yeats! Pourquoi m'avoir conseillé d'émigrer au Nouveau Monde pour écrire? Vous êtes venu, vous, chercher votre inspiration poétique à Montréal? Que nenni!

---

* G. A. Holland et Fils, Ltée. Ameublement de maison, tapis, tentures.

Vous êtes resté bien au chaud dans votre vieil appartement cossu de Londres et votre tour romantiquement sauvage dans le comté de Galway. Jimmy Joyce, lui aussi, a bien tiré son épingle du jeu, zigzaguant de Trieste à Zurich, puis de Zurich à Paris. Libre à lui de passer le reste de sa vie à musarder chez les bouquinistes le long de la Seine, à déblatérer dans les bars et à ligoter des putes! Je vous le demande, que peut espérer écrire par moins 40° un homme coincé dans une ville portuaire dont le fleuve ne se laisse même pas approcher?

Dans son for intérieur, Neil éclate en sanglots.

La serveuse approche et, comme il a la tête baissée, la première chose qu'il perçoit d'elle est un tablier blanc immaculé sur un uniforme noir. Adoptant son point de vue, nous voyons non seulement que la jeune femme est bien roulée (comme disaient les machos de jadis), mais aussi qu'elle a boutonné sa blouse de travers. Le cardigan de Yeats lui revient en mémoire, soulevant en lui une nouvelle houle violente de nostalgie pour l'Irlande.

— Qu'est-ce que j'vous sers?

Il ne comprend pas.

— What?

— Que c'est qu'vous allez prendre?

Il ressort le premier mot en français qui lui revient de la pièce de Shakespeare lue la veille.

— Menton.

La fille lève les sourcils.

— *Quoi?* Un *menton*?

— Coude. I'm trying to learn French.

– Quoi?
– [...] J'essaie d'apprendre le français.

— Eh ben, avec ces mots-là, ça fonctionnerait mieux dans un cours de danse que dans un restaurant. Voulez-vous un café ?

Il décide d'exploiter sa faiblesse plutôt que de la dissimuler.

— Coffee ?

— Café.

— Cafay.

— Avec du lait ?

— Doulay.

— Oui, m'sieu.

— Oui, m'siou'.

Elle lui sourit.

— Buttons, dit-il.

— Butter ? Du beurre ?

— No...

Souriant, il lui montre sur sa propre chemise, que sa blouse a un problème de boutonnage. La jeune femme baisse les yeux, puis les relève et pouffe de rire.

— Ah là là, c'est pas vrai, ça, j'me suis encore boutonnée en jalouse ! Merci d'me l'dire...

On coupe.

Le parc Mont-Royal, un jour de grand soleil : plusieurs mois ont dû s'écouler, car la neige a disparu et les arbres sont en fleurs. Assis sur un banc, Neil et la jolie serveuse poursuivent leur exploration réciproque. Le français de Neil s'est amélioré, mais son accent reste épouvantable.

— Je vais être un grand écrivain. Tu vas voir, Marie-Jeanne. Avant my trentième... uh... jour de naître... je vais publisher un grand nouvelle*.

– Boutons.

* Roman.

— T'écriras une pièce pour moi?

— Quoi? Un dollar?

— Une pièce, pas une piasse! Une pièce dont j'serais l'héroïne!

— Oh, oui. Pour sûr que c'est toi mon héroïne!
ON COUPE.

On les retrouve l'été, bras dessus, bras dessous, se promenant sur l'île Sainte-Hélène.

— À c't'heure, les Anglais sont plus nombreux qu'nous aut' à Montréal, dit Marie-Jeanne, mais dans l'temps c'tait une ville française. C't un Français qui l'a fondée, y a trois cents ans! Samuel de Champlain, qu'y s'app'lait. Pis il a nommé cette île Sainte-Hélène pour son épouse Hélène Boullé. A l'avait seulement douze ans quand il l'a mariée!

— Et toi… dix-sept when you marry me. Lucky I said oui, tu es déjà ben vieille.

— Hé, ho, j'ai pas encore dit oui, là!… Hélène Boullé, j'pense que c'est pour sa dot qu'il l'a choisie, Champlain.

— Sa dot? What's dat?

— L'argent qu'une famille donne à sa fille pour son mariage.

— Ah OK, dowry. Je vois. Et toi, what is your dot?

— Ben, à vrai dire… j'en ai parlé avec mon père… Il propose de nous ach'ter le terrain d'à côté pis d'me l'offrir en cadeau de noces…, sauf que j'en veux pas, moi, Neil! J'veux être actrice de théât'! Chus au tout début d'ma carrière!

— Mais comment faire, my fair? Tu ne peux pas rester forever dans les kiosques des saint-sulpiciens

---

– […] quand tu m'épouses, moi. Une chance que j'ai dit oui.
– […] C'est quoi, ça?

pour la protection des jeunes filles ! Et si on essaie de consommer notre mariage chez le Judge McGuire, ça va faire un big scandale… Faut look the truth in the face, mon amour. Je ne trouve pas d'emploi comme avocat à Montréal, et je ne veux pas prendre un travail idiot… I'm a graduate of Trinity College Dublin, after all ! I'd rather chop down trees. I'm sure it would give me good ideas for a novel. Si c'est assez bon pour Tolstoï, c'est assez bon pour moi.

— C'est qui, Tolstoï ?

— Euh… never mind. Acceptons l'offre de ton père. Allons vivre là-bas, at least at first. Essayons pour une année, ensuite on verra…

— Ouais, sauf que mon père savait pas à qui il la f'sait, son offre. À un maudit Anglais !

— Je ne suis pas anglais, d'abord. Je suis irlandais, ce n'est pas pareil ! Les Anglais sont maudits pour nous aussi ! Goddamn Brits ! Besides, eux, ce sont des protestants et moi, je suis catholique…

— Tu vas jamais à l'église, tu m'as dit.

— Mais pour te marier, j'irais all the way to hell ! Don't worry, I still know how to sing *Sancta Trinitas, unus Deus, miserere nobis. Sancta Maria, ora pro nobis.* How do you like that ? And j'ai même un nom français ! Marie-Jeanne Noirlac, ça te plaît pas comme nom ?

— Oui…

– […] regarder la vérité en face […] Après tout, je suis diplômé de l'université de Trinité à Dublin ! Je préfère abattre des arbres. Je suis sûr que ça me donnerait de bonnes idées pour un roman.
– […] laisse tomber […] au moins dans un premier temps.
– […] Maudits Britanniques ! D'ailleurs…
– […] jusqu'en enfer. T'inquiète pas, je sais toujours chanter […]. Pas mal, hein ? Et…

— Et moi, je ne te plais pas comme homme ?

— Oui, tu m'plais…

— Alors on dit oui à ton père ?

— Mais tu connais rien à l'industrie du bois !

— Voyons, Marie-Jeanne ! J'en connais un bout ! Where do you think the paper comes from, sur lequel je vais écrire mes livres ?

Bande-son : musique d'orgue. Le plan final de cette séquence sera un panorama grandiose de la Mauricie aux alentours de 1920. Nous aurons besoin d'un hélicoptère. On filmera d'abord en surplomb la forêt infinie : épinettes et érables, bouleaux et chênes, surtout épinettes… Lentement, avec de grands mouvements de balancier, on descendra vers un chantier forestier… Tous les bruits en seront absents : scies, haches, fracas des arbres qui tombent, cris des hommes, craquements des branches, souffle assourdissant de la rivière… La musique d'orgue nous donnera du recul par rapport à l'énergie virile de ce lieu, sorte de camp de scouts puissance X. Comme il s'agit d'un travail épuisant et dangereux, les hommes doivent être non seulement jeunes et forts mais doués d'une coordination physique exceptionnelle. Après avoir observé le travail des bûcherons, on se tournera vers les draveurs, se démenant avec piques et crochets pour guider les billots dans leur descente de la rivière. Gros plan sur leurs jambes glissant et sautillant de bûche en bûche en une chorégraphie complexe. À côté de ces hommes-là, Fred Astaire aurait l'air d'une statue !

Toujours en hélico, on descend la rivière Saint-Maurice jusqu'aux usines de pâte à papier de

---

– […] D'où vient, à ton avis, le papier…

Trois-Rivières… On poursuit jusqu'au village qu'on a déjà vu mais quarante ans plus tard, et la petite église dans laquelle Neil et Normand vont se faire rabrouer pour leurs dessins cochons… Franchissant lentement le seuil, on voit le bâtiment de l'église plein à craquer : le père de la mariée, Pierre-Joseph Chabot est un propriétaire terrien connu et respecté de tous. Se retournant, on découvre Marie-Jeanne elle-même : belle comme le jour, voile blanc flottant sur ses cheveux noirs, joues roses, yeux tout brillants d'excitation. Accrochée au bras de son père, elle attend dans la porte de l'église un signe du prêtre. Neil se tient juste derrière. À la dernière minute possible avant le début de la cérémonie, il voit que Marie-Jeanne s'est boutonnée en jalouse une fois de plus. Et, alors que l'orgue et l'assemblée entonnent déjà le cantique qui doit les amener à l'autel, Neil défait et refait à toute vitesse les dix-sept boutons dans le dos de la robe blanche de sa future épouse. Les sourcils de M. Chabot se lèvent, mais Marie-Jeanne sourit et rougit, toute bouillonnante d'amour pour son Irlandais. Ayant obstinément préservé sa virginité jusqu'aujourd'hui, la perspective de sa perte imminente lui fait tourner la tête. Ils avancent d'un pas solennel vers l'autel.

Vêtus de leurs meilleurs habits, les cousins, oncles, tantes, sœurs et frères de Marie-Jeanne remplissent à eux seuls les deux premières rangées de bancs. Cette famille a décidé d'accepter Neil en son sein ; bientôt, elle l'engloutira tout à fait.

Il n'en réchappera jamais.

AWINITA, AOÛT 1951

On peut commencer par un gros plan sur le visage de Declan. Sans qu'il ait à prononcer le moindre mot, on comprendra tout à son air : c'est celui d'un jeune homme irresponsable à qui sa compagne vient d'annoncer qu'elle attend un enfant.

La caméra recule : on se trouve à nouveau dans l'île Sainte-Hélène.

Declan et Awinita sont assis à l'écart l'un de l'autre. Leurs regards balaient le fleuve dans deux directions différentes.

— You're puttin me on.

— ...

— You just *had* a baby. Even my mom had a few months' breathin space between kids. You *can't* get pregnant again right off the bat.

— I didn give suck.

— Wha'?

— Can't get knocked up again if you nurse de baby.

– T'es pas sérieuse… – … – Tu viens jus' d'*avoir* un bébé. Même ma môman, a l'avait que'ques mois pour se r'poser ent' deux p'tits. On peut *pas* r'tomber enceinte tu-suite de même, ça s'peut pas. – J'y ai pas donné l'sein. – Quoi ? – On peut pas r'tomber enceinte tu-suite si on allaite.

— So anyhow. So OK. So why you tellin *me*?

— 't's your kid.

— Ha. Fat chance.

— Listen, mister Cleaning-Fluid. You and me had plans, remember? Even dough I learned ages ago you should never believe a guy wid a hard-on, I let you talk to me 'bout love and livin in the woods and stuff. You ask me what's de difference tween you and a john? Answer : no john ever got into my body widout a safe on.

À plusieurs reprises, Declan passe nerveusement les mains dans ses cheveux roux. Lève les yeux vers les mouettes, comme s'il leur enviait leur liberté. Sort son flacon de whisky, prend une lampée. Enfin :

— My kid…

— Simple as dat.

— We gonna have a kid together, Nita?

— *I* gonna have one, dat for damn sure.

— Well, let's get married, then… eh? Listen. Come up to the farm, meet my family.

Gros plan sur Declan qui, brièvement, s'imagine introduisant une Indienne enceinte dans le domaine Dubé. Nous suivons la scène dans sa tête,

---

— En tout cas. Okay, ben… pourquoi tu me l'dis à *moé*? – C'est ton enfant. – Heille! Niaise-moé pas! – 'Coute ben, m'sieu l'Détachant. On avait des projets toé pis moé, t'en souviens-tu? Même si j'sais depuis longtemps qu'y faut pas s'fier à un gars bandé, j't'ai laissé m'conter des histoires d'amour, qu'on irait viv' dans l'bois pis tout. T'as voulu savoir c'est quoi la différence ent' toé pis un client? Réponse : le client qu'y est entré dans mon corps sans condom, y est pas encore né.

— Mon enfant… – Aussi simp' que ça. – Toé pis moé, on va avoir un enfant, Nita? – *Moé*, j'vas en avoir un, certain. – Eh ben… faudrait qu'on s'marie, non? Coudonc… Viens-t'en avec moé à la ferme… faire connaissance avec ma famille…

en Technicolor déformé : Neil qui lève les sourcils, se tourne vers lui et murmure *Does she even know how to read?*... Marie-Thérèse qui fronce les sourcils et fait la moue... les petits garçons Jean-Joseph et François-Joseph qui ricanent en montrant du doigt les cheveux bicolores de sa fiancée...

— Naw, forget about that, dit-il. Jus' less get married.

Ivre, il commence à mal articuler.

— Sure, Deck. Sure, I'll marry you... minute you get a job.

— I'm lookin', I'm lookin... 't's not easy to find work, specially now I got a police record.

— You know, dit Awinita... once dere was an Attikamak chief who said he'd give his daughter only to de best hunter of de clan. De girl, she was in love wit a strong young brave named Yanuchich. He had a good reputation as a hunter, but her fader want to make sure. He tell Yanuchich he can marry his daughter only if he bring back a hundred hides. So de brave, he go off into de forest...

Long silence. Un cargo passe devant eux en glissant sur le fleuve et, quelques instants plus tard, des vaguelettes viennent leur lécher les pieds.

– *Sait-elle seulement lire ?*
– Oublie ça... Suffit de s'marier.
– Pas d'problème, Deck. J'te marie, certain... dès qu't'as trouvé une job. – Je cherche, je cherche... C'pas facile en ce moment, t'sais. Surtout là, depuis que j'ai un casier judiciaire. – Une fois, y avait un chef attikamek qui a dit qu'y donnerait sa fille au meilleur chasseur du clan. La fille était tombée en amour avec un beau brave qui s'appelait Yanutchich. Y était très réputé comme chasseur, Yanutchich, mais le père voulait être sûr. Alors y dit à Yanutchich qu'il peut marier sa fille seulement s'il ramène cent peaux de bête. Fait que, le jeune brave s'en va dans la forêt...

— Yeah? fait Declan, qui s'ennuie ferme et prend une nouvelle lampée de son bourbon bon marché. Then what happened?

— Nuttin.

— What do you mean, nothin? Some'n' always happens in stories.

— Not dis time. The girl wait. She wait and she wait, and she wait and she wait, and Yanuchich never come back.

— That's it?

— Dat's it. She wait so long she get old, and turn to stone, and she still waitin today. Dey say you can see her stone head out near Shawinigan. Dat how de town of Grand-Mère got it name.

— Aw, who gives a shit. That's a boring story, Nita.

— Yeah. I don't like dat story either, mister Cleaning-Fluid. Just to let you know – I'm not gonna wait till I get old.

— OK, I got the message. Listen, I'm lookin for a job, OK? I'll find one, don't you worry. There's so many strikes these days… Maybe I could check out Imperial Tobacco.

– Pis? […] Y s'passe quoi après? – Ben, rien. – Comment ça, rien? Y s'passe toujours quequ'chose dans les histoires! – Ben, pas dans celle-là. La fille l'attend. A l'attend, pis a l'attend, pis a l'attend, pis a l'attend, pis son Yanutchich y r'vient jamais. – Pis c'est tout? – Ouais, c'est tout. A l'attend tellement longtemps qu'a d'vient vieille, pis a s'transforme en roche. On peut encore voir sa tête de roche dans les falaises au-dessus du fleuve là-bas, près de Shawinigan. C'est pour ça que la ville à côté s'appelle Grand-Mère. – Ah, qu'ça peut faire. Elle est pas mal plate ton histoire, Nita. – Ouais. Moé aussi, j'aime pas c't'histoire-là, m'sieu l'Détachant. C'est jus' pour te dire: j'vas pas t'attendre, moé, jusqu'à être grand-mère. – Okay, ben… Écoute, j't'dis que j'cherche une job, okay? Pis j'vas finir par en trouver une. Mais là, y a des grèves en maudit, à c't'heure!… J'pourrais aller voir chez Imperial Tobacco…

— Strikebreaker not reg'lar work, Deck. An' meanwhile…

— OK, you don't hafta rub it in – meanwhile I'm still living offa you. But some'n'll turn up, I promise you… Now that I'm gonna be a dad, I'll clean up my act and start earning good money.

On coupe.

Bande-son : *Shanghai* chanté par Doris Day. On retrouve le couple une semaine plus tard au parloir de la prison de Bordeaux. Ils discutent à travers une cloison de verre.

Sur la même musique (tube de l'été qui passe sans arrêt à la radio), dans la minuscule salle de bains près de la chambre crasseuse au-dessus du bar, Awinita se fait une piqûre. Quand elle sort en tanguant légèrement, un client l'attend déjà : assis sur le lit, nu hormis ses lunettes, sa montre et des chaussettes, c'est un septuagénaire aux rares cheveux blancs et à la panse lourde ; des chairs flasques lui pendent sous le menton et les bras. Awinita lance un regard vers la table en formica : le billet de banque s'y trouve déjà.

Les mains tremblantes, l'homme ôte montre et lunettes et les pose sur la table de chevet, mais garde ses chaussettes. Il s'allonge et nous tend les bras. En l'approchant, nous nous sentons fondre… moins sous l'effet de la bonté dans son regard bleu myope que sous celui de la drogue dans notre sang.

– Scab, c'est pas une job régulière, Deck. Pis en attendant…
– Okay, pas besoin de r'tourner le fer dans la plaie ! J'sais ben qu'en attendant, j'vis de tes gages à toé. Mais j'vas finir par trouver, j'te l'jure… Maintenant que j'sais que j'vas être père, là, j'vas tourner la page, j'vas trouver une bonne job, tu vas voir…

— What's your name, honey?

— Nita.

— Hey. I'm Cal. How old are you, Nita?

— Twenty-two.

— Really? You look about fourteen! Must be cause I'm so very old... Lemme tell you a secret, Nita. You listening? Nobody can believe they're really old the way their grandparents used to be old when they were young. Know what I mean?

— Yeah.

— Deep down, you feel young your whole life long.

— What can I do for you, Cal baby?

— Not much, I'm afraid. Don't know when I last managed to get it up. Just come here... that's it... just let me look at you... Let me touch you, honey... oh, you're so lovely... So beautiful. So beautiful. So beautiful. So beautiful. So beautiful. Oh... that is amazing... Oh my God... Oh... Oh... Oh...

Des tourbillons de peinture grise et noire convergent pour former des motifs, puis s'écartent à nouveau... Ils

---

se cristallisent en restes d'incendie : ruines fumantes,
carbonisées, goût âcre de la mort. Ensuite, de façon
inattendue, le temps fait marche arrière. Les poutres
et planches brûlées retrouvent leur forme, grimpent les
unes sur les autres et s'ajustent, reconstruisant peu à
peu la masure où Awinita a vécu, enfant. Lentement,
nous contournons la maison et découvrons… Awinita
elle-même, à l'âge de onze ans. Assise sur les marches
en bois, elle regarde le lever du soleil.

— Oh my God! souffle le vieillard, qui vient de
s'épandre dans ses mains. Oh, I don't believe it. That
was astounding, Nita. Thank you so much… You're
a lovely, lovely girl.

Awinita ne répond pas. Allongée sur le côté, toujours absorbée par sa vision, elle fixe la fenêtre.

Le client aux cheveux blancs attrape une de ses
mains et la couvre de baisers. Thank you, Nita.
Thank you, thank you, thank you.

Plus tard il se rhabille, va à la table en formica et
ajoute un billet à celui qui s'y trouve déjà. Puis il
quitte la pièce…

(Ne pleure pas, Milo. Oui, je sais que tu ne pleures
jamais mais quand même, ne pleure pas. Cherchons
un truc drôle qui a pu arriver tandis que, embryon
junkie lové dans le ventre de ta mère junkie, tu te
transformes peu à peu en fœtus junkie…)

Le billet de banque supplémentaire n'était pas
de trop : les cheveux d'Awinita sont redevenus
blonds.

Neil Kerrigan entre dans le bar et jette un coup
d'œil à la ronde. Son regard est attiré par la blondeur

---

d'Awinita. Hypnotisé, il vient s'asseoir sur un tabouret à ses côtés.

Tu as raison, ce ne serait pas drôle de faire de Neil un des clients d'Awinita cet été-là. Pas totalement invraisemblable – après tout, la vie érotique d'un veuf sexagénaire de la campagne ne devait pas être bien folichonne ; il a pu s'offrir parfois un peu de plaisir dans les quartiers chauds, les jours où il se rendait à la ville pour faire le tour des meilleures librairies et s'offrir des premières éditions. Donc, pas impossible… mais pas drôle, vu qu'Awinita porte en ce moment son petit-fils. Trop tordu pour un film comme le nôtre.

— What can I get you ? demande le barman.

— A Molson's would be lovely, thanks. And if the young lady doesn't mind, bring her another glass of whatever she's drinking. I need help to celebrate.

— Do you mind, Miss ? Irwin demande à Awinita, comme s'il ne l'avait pas vue plusieurs centaines de fois déjà.

Quand elle se tourne vers Neil, son cerveau enregistre sans doute le fait que ses yeux sont de la même couleur que ceux de Declan. Mais la drogue a ramolli ses pensées, et de toute façon les yeux de clients, elle en a vu de toutes les couleurs. Elle a même eu des borgnes comme clients.

— Tank you, Sir, dit-elle. What you celebratin ?

– Qu'est-ce que j'vous sers ? […] – J'prendrais ben une Molson, merci beaucoup. Et servez aussi à la d'moiselle un autre verre de c'qu'elle boit, si elle est d'accord. J'ai besoin d'aide pour célébrer.
– Z'êtes d'accord, mad'moiselle ?
– Merci, m'sieu… Que c'est vous célébrez ?

— The Virgin Mary just went hydro-electric! annonce Neil d'une voix forte, en levant son verre.

— Somebody turn her on? demande Awinita.

Neil explose de rire. À soixante ans, ayant décidé d'imiter Yeats et de passer les dernières années de sa vie à jouer le Vieux Fou, il ne se soucie plus de ce qu'on pense de lui.

— Ladies and gentlemen, our dear Prime Minister Maurice Duplessis made a big speech today, I'm sure you all heard it on CBC, to inaugurate a new hydro-electric installation at Beauharnois. C'est pas fabuleux? Come on, sing along with Duplessis, everyone, and raise your glasses to Hydro-Quebec!

— T'as un problème avec Duplessis, l'Irlandais? dit un client déjà éméché, qui arrive sur Neil en tanguant.

— Not at all, except that a mere ten days ago at Notre-Dame-du-Cap, he made a big speech, I'm

---

– La Vierge Marie est devenue hydroélectrique! – Qui c'est qui l'a allumée? – Eh, messieurs dames, notre cher Premier ministre Maurice Duplessis a fait un grand discours aujourd'hui, je suis sûr que vous l'avez tous suivi à Radio-Canada, pour inaugurer une nouvelle installation hydroélectrique à Beauharnois. [...] Allez, tout le monde ensemble! chantons avec Duplessis et levons notre verre à Hydro-Québec!
– Pas du tout, sauf que, l'autre jour à Notre-Dame-du-Cap, il a fait un grand discours, je suis sûr que vous l'avez tous entendu à Radio-Canada, pour dédier officiellement notre Belle Province de Québec à la Vierge Marie. Ah, il y en avait du beau monde dans la place, ce jour-là! [...] Et il a tenu à nous faire comprendre qu'à un jet de pierre de là, dans l'hôtel *Le Paradis des Sports* en amont du fleuve, son vieil ami Georges Cossette aurait le droit de vendre de l'alcool sans permis... sauf pendant la messe de dimanche, bien sûr! – Le *Paradis des Sports*, ça m'dit quequ'chose [...] C'est pas loin de Grand-Mère, c'est ben ça? J'ai une amie

sure you all heard it on CBC, officially dedicating our Belle Province de Québec to the Virgin Mary. Everyone who was anyone was there! Le clergé, les grands journaux, tout le monde. And he made sure we found out that at *Le Paradis des Sports* hotel on lac des Piles a few miles upriver, his old pal Georges Cossette would be allowed to sell liquor without a license… except during Sunday mass, of course, ha, ha, ha!

— I know dat place, murmure Awinita. Not far from Grand-Mère, right? I got a friend work up dere.

— That's right. Everybody hear that? The young lady has friends who work at *Le Paradis des Sports*. I'm certain they're on excellent terms with Georges Cossette, Maurice Duplessis, and other gentlemen of the same circles. And I'm certain that with a little extra persuasion, they will also be on good terms with the American jazzmen who come to play in that distinguished establishment. C'est pas fabuleux?

— Maudit Irish! gueule le client ivre. T'as juste à rentrer baiser les druides chez toi, si t'aimes pas la vie icitte! C't un bon gars, Duplessis!

— C'est un gars qui a tout juste mon ââââge! rugit Neil, dont les yeux verts étincellent et la barbe poivre et sel se hérisse. Et comme j'habite le Québec depuis trente-trois ans, sacrament, je peux dire ce que je pense de Maurice Duplessis! Je pense que Maurice Duplessis

qu'a trouvé une job dans c't hôtel-là. – C'est bien ça. Vous avez tous entendu ce que vient de dire la demoiselle? Elle a des amies qui travaillent au *Paradis des Sports*. Je suis sûr qu'elles s'entendent à merveille avec M. Cossette, M. Duplessis et les autres messieurs de ces cercles respectables. Et je suis sûr qu'avec un peu d'encouragement, elles seront prêtes à s'entendre avec les musiciens de jazz américains qui viendront jouer dans ce bel établissement.

c'est un gros crisse de tabarnak d'opportuniste, qui chante les louanges de la Vierge quand il veut flatter le peuple, et qui chante les louanges d'Hydro-Québec quand il faut cirer les souliers des Anglais! C'est ça ce que je pense! C'est un free country!

— Free my ass, dit Awinita.

Mais personne ne l'entend parce que Neil et l'ivrogne en sont venus aux mains et les autres clients se sont mis à vociférer et à prendre parti pour l'un ou pour l'autre et Irwin le barman est occupé à les pousser hors de l'établissement pour que la bagarre testostéronée se poursuive sur le trottoir, et espérons que cette scène donnera à nos chers spectateurs un peu de cette détente comique qui leur a si cruellement manqué jusqu'ici…

ON COUPE.

Dans la cuisine avec Liz, nouvelle scène de vendredi matin.

— It just doesn't tally, Nita.

— …

— Who do you think you're fooling? Irwin's at the bar every night, he keeps track of the number of guys each girl goes up with. His count for you this week is twenty-nine, yours is seventeen, so I wanna

---

– C't un pays libre. – Libre comme mon cul.

– Mais ça marche pas, ton affaire, Nita. – … – Tu peux pas m'la faire… Irwin est au bar tous les soirs, tu l'sais ben qu'y marque dans son cahier les clients qui montent avec chaque fille. Son décompte pour toé cette semaine c'est vingt-neuf, toé tu dis dix-sept. Moé, j'veux savoir où sont passés les douze aut'. Où c'qu'y sont passés les douze aut', Nita? Tu continues d'même encore un mois, ma belle, tu vas te r'trouver dans' rue. Dis-moi. Tu fais quoi avec ton argent? – C'est jus' que… – Faut pas niaiser avec moi, Nita. T'as-tu un ami? Tu prends-tu d'la drogue? Ou ben les deux?

know what happened to the other twelve. What happened to the other twelve, Nita? You keep this up, sweetheart, and you're out of here. Now tell me the truth. Where's your money going?

— Just...

— I wasn't born yesterday, Nita. You supporting a boyfriend, a habit, or both?

Awinita ne détourne pas les yeux. Elle répond, le visage impassible : Been doin'a bit o'H.

— Oh, no. (Les traits de Liz se contractent.) Oh, no. That's a lousy idea, sweetheart. Poppers are one thing, OK. Long as you don't overdo it, they help get you through your working-night. But H... Nah, I've lost too many girls to H, honey... I don't want you on that shit. It's death, man. How long you been shootin up?

— Not long.

— OK, listen. I'll give you one chance, not two. I'll pay for you to get cleaned up. As I've told you before, this is not a charity operation – I'm doin it as a favour to myself. I've invested good money in you, and I don't wanna lose my investment. That clear?

On coupe.

– J'ai tâté un peu d'héro dernièrement. – Ah, non. [...] Ah, non. C't une mauvaise idée, ça, ma douce. Les poppers, okay, j'dis pas. Si t'en prends pas trop, ça t'aide à finir ta nuit de travail. Mais l'héro... non, ma belle. C'te cochonnerie-là m'a déjà fait perdre trop de filles, faut pas qu'tu rentres là-d'dans. Depuis quand tu fais ça? – Pas longtemps. – Okay, écoute là. J'vas t'donner une chance, pas deux. J'vas t'payer la clinique de désintox. J'te l'ai dit déjà, c'est pas une maison de charité icitte, si j'fais ça c'est pour moé, pas pour toé. J'ai investi en toé, pis j'veux pas perdre mon investissement, c'est-tu clair?

213

Chambre dans une clinique médicale privée. Tremblante et transpirante, Awinita se tient devant une fenêtre qui donne sur un mur blanc. Nos mains s'agrippent au rebord de la fenêtre, puis à notre propre ventre...

La caméra qui est notre regard explore la pièce. Elle voit les objets se tordre et se distordre, reçoit le réel comme une horreur pure... Le rectangle de la fenêtre passe de clair à sombre et de sombre à clair. La désintoxication d'Awinita dure vingt-neuf jours et vingt-neuf nuits...

(Bande-son : à voir plus tard. Oui je suis d'accord, Milo : il faut que ce soit rude sans être redondant, sans illustrer naïvement l'enfer que ta mère traverse. Peut-être tout simplement glisser un MP3 dans le vortex d'un incinérateur de déchets ? Genre...)

Plus calme, allongée sur le lit, à même le couvre-lit, nous contemplons le plafond. *Le sol d'une pièce est jonché de cubes de couleur. De l'un d'eux jaillit un diable à ressort, qui se met à bondir joyeusement en tous sens. Il se heurte de plein fouet à une porte fermée et tombe à la renverse, mais fait un roulé-boulé et se retrouve debout, indemne. Soudain la porte s'ouvre et l'Affreux Géant surgit, il pèse sur le diable de son pied énorme et velu... mais le ressort dans le cube est puissant, le diable rebondit si fort que l'Affreux Géant se retrouve sur le dos en un clin d'œil.*

Awinita se redresse dans son lit et sonne l'infirmière.

— I'm clean, dit-elle.

— J'suis nette.

VII

MALANDRO

Voyou, bandit, mauvais garçon. Le ma-
landro, *au début du XXe siècle, est
un personnage qui se définit par un
mode d'existence reposant sur l'impro-
visation permanente.*

MILO, 1967-1970

De retour à la ferme après la mort d'Oscar, Milo sombre dans un trou noir et n'en sort plus. Des semaines durant, des mois peut-être. Il perd toute notion du temps. S'occupe machinalement des corvées et des devoirs. Personne ne peut l'atteindre.

Neil s'inquiète : Won't you come up and read with me, Milo ? Non, il ne le veut pas, pas encore. Il a besoin d'enrober son être de plusieurs couches protectrices de silence et d'ombre, besoin de retrouver la splendeur du noir, les placards de son enfance, l'écran noir à la fin du film, et, quand l'été revient enfin, l'eau obscure au fond du fond du lac des Piles...

(Je comprends de mieux en mieux que ce qu'on aime quand on aime quelqu'un, ce sont les amours de cette personne. T'aimer, toi, Milo, c'est aimer ton amour pour Oscar. Pour Neil. Pour le lac des Piles...)

De l'autre côté du lac se trouve un chalet cossu genre *Les Quatre Filles du Dr March*, blanc aux pignons verts et à la galerie vitrée. Milo s'y est déjà

– Tu ne veux pas monter lire un peu avec moi, Milo ?

rendu à la nage à plusieurs reprises. Le propriétaire du chalet est un riche producteur de cinéma gay du nom de Sherman Dyson. Étant donné que les riches producteurs de cinéma gays sont une espèce plutôt exotique dans le Québec rural du milieu des années 1960 (et qui eût pu imaginer qu'un jour tu tomberais en amour avec un animal de cette espèce?), chaque facette de l'identité de Dyson fait jaser les locaux. Ils parlent avec jalousie de sa richesse, avec sarcasme de sa sexualité, avec révérence de sa profession… et comment intégrer à cette équation déjà complexe le fait qu'au printemps dernier l'homme se soit *marié*? D'après les rumeurs, son épouse est nettement plus jeune que lui, et mannequin, et une vraie bombe ; c'est donc avec une fréquence peut-être un peu suspecte que, l'été après la mort d'Oscar, les mouvements de brasse, de brasse coulée et de crawl de Milo traversant le lac des Piles l'amènent en direction du chalet.

Et de fait, un jour, elle est là.

Scène de rêve. Milo voit la jeune femme pour la première fois de loin, de dos, vêtue seulement d'un bikini blanc et de son bronzage. Des cheveux blonds lui tombent en ondulant jusqu'au milieu du dos. Arrivé près du rivage, il avance à grands pas éclaboussants pour cacher le désir qui se lève entre ses jambes. Entendant le bruissement de l'eau, la femme se retourne et, loin de broncher, de rougir ou de s'enfuir en piaillant, elle sourit et commence à le dévisager. À quinze ans, Milo est déjà mûr : ce qu'elle voit sortir du lac et avancer vers elle n'est pas un adolescent maigrichon et maladroit mais un jeune mâle brun, solide, robuste. L'eau ruisselle sur sa poitrine et ses cuisses, tombe en gouttelettes de ses cheveux noir auburn, longs et épais en ce plein été, sur ses épaules.

— That was quite a swim, dit-elle quand il est assez près pour l'entendre. I'm Kim.

Aussitôt, *Kim* devient aux oreilles de Milo le mot le plus érotique du monde. Proche de *crème* and *chrême* et *whim* et *brim** et *sperme*, il descend en vibrionnant jusqu'à ses testicules.

— I'm Milo.

Et le rêve de se poursuivre, de se poursuivre, Kim le prend par la main, le conduit à travers le patio et le fait pénétrer dans l'élégant chalet aux pignons verts. Le temps que ses yeux s'habituent à la pénombre, ils ont déjà traversé en flottant la cuisine et Kim l'a déjà aidé à ôter son maillot, elle l'a déjà guidé vers le lit et maintenant elle prend dans ses mains son membre au garde-à-vous... Gros plan sur les traits du garçon, d'abord surpris, puis marqués par un ravissement grave, quand la bouche de la femme le fait basculer dans un nouvel univers. Peu après, la virginité de Milo s'étant égarée dans une tempête de joie plus forte que tout ce qu'il avait pu concocter avec l'aide de Sophia Loren et d'Édith et des vaches, Kim pose sur ses lèvres un baiser d'une douceur indicible.

— Thank you, baby, souffle-t-elle. You're as marvellous as you look... I needed that. You wanna meet my husband ?

Toujours obéissant, toujours curieux, toujours prêt à composer avec ce que la vie choisira de lui

---

– Eh ben ! c'est d'la distance, ça ! tu nages bien ! [...] Je m'appelle Kim.
* "Caprice" et "débordement".
– Merci, mon p'tit [...] T'es aussi extraordinaire que t'en as l'air... Oh, j'avais besoin d'ça. Tu veux-tu rencontrer mon mari ?

offrir – viol aux mains de son cousin bûcheron ou ravissement dans les bras d'un mannequin blond –, Milo remet son maillot et suit la jeune femme. Le bureau du producteur jouxte la chambre à coucher, et Dyson semble y être installé depuis un bon moment : engoncé dans un grand fauteuil en cuir, il feuillette un magazine en fumant un cigare. Kim fait les présentations avec de gracieux mouvements de bras.

— Sherman, Milo. Milo, Sherman.

— D'you speak English ? demande Dyson en serrant la main de l'ado costaud.

Et quand celui-ci opine du chef, il ajoute : Know anything about gardening ?

— I know vegetables better dan flowers, but I learn quick.

— He learns real quick, confirme Kim, en se retenant de rire.

— OK, you're hired.

ON COUPE.

Série de scènes de cet inoubliable été 1966 au cours duquel, jour après jour et dans une alternance langoureuse, Milo est initié à l'horticulture et à l'érotisme. On le voit tailler des haies, élaguer des rosiers, tondre la pelouse, mettre de l'engrais dans les parterres… et apprendre, grâce aux attentions suaves de la femme adulte, mille choses sur la patience et la persévérance amoureuses. Kim lui révèle qu'il existe d'autres ciels au-delà du premier, et même au-delà du septième…

– Vous parlez anglais ? […] Vous connaissez ça, le jardinage ? – J'suis plus habitué aux légumes qu'aux fleurs, mais j'apprends vite. – Ça, pour apprendre, il apprend vite […] – C'est bon, je vous embauche.

(Je dois dire que je voue une reconnaissance éternelle à Kim Dyson. Sur le plan de l'éducation sexuelle, ton école maternelle a été atroce mais ton école primaire, rien à dire : crème de la crème. Peu d'hommes ont eu la chance d'avoir une professeur aussi douce, douée et affectueuse pour les introduire aux subtilités de l'amour physique. Au bout de quelques semaines le poste s'est dédoublé, car Sherman vient vous rejoindre dans le grand lit… Et ta chance d'alors, Astuto amour, est depuis trois décennies la mienne…)

Marie-Thérèse devine ce qui se trame de l'autre côté du lac, et ça la met hors d'elle. Mais chaque fois qu'elle ouvre la bouche pour tancer son neveu à ce sujet, Régis lui lance un regard et elle doit la fermer, car le nouveau salaire de Milo contribue de façon non négligeable à la santé financière de la maisonnée.

N'ayant que peu d'exutoires pour ses sentiments complexes à l'égard de son neveu, Marie-Thérèse recommence à lui taper *(bong)* sur la tête avec le *(bong, bong)* combiné du téléphone. Milo laisse faire, ça ne le dérange pas outre mesure. Le monde est plein de dangers : on peut se faire tabasser par une tante armée d'un combiné, étouffer par les bras puissants d'un ours, empoisonner par un serpent venimeux, réduire en rubans sanguinolents par les dents d'un loup. Il s'agit de connaître les dangers et de s'en protéger. Milo couvre ses oreilles pour empêcher Marie-Thérèse d'endommager son ouïe plus avant.

Un jour, cependant, les mots de sa tante transpercent le brouillard blanc cotonneux dans son cerveau et viennent le frapper en plein cœur : Ingrat, mauvaise graine, bon à rien! Jamais j'aurais dû accepter d'te prendre chez nous! T'aimes ça, la crasse, c'est dans tes gènes… Ton grand-père aurait dû t'laisser dans l'caniveau, où ce qu'y t'a trouvé *(bong)*! J'allais t'faire construire une maison là, à côté, rien qu'pour toé quand tu s'ras grand, mais si tu veux t'dissiper, okay *(bong)*! Pas la peine que j'm'échine pour faire de toé quelqu'un d'bien! Vas-y, retourne-toi-z'en, su'a rue Sainte-Catherine! C'est là qu'ils t'ont fabriqué, ta chienne de sauvage de mère pis ton délinquant alcoolique de père! Vas-y, retourne-toi-z'en, j'm'en câlisse, moé *(bong)*!

Il enregistre soigneusement dans sa mémoire les mots *rue Sainte-Catherine*.

Peu avant la fin de l'été, sa tante trouve la seule punition qui puisse véritablement l'atteindre : elle lui trouve une autre pension.

— Une vraie école religieuse, c'te fois-ci, déclare-t-elle.

— Tu veux dire avec matines et vêpres, catéchisme et confesse, toute la patente? demande Neil.

— J'pense ben! C'est l'seul de sa classe à pas avoir fait sa première communion. Faut l'enligner, c'gars-là.

La veille de son départ, Neil convoque Milo dans son bureau.

— It hurts me, my boy, to think of you struggling with the self-same soul fetters as I did at your age… But no matter what they do to you, don't go

---

– Ça me fait de la peine, mon garçon, de penser que tu vas devoir te battre contre les mêmes entraves que moi à ton âge… Mais, écoute-moi bien : quoi qu'il arrive, ne va pas à confesse. Dis à ces prêtres indiscrets que ce qui se passe dans ton âme et dans ton corps, c'est pas leurs affaires! Tiens, mets ça dans ta valise…

to confession. Tell those meddling priests that what goes on in your body and soul is none of their flaming business! Here, put these in your suitcase. These three small volumes will stand you in better stead than a thousand prying priests.

Il s'agit de l'*Odyssée* d'Homère, des tragédies de Shakespeare et du *Don Quichotte* de Cervantès.

L'année qui suit peut être comprimée en une seule minute : on voit Milo assister aux cours de catéchisme… se servir d'une photo de Kim, et de souvenirs, ah! quels souvenirs, pour son plaisir solitaire… cacher l'*Odyssée* d'Homère derrière son manuel de géographie quand il est à l'étude… surtout, jouer au hockey. Ressuscitant des réflexes de patinoire appris avec la famille Manders dix ans plus tôt, il se jette dans la mêlée, envoie la rondelle, lance au but, se déporte sur la glace, patine bas, vite et fort, en avant en arrière, à droite à gauche, marque et marque et marque… mais évite les explosions de joie virile, ne laisse pas les autres joueurs, au corps boursouflé de gants, d'épaulières, de genouillères et de protège-couilles, l'entourer quand il marque pour l'étreindre et le taper et gentiment le bousculer avec leurs casques qui cognent et leurs bâtons qui claquent, préfère, quand il n'est pas sur la glace, attendre seul dans les gradins en lisant *Don Quichotte*… On le voit dissimuler *Othello* derrière son livre de messe à l'église… se servir d'une photo de Jane Fonda en *Barbarella*… s'agenouiller devant l'autel avec une vingtaine d'autres garçons pour sa

---

Ces trois petits livres renferment plus de sagesse qu'un millier de curés curieux.

première communion… nouer, à la bibliothèque, une conversation avec un élève à lunettes qu'il a vu lire Eschyle et Euripide, adolescent farouche et grassouillet, boutonneux et pieux surnommé Timide… punir à coups de genou aux couilles Augustin, grand élève blond et snob et prétentieux qui a eu la mauvaise idée de taquiner Timide… prendre ses repas avec Timide dans le réfectoire et le faire exploser de rire, éparpillant des miettes en tous sens… apprendre à Timide à fumer sans s'étrangler, et à se protéger des questions et des mains insinuantes des prêtres… voler à la cuisine de quoi régaler Timide dans le dortoir à minuit… descendre dans les bas-fonds de lui-même pour ne rien sentir quand il se fait attraper et fouetter par une bonne sœur… coller des échantillons de feuilles et de fleurs dans son album de botanique, rédiger soigneusement des étiquettes pour chacune, et les montrer à Timide… voler du vin de messe pour le partager avec Timide… se faire traîner au confessionnal le vendredi matin…

Zoom, ici, sur son dialogue avec le curé.

— Qu'as-tu fait, mon fils ?

— Ça te r'garde pas.

— C'est grave, Milo. Je te demande si tu as péché en paroles, en pensées ou en actes.

— Pis moi, j'te dis de t'mêler de tes affaires. Jamais j'te dirai c'qu'y a dans ma tête.

— On ne parle pas ainsi à un homme de Dieu, Milo.

— J'ai pas demandé à t'parler.

— Tu es sous notre autorité ici, tu ne peux pas décider de tout.

— Toi non plus, tiens !

— Te rends-tu bien compte, mon fils, qu'en me répondant ainsi tu ne me donnes d'autre choix que de te punir?

— J'suis pas ton fils, ostie!

— Et en plus, tu blasphèmes le nom du Saint-Sacrement!

Milo déteste ces prêtres, et les confond. Tous semblent porter les mêmes lunettes, arborer le même faux sourire, et goûter la même cruauté grimée en vertu... À tout prendre, il préfère avoir affaire à ses cousins, brutaux et bornés mais pas hypocrites.

Les religieuses le traînent hors du lit au petit matin et l'obligent à cirer le sol du corridor ou à arroser la patinoire pendant deux heures. Mais il dort peu de toute façon, et préfère le plancher ou la patinoire à ses cauchemars. Le travail le calme et il le fait bien. Il adore être seul. Les sœurs, encore, l'arrachent aux matines et l'envoient à la cuisine griller du pain pour cent cinquante petits-déjeuners... mais il peut rêver bien mieux en faisant les rôties qu'à l'église, où la musique de l'orgue, la fumée de l'encens et le caquetage du curé lui obstruent les sens en l'espace de quelques minutes.

Tout au long de l'hiver, il supporte son sort avec patience. Mais, fin avril, quand commencent la débâcle des glaces et la fonte des neiges, quand s'ouvrent les écluses et se remettent à couler sucs et sèves, un besoin atavique se réveille dans ses veines... et soudain, non. Non. Rien de tout cela. Il doit partir.

À minuit et demi, il se glisse près du lit de Timide au dortoir.

— T'es réveillé?

Le gros garçon se retourne dans sa couchette du haut mais peine à sortir du sommeil.

— Tiens, prends tes lunettes, dit Milo. On crisse le camp, okay? Rien que toé pis moé.

— Où ça?

— À Montréal. Habille-toé, vite.

— À Montréal! T'es pas sérieux! C'est à cent milles d'icitte!

— Prends ta couverte, pis un sac avec des affaires. J't'attends dans le couloir. C'est la nuit parfaite, y a la pleine lune. Tout le monde dort...

— Sauf les loups.

— C'est toé pis moé les loups à c't'heure. Allez, Timide, grouille-toi le cul!

Pendant que Timide descend de son lit en grommelant, Milo voit Augustin qui, dans la couchette du bas, feint le sommeil. Aurait-il surpris leur échange, ce grand blond prétentieux qui est son ennemi juré?

Aider le corps charnu, maladroit et terrorisé de Timide à franchir le haut mur de la pension n'est pas une mince affaire... mais Milo est tout-puissant ce soir. *Free! Free!* chante la voix de sa mère dans son cerveau. *Ta, ta-da Da, ta, ta-da Da...* À une heure du matin, ils sont en route. Pleine lune... printemps... cris de chouette... vacarme du fleuve en contrebas, bon chemin de gravier sous les pieds. *Ta, ta-da Da, ta, ta-da Da...* Le sac à dos de Milo est rempli à ras bord de nourriture volée à la cuisine, et son cœur, d'espoir.

Timide, par contre, avance à reculons.

— On va faire quoi à Montréal?

— Trouver ma mère.

– Libre! Libre!

— T'es pas orphelin?

— Ben non, j'ai mes deux parents, c'est jus' que j'les connais pas encore. Mais je sais où c'qu'elle habite, ma mère. Elle habite rue Sainte-Catherine. On va y faire la surprise, a va être contente, tu vas voir! Pis a va nous aider... Mais en premier on va rendre visite à une de mes amies...

(La scène qui suit, Milo, est un des épisodes les moins reluisants de ta vie...)

Deux ou trois jours se sont écoulés. L'élan de Milo est inentamé, mais Timide est dans un sale état. Épuisé, effaré, puant, il a les pieds en compote et tout le corps en sueur. C'est après la tombée de la nuit que les deux fugueurs arrivent chez Édith.

— Où c'qu'elle est, ton amie? geint Timide.

Milo attrape son bras et le tire jusqu'à l'arrière de la maison sombre, puis ramasse un caillou...

On coupe.

Gros plan sur Édith à sa fenêtre. À seize ans comme à douze, son manque de beauté est largement compensé par son enthousiasme : Milo, wow! C'est fantastique! Paraît que vous êtes recherchés par la police! Ils passent la province au peigne fin, mes parents l'ont entendu à la radio. Pis vous êtes là, wow! Attendez, j'descends tu-suite!

On coupe.

Une demi-heure plus tard, dans la remise à bois. Lumière vacillante, diffusée par une vieille torche électrique posée de guingois sur un tas de bûches. En chemise de nuit, Édith se met à genoux sur le sol en terre battue et dénude lentement sa poitrine. Les yeux exorbités de terreur, Timide recule en faisant le signe de la croix et en murmurant Non, non... mais Milo le contraint, le pousse vers la jeune femme.

— Allez… 'Garde comme c'est beau, mon Timide… Viens plus près! 'Garde comme ça se r'dresse un téton, quand on l'caresse gentiment… T'as vu ça? Viens, viens, essaie donc… Hé, t'en as déjà vu, des seins! T'as dû sucer les tétons d'ta môman comme tout l'monde. On a l'droit d'aimer ça, t'sais…

Édith éclate de rire. Elle attire les deux garçons à elle puis tombe exprès à la renverse, s'arrangeant pour que le visage de Timide se retrouve coincé entre ses seins. Fou de peur, il essaie de se dégager. Édith rit à nouveau.

— Whoa, mon beau, doucement! J'vas pas t'mord'!

— N-non… n-non…

— Montre voir un peu si t'es dur, là? Oh… mou comme du foie de poulet. Tu sais pas grand-chose, hé, Timide? 'Garde ton ami Milo, y va t'montrer…

Et Milo, que ce soit pour ranimer sur le mode grotesque ses acrobaties de l'été précédent avec Kim et Sherman, ou pour rejouer inconsciemment son viol aux mains de Jean-Joseph, s'efforce d'inclure Timide dans sa première copulation avec Édith, l'obligeant malgré ses protestations et ses pleurs à rester non seulement avec mais pour ainsi dire entre eux pendant qu'ils s'agitent, les bottes de Milo grattouillant le sol entre rateaux et balais et la tête d'Édith frappant les bûches, les hanches de Milo poussant et celles d'Édith se cabrant, la gorge de Milo émettant des grognements et celle d'Édith des piaillements, jusqu'à ce qu'ils réussissent à déclencher un orgasme (celui de Milo) dans la sciure.

Quand il recouvre ses sens, Milo voit que Timide est secoué de sanglots.

Édith aide les deux garçons à se relever et les époussette, puis leur remet un paquet de biscuits et une boîte de sardines : C'est tout ce que j'ai pu trouver.

ON COUPE.

Plan long et déprimant des deux garçons marchant en silence dans la forêt. 'Scuse, dit Milo enfin. 'Scuse. J'sais pas ce qui m'a pris, Timide.

ON COUPE.

Une semaine plus tard : les restes éteints de leur feu de camp, à l'aube. Ils ont passé la nuit blottis contre le flanc d'une colline.

Quand les premiers rayons du soleil viennent blanchir le ciel frais, Milo se relève dans un sursaut.

— En route ! dit-il en se penchant sur Timide, grosseur bosselée sous le duvet. C'est pour aujourd'hui.

— Laisse-moé dormir, tas d'marde !

— Non, viens. Hey, viens, Timide ! C'est pas l'moment d'lâcher, là. On est tout près du but, je l'sens. Pas toé ? T'entends pas la ville, là ? Allez ! lève-toé ou j'm'en vas tu-seul !

Comme Timide ne redoute rien que de se retrouver seul au milieu de nulle part, il se lève et s'habille, furieux. Les garçons gravissent la colline en rampant, arrivent au sommet, et... la voilà – miroitante et scintillante dans la douceur rose-mauve de l'aube printanière, embijoutée par les rubans blancs de fumée sortant de ses cheminées et les reflets rouges du levant sur les vitres de ses gratte-ciel, elle s'étale depuis la montagne en son cœur jusqu'aux longs bras du fleuve qui la tiennent en une étreinte serrée, puis déborde et coule encore, loin, loin de la montagne et du fleuve, à perte de vue – la ville-île de Montréal.

Frappés de stupeur, Timide et Milo s'allongent sur le ventre et contemplent l'énorme créature de béton et de verre.

— Elle est là, ma mère, souffle Milo avec un grand geste de la main. Tu vois ? J'te l'avais dit qu'on y arriverait ! Elle est jus' là.

La seconde d'après, son corps bascule dans un état d'alerte insoutenable. À même le sol, sa peau et sa chair ont capté la vibration d'un véhicule à moteur. Sa vue subliminale enregistre l'éclair bleu d'un gyrophare... et, avant que Timide ait même saisi qu'il y a un problème, les deux garçons ont été brutalement menottés et poussés sur le siège arrière d'un fourgon de police...

Comment filmer tes périodes de détention, Astuto ?

Les prisons ont un avantage par rapport aux placards de ton enfance, c'est qu'on peut y rencontrer d'autres prisonniers. C'est au centre d'accueil des délinquants que tu prends langue pour la première fois avec des Indiens. À l'école, on t'avait appris mille choses sur les Britanniques, les Français et leurs descendants fiers, héroïques et capitalistes en Amérique du Nord... Sur les habitants originaux du Canada, par contre, rien que des bricoles folklo. Or, plus tu rencontres d'Indiens, plus tu te mets en colère contre eux. Il te semble que, dans toute l'Histoire humaine, aucun peuple n'a accepté aussi pleinement sa défaite. C'est que les hommes indiens, en plus de se voir spolier leurs terres et anéantir leur mode de vie, avaient vu accaparer leurs femmes les plus jeunes et les plus jolies par des hordes de mâles blancs, laids, agressifs, barbus, puants, cupides, avides de profit et en état de manque sexuel aigu, ayant traversé l'océan sans femme, de sorte qu'en l'espace de quelques petites décennies il existait une énorme population métisse. Alors depuis trois siècles, défaits, les hommes indiens s'étaient renfermés dans un ressentiment aussi alcoolisé que muet. Oui, je sais, Milo : dans la seconde moitié du XXᵉ siècle, les autochtones avaient réussi de haute lutte à arracher quelques changements... mais ça ne pouvait être que trop peu, trop tard...

On retrouve notre héros dans le bureau de son grand-père. Gros plan sur le visage de Milo à quinze ans : la détention l'a métamorphosé.

— So they put handcuffs on you, did they ? demande Neil.

Milo fait oui de la tête.

— A surprising sensation, isn't it ? Unforgettable.

— You were arrested once, Grandpa ?

— I was, yes. But I was a grown man by then, a good ten years older than you are now. You've always been precocious, eh, whippersnapper ? First you skipped two grades at school and then you skipped straight to the juvenile delinquents' home, not even stopping off at reform school along the way.

— Dey're talking of sending me to a reform school *now*.

Neil tire sur sa pipe et se balance lentement dans sa chaise à bascule. Il prend son temps. Les deux hommes sont heureux d'être ensemble ; rien ne presse.

– Comme ça, y t'ont menotté ? [...] – Ça fait drôle, hein ? Ça s'oublie pas. – Toi aussi, t'as été arrêté, grand-papa ? – Oui, mais moi, j'étais grand déjà, j'avais dix ans de plus que toi. Ah, tu as toujours aimé brûler les étapes, hein, petit ? D'abord tu sautes deux années à l'école, ensuite tu sautes tout droit jusqu'au centre d'accueil des délinquants, sans même passer par une maison de redressement. – C'est là qu'y vont m'envoyer *maintenant*, qu'y disent.

— What did *you* do, Grandpa?

— We'll come to that. I can see why you ran away from that boarding school, Milo, given the punishments they'd been inflicting on you.

— It was your fault.

— Oh, yes? How's that?

— I talk back to de priest who ask me to confess.

— What did you tell him?

— *None o your flamin business!*

— Ha! Good for you!

Encore une pause plaisante. Neil retourne sa pipe et la tapote sur le cendrier pour faire tomber le tabac brûlé. Il prend du nouveau dans une blague en cuir vert que Milo aime depuis toujours, le tasse, y approche une brindille allumée au feu de cheminée. Quand il tire lentement et sensuellement sur sa pipe, c'est non seulement le tabac mais tout le ciel à l'ouest qui rougeoie.

— And you stuck with your young partner all the way, did you?

— ... Yeah.

— That's the main thing, to be trustworthy. To stand by those who're counting on you. The worst crime is not robbery, Milo. If it were, all of our

---

— Qu'est-ce que t'avais fait, grand-papa? — On y viendra, on y viendra. Je comprends que tu aies fait une fugue, Milo, vu les punitions que tu subissais dans cette école. — C'est ta faute. — Ah? Raconte-moi ça?... — Le curé voulait que j'me confesse, pis j'lui ai répondu. — Tu lui as dit quoi? — Ben, que *c'était pas ses affaires*! — Hé! Je suis fier de toi!

— Et tu es resté avec ton jeune camarade jusqu'au bout, hein? — ... Ouais. — C'est ça le principal. Être fiable. Rester auprès de ceux qui comptent sur toi. Le pire crime n'est pas de voler, Milo. Si ça l'était, tous nos chefs politiques seraient derrière les barreaux. Le pire crime c'est la trahison, car c'est un crime contre sa propre âme.

political leaders would be in jail. The worst crime is treachery, for that is a crime against one's own soul.

— What did *you* do, Grandad?

— Well, you remember I took part in the rising in Dublin, at Easter 1916. I was a member of the Irish Rebels, who'd just then begun calling themselves Sinn Féin. Now, my cousin Thom and I were posted at the entrance to Saint Stephen's Green, a lovely park in the city center. And on the Tuesday after Easter Monday, who should come striding towards us but Major John MacBride? Now, the major was on our side, but he was also the sworn enemy of Willy Yeats, who for years had been in love with his wife Maud Gonne. You remember my telling you about her?

— Yes.

— Ah, Milo's Mighty Memory! Well, MacBride knew me to be a close friend of the poet's. Running into me at Saint Stephen's Green, he suddenly saw his chance of getting back at his rival... and he denounced me to the Brits!

— Pis *toi*, t'as fait quoi, grand-papa? – Tu te rappelles que j'ai participé à la rébellion de Pâques à Dublin, en 1916. Je faisais partie des rebelles irlandais, qui venaient juste de prendre le nom de Sinn Féin. Eh bien, avec mon cousin Thom, on était postés à l'entrée du square Saint-Étienne, un très joli parc du centre-ville. Et le lendemain du fameux lundi de Pâques, devine qui on a vu avancer en notre direction à grands pas? Le commandant John MacBride, rien de moins. Ce MacBride était de notre côté, mais c'était aussi l'ennemi juré de Willy Yeats, qui depuis de longues années était fou amoureux de son épouse Maud Gonne. Tu te rappelles que je t'ai parlé d'elle? – Oui. – Ah! Mémoire miraculeuse de Milo! Voilà, alors le commandant savait que j'étais un bon ami du poète. Me croisant, square Saint-Étienne, il a soudain vu l'occasion de prendre sa revanche sur le poète tant détesté... et il m'a dénoncé aux Anglais!

— How'd he do dat?

— Well… as the son of Judge Kerrigan, you see, normally I'd have sided with the Empire. So the Rebels had decided to use me to infiltrate the enemy ranks, so to speak, find out what the Brits were planning. I was wearing a British uniform. Can you believe, my boy, that in April 1916, while the First World War was raging across the Channel and all their military strength was needed to fight the Germans, the British deployed *forty thousand troops* in the city of Dublin?

— So, uh… was Thom a spy, too? demande Milo.

— Oh, I didn't tell you. He was dead by then.

— What?

— Yes, a frightful event. The Brits shot him point blank before my very eyes. But I don't want to bore you with my veteran's tales. Suffice it to say that, denounced by John MacBride, I

— Comment y a fait? – Eh bien… en tant que fils du juge Kerrigan, vois-tu, normalement j'aurais été du côté de l'Empire. Alors les rebelles s'étaient servis de moi pour infiltrer les rangs ennemis et leur transmettre les plans des Anglais. Je portais l'uniforme britannique. Te rends-tu compte, mon garçon, qu'en avril 1916, alors que la Grande Guerre faisait rage de l'autre côté de la Manche et qu'ils avaient besoin de toutes leurs forces pour combattre les Allemands, les Britanniques ont déployé *quarante mille hommes* dans la ville de Dublin? – Donc, euh… Thom était un espion aussi? […] – Oh, j'ai oublié de te dire. On l'avait abattu. – Quoi? – Oui, un épisode horrible. Les Britanniques l'ont tué à bout portant, sous mes yeux. Mais j'ai peur de t'embêter avec mes souvenirs d'ancien combattant. Il suffit de dire qu'ayant été dénoncé par John MacBride, j'ai été arrêté, menotté et traîné jusqu'au château de Dublin, où on m'a maintenu en garde à vue pendant deux longues semaines. Si mon père n'était pas intervenu en ma faveur, j'aurais connu le même sort que les autres héros du jour, et Yeats aurait intitulé son poème célèbre non pas *Seize Hommes* mais *Dix-Sept Hommes* – un rythme bien différent!

was arrested, handcuffed, dragged off to Dublin Castle, and held there in custody for two long weeks. Had my father not intervened, I should have met with the same sorry fate as the other heroes of the day. Yeats's famous poem would have been entitled *Seventeen Men* instead of *Sixteen Men* – a different rhythm indeed!

— What? Dey put you in jail for two weeks and you almost got shot by a firing squad and you never told me about dis before?

— I thought I should wait until you'd reached manhood, Milo. Now that you've been behind bars yourself, I think you can understand.

— Den I can tell you what I did when dey let me out last week, fait Milo avec un grand sourire.

— What did you do?

— Well... when I first I got locked up, I tought we were denounced by de blond kid, Augustin his name was, who used to bully Timide and always had it in for me. But my friend Edit', she come to visit and tell me it was Timide himself who, one day when my back was turned, call de cops from a phone boot! Dat explains why when

---

— Quoi? T'as passé quinze jours en prison pis failli passer devant un peloton d'exécution, pis tu ne m'en as jamais parlé? – Je me disais qu'il valait mieux attendre que tu atteignes l'âge d'homme, Milo. Maintenant que tu as été toi-même derrière les barreaux, je crois que tu peux comprendre. – Alors j'peux t'dire c'que j'ai fait quand y m'ont relâché la semaine passée. [...] – Qu'as-tu fait? – Eh bien... au début, quand on m'a écroué, j'pensais qu'c'était Augustin qui nous avait dénoncés. T'sais, ce garçon blond qui persécutait Timide pis qui m'attendait au tournant depuis un bout d'temps. Mais mon amie Édith est venue m'rendre visite, pis elle m'a dit que c'est Timide qui, un jour où j'avais le dos tourné, a appelé la police d'une cabine téléphonique. [...]

we got busted, he went straight back to school and I got locked up. So… first ting I do when dey let me out, I give Edit' a call… She borrow her mom's Volkswagen and drive me all the way to de school. When we get dere, I crawl in de back of de car and crouch down de floor to wait…

(On verrait la scène pendant que tu la décris à ton grand-père… en omettant, naturellement, de lui dire ce que Timide avait subi dans la remise à bois chez Édith…)

— Finally Timide he come out to smoke on de front steps with Augustin and a coupla oder guys. I'm de one taught him to smoke!… I can see he's de big school hero now, tanks to his week's adventure running away wit me. Edit' call out to him. Hey, Timide, bébé! Tu veux-tu faire un tour? He hesitate. He still shy, but he want to show off in front of de oder guys. Dans ce bazou-là? he say, stalling. J'me disais que t'aimerais ça, voir aut' chose que des fesses de curé, Edit' say. So Timide say Okay. He come over, get into de passenger seat,

---

— […] C'pour ça que, lui, y' est retourné tout droit à l'école quand on s'est fait prend', pis moi, on m'a enfermé. Donc… première chose que j'fais en sortant, j'appelle Édith… Elle emprunte la Volkswagen de sa mère pis elle m'conduit jusqu'à la pension. Quand on arrive, j'passe derrière pis j'me cache pour attendre. […] — Enfin Timide sort fumer une cigarette sur les marches de l'école, avec Augustin pis deux trois autres gars. C'est moi qui lui a appris à fumer!… J'vois qu'sa semaine de fugue avec moi l'a poussé tout en haut d'l'échelle, qu'y est dev'nu le héros d'l'école. Édith l'appelle : Hé, Timide, bébé! Tu veux-tu faire un tour? Y hésite. Y est toujours timide, mais y a l'goût d'faire son frais devant les autres. Dans ce bazou-là? y dit, pour gagner du temps. J'me disais que t'aimerais ça, voir aut' chose que des fesses de curé, dit Édith. Et Timide finit par dire okay. […]

Edit step on de gas and de car leap away from the kerb. I got my arm round Timide's troat fore he know what happening. His mout pop open and I stuff my handkerchief inside. We drive out to de reservoir. I got a baseball bat in de trunk. We drag Timide out of de Volkswagen and I smash up bot' his knees.

— Y-you did? bégaie Neil en avalant sa salive. The-then what did you do?

— We drop him at de hospital.

Nous voyons Milo et Édith pousser le garçon hors de la voiture et le laisser pantelant au bord de la route, sous un panneau marqué Hôpital Sainte-Marie.

— Well… that's fine, then, dit Neil en se raclant la gorge. Long as you dropped him off some place he could be taken care of… You're right, traitors deserve to be punished. As Polonius tells his son Laertes when he goes off to university – you remember that soliloquy from *Hamlet*, don't you? *Be thou familiar, but by no means vulgar.*

Milo enchaîne :

– [...] Y vient, y s'met d'vant, su' l'siège du passager, Édith pèse su' l'gaz, et la voiture saute d'un coup loin du trottoir. Avant que Timide comprenne ce qui s'passe, j'ai mon bras autour de son cou. Y ouvre grand la bouche, *ping*, j'y enfonce mon mouchoir. On roule comme ça jusqu'au réservoir. J'avais mis un batte de base-ball dans le coffre. On traîne Timide hors de l'auto pis j'y brise les deux genoux – Ah… ah… b-bon? [...] Et ensuite… ? – On l'lâche devant l'hôpital.
– Ben… c'est parfait, ça… Du moment que vous l'avez relâché là où il pouvait trouver de l'aide… Tu as raison, tu sais. Les traîtres, il faut les punir. C'est comme ce que dit Polonius à son fils Laërte quand il part à l'université, tu te rappelles cette tirade de *Hamlet*? *Sois familier, mais nullement vulgaire.* [...]

Dose friends dou hast, and deir adoption tried,
Grapple dem to dy soul wit hoops o'steel;

But do not dull dy palm wit entertainment
Of each new-hatch'd, unfledged comrade. Beware
Of entrance to a quarrel, but being in,
Bear't dat de opposed may beware of dee...

— Impeccable! dit Neil, enchanté de son héritier. But the most important piece of advice comes, still and always, from Yeats.

How can they know
Truth flourishes where the student's lamp has shone,
And there alone, that have no solitude?

Fear not solitude, Milo. In this time of political turmoil, beware of Loud Speakers. Remain ever a student.

ON COUPE.

Dans la scène suivante, Milo, dix-sept ans, est écroué à nouveau, cette fois pour possession d'héroïne.

L'arrachant à sa transe, le gardien déboule soudain et frappe les barreaux de sa matraque : Télégramme.

– Quand tu as adopté et éprouvé un ami, / Accroche-le à ton âme avec un crampon d'acier ; / Mais ne durcis pas ta main au contact / Du premier camarade frais éclos que tu dénicheras. Garde-toi / D'entrer dans une querelle ; mais, une fois dedans, / Comporte-toi de manière que l'adversaire se garde de toi. – Impeccable! [...] Mais c'est de Yeats, encore et toujours, que je tire le conseil le plus important. – [...] *Comment sauraient-ils, / Ceux qui n'ont pas de solitude, que la Vérité n'éclôt / que là où a brillé la lampe de l'étudiant ?* Il ne faut pas avoir peur de la solitude, Milo. Dans ces temps de tourmente politique, méfie-toi des Haut-Parleurs. Reste un étudiant, toujours.

Les yeux de Milo font le point : Oui ?

— C'est pas l'jour du courrier, mais on a décidé de t'faire une faveur.

— Pas b'soin d'vos faveurs.

— Okay, j'm'en sacre.

— Donne.

— Ah c'est ça, tu l'veux maintenant. Dis s'il te plaît ?

À la vitesse de la lumière, les deux mains de Milo passent entre les barreaux et serrent la gorge de l'homme.

— Donne ou t'es mort.

— Maudit sauvage, dit l'homme en lui passant le télégramme.

(Oui, d'accord, Milo. Je comprends. Le télégramme ne peut venir que de la fille de Marie-Thérèse, ta cousine Marie-Gabrielle. Même si elle t'était plus proche en âge, ton aînée de seulement quatre ans, elle n'a pas joué dans ta vie un rôle aussi important que tes cousins mâles ; je me suis dit qu'on pouvait économiser quelques milliers de dollars en l'éliminant du scénario. Mais tu as raison, aucun autre membre de la famille n'aurait pu t'envoyer ce message. On aura donc besoin de retourner en amont pour insérer Marie-Gabrielle un peu partout…)

GRAND-PAPA NEIL EST MORT DANS SON SOMMEIL MERCREDI STOP C'ÉTAIT HIER LES FUNÉRAILLES ET L'ÉGLISE ÉTAIT PRESQUE VIDE STOP MÊME TOI T'ÉTAIS PAS LÀ MILO C'EST DOMMAGE STOP QUAND SORS-TU CETTE FOIS-CI STOP TA COUSINE GABRIELLE STOP

La prison accorde à Milo une permission de vingt-quatre heures. On le retrouve dans la forêt à la tombée de la nuit. Une odeur parvient à son nez. Il se crispe, se met à courir comme un animal. Course rapide et efficace. *Ta, ta-da **Da**, ta, ta-da **Da**…* Pas de halètement à la bande-son, rien que le bruit de ses pas frappant doucement le sol de la forêt, tel un lent roulement de tambour. Dans le lointain, au-dessus de la crête noire de la forêt, il perçoit des volutes de fumée blanche. Ce n'est pas la maison, c'est derrière la maison. Un monstrueux feu de joie dans la cour arrière. *Ta, ta-da **Da**, ta, ta-da **Da**…* Depuis la fenêtre du bureau de Neil à l'étage, Jean-Joseph lance des brassées de livres et de papiers. En bas, François-Joseph les attrape et les balance dans les hautes flammes sifflantes. Ivres morts l'un et l'autre, ils rient et chantent à gorge déployée.

Milo tourne les talons et disparaît.

Le matin, après être passé devant les restes de la bibliothèque de son grand-père, monceaux de cendres encore rougeoyants, fumants, puants, il fait irruption dans la cuisine où Marie-Thérèse confectionne des crêpes. Comme toujours, le premier réflexe de sa tante est de le houspiller.

— Mais où t'étais, Milo? Les gars t'ont vu arriver hier soir, t'arrives de même, tu parles pas à personne, pis tu disparais. On t'a cherché partout!

Voyant le visage de Milo, son ton change. Il y a maintenant beaucoup d'air entre ses mots.

— Quoi… que c'est que t'as…

Milo va jusqu'au tiroir des ustensiles et en retire le couteau le plus affûté.

— Milo… T'es fâché à cause du feu, c'est ça?

Impassible, il avance sur elle en brandissant le couteau.

— Mais c'était rien que des *livres*, Milo!

Il avance sur elle…

— C'était rien qu'des *livres*! Milo! Tu voulais qu'on fasse quoi avec? Pis y étaient tous en *anglais*!

Il la bouscule contre le mur. Couteau levé, il la regarde calmement dans les yeux.

— *Régis! Au secours!*

La pointe acérée de la lame s'immobilise à quelques millimètres de la poitrine de Marie-Thérèse. Puis Milo se détourne et plante le couteau au milieu de la table en érable. Sa mère ne voudrait pas qu'il passe le restant de ses jours sur terre dans des cours de justice et des cellules de prison. Elle le voudrait libre.

— Tu me r'verras quand tu s'ras morte.

Le couteau vibre encore quand il claque la porte et quitte le domaine des Dubé pour la dernière fois.

NEIL, 1920

Septembre, lumière rasante, érables en feu, beauté
soufflante du paysage québécois à la brève saison
automnale. Après un panoramique sur le domaine
des Chabot (que nous connaissons comme celui
des Dubé, quarante ans plus tard), on découvre...
un appentis à la porte entrouverte. Se glissant par
la fente, on tombe, en même temps qu'un rayon
de soleil, sur une page du cahier de Neil. Les fesses
inconfortablement perchées sur un vieux cageot de
pommes, il essaie d'écrire. Cela nous rappelle une
scène analogue dans sa chambre à Dublin... mais
sa voix intérieure est encore plus angoissée qu'alors.
Pendant que l'écrivain travaille à son texte sur l'exil,
la caméra traverse l'appentis et pénètre dans l'espace
plus vaste d'une grange, illuminée en *chiaroscuro*
par les éclairs de soleil qui transpercent ses fenêtres
minuscules. Là, on explorera un enchaînement de
tables, de poêles à bois, de cuves, de tubes, de bouteilles et d'ustensiles... non le laboratoire d'un
scientifique fou, mais l'attirail normal requis pour
la fabrication du sirop d'érable.

Ce qu'il y a avec l'exil, commence Neil en voix *off*,
*c'est qu'il vous ramène de force à l'enfance. Même la
première fois, être enfant était, dans l'ensemble, assez*

pénible. *Dès que l'on est capable de réfléchir, on a la conscience douloureuse d'être plus petit et plus faible que les puissants géants qui vous entourent. Étant donné que ceux-ci semblent vous mépriser, vous dominer et vous détester, vous avez hâte de grandir pour vous arracher à eux et devenir un homme indépendant. Il est donc confondant et humiliant, à près de trente ans, de se trouver ramené en quelque sorte à la case Départ. Si votre exil comporte par ailleurs un changement de langue, votre sentiment de stupidité et de faiblesse n'en sera que renforcé... Non, on ne peut pas renforcer la faiblesse... aggravé, disons... non, exacerbé... non, aggravé... par votre manque d'aisance dans le nouvel idiome. Vous vous débrouillez plus ou moins bien avec vos proches, car les proches ont tendance à être indulgents ; mais quand, jour après jour, il faut se coltiner à un groupe important d'individus qui se connaissent depuis longtemps et ont l'habitude de communiquer entre eux à coups d'expressions excentriques, de blagues anciennes, d'onomatopées, de prières marmonnées et de blasphèmes, vous souffrez non seulement autant mais* plus *encore qu'un enfant — car, à la différence de celui-ci, vous n'avez ni l'espoir ni le désir de maîtriser l'idiome en question... C'est exaspérant. J'aime Marie-Jeanne, mais... Non, barrer ça. Ce texte n'est pas mon journal intime, c'est une réflexion personnelle sur le thème universel de l'exil... Élevé en métropole, vous vous retrouvez brusquement en milieu rural. Armé d'un diplôme en droit de l'université la plus prestigieuse d'Irlande, voilà que l'on vous initie aux arcanes de la fabrication du sirop d'érable. Naguère l'intime des plus grands poètes et romanciers de votre temps, vous préférez désormais la compagnie des vaches à celle des êtres qui, ici, passent pour humains... Non, ça c'est trop* méchant. Après tout, il y avait des paysans en Irlande aussi ; c'est juste que je ne les fréquentais pas. Certes, je me suis battu pour défendre leurs droits... j'ai même risqué ma vie à le faire... mais je n'étais pas obligé de manger, de boire et de dormir auprès d'eux jour après jour, de supporter l'odeur âpre de leur corps et leur primitif sens de l'humour. À la ligne.

Tolstoï ne mettait pas en danger sa grandeur littéraire lorsqu'il fendait des bûches avec ses moujiks, car il travaillait sur son propre domaine, dans son pays natal et sa langue maternelle. Loin d'être entravé et ralenti à chaque pas par son étrangéité, il demeurait maître de la situation. Les violents changements induits par l'exil vous replongent dans l'immaturité et la dépendance de l'enfance, vous transforment en un imbécile marmonnant, hésitant et balbutiant, incapable de gérer sa propre vie. Cet état de choses, difficile pour le commun des mortels, est désastreux pour l'écrivain. En l'espace de quelques jours — le temps de la traversée entre le Vieux Monde et le Nouveau — le sol se dérobe littéralement sous ses pieds. L'activité fébrile de sa plume est glacée par une série de questions paralysantes (je peux corriger ces métaphores plus tard) : Qui sont mes lecteurs ? Qui sont mes personnages ? Quels peuvent être mes sujets ?

Depuis mon arrivée de ce côté-ci de l'Atlantique, j'ai rencontré bien peu de gens ayant entendu parler de la Liffey, de la rébellion de Pâques, de Pádraic Pearse ou du commandant John MacBride ; les Canadiens français se fichent éperdument des rebelles irlandais, du Sinn Féin et de l'Acte, récemment entériné par le Parlement britannique, permettant aux unionistes protestants du Nord de préserver leur autorité sur les six comtés d'Ulster. Mon pays explose, doux Jésus ! et ma tête aussi. Mme McGuire m'a appris qu'à Montréal en 1916, quelques mois à peine après la rébellion de Pâques, il y avait eu place d'Armes une grande manifestation contre la conscription. *Les Canadiens français étaient aussi peu enthousiastes que les Irlandais à l'idée de s'enrôler dans la guerre des Anglais. La femme du juge pouvait voir l'analogie car, comme moi, elle avait un pied de chaque côté de l'Atlantique. Mais si mon futur lectorat se compose exclusivement de gens du Québec nés en Irlande, quelles histoires dois-je, puis-je, vais-je raconter?* Je perds mes histoires! Elles meurent sur mes lèvres!

À l'instant précis où, au bord des larmes, Neil griffonne dans son cahier les mots *Elles meurent sur mes lèvres,* on entend un cri à figer le sang, un cri de femme. À toute vitesse, la caméra revient le filmer pendant qu'il saute sur ses pieds et sort de l'appentis en courant, laissant crayon et cahier dégringoler sur le sol…

ON COUPE.

Plan suivant : la chambre dans laquelle Marie-Jeanne vient de mettre au monde leur premier enfant. Alors que la mère est encore toute pantelante, le bébé a déjà disparu. Des femmes dévouées et efficaces – la mère de Marie-Jeanne, deux ou trois de ses sœurs ou cousines (Neil s'y perd), une infirmière et une jeune sage-femme du nom de Marie-Louise – courent à droite à gauche et gèrent la situation en français.

Neil est devenu un étranger dans sa propre maison. Non, ce n'est même pas sa maison. Il est devenu un étranger, point.

— C'est un gars? demande-t-il timidement depuis l'embrasure de la porte, car il n'a pas le courage de franchir le seuil.

— Oui, m'sieu, dit Marie-Louise qui s'éloigne à grands pas dans le corridor, une pile de draps ensanglantés dans les bras. Oui, c't un p'tit gars. Mme Noirlac veut l'appeler Pierre-Joseph, pareil qu'son père.

Neil tressaille…

ON COUPE.

Plus tard le même soir : la petite famille est enfin réunie et seule. Le nouveau-né tète avidement le sein de sa mère, dont le visage est comme illuminé de l'intérieur.

— Les hommes, c'est tous des Joseph, dit Neil.

— Quoi, mon amour ? dit Marie-Jeanne. Que c'est tu marmonnes dans ta barbe ?

— Les hommes, c'est tous des Joseph, répète-t-il. Toute naissance est une Nativité, tu vois ? Ça se passe rien qu'entre la mère et le bébé. Je vous regarde, là, tous les deux, et ça brille à faire mal aux yeux. Joseph, c'est un cheveu sur la soupe. Ça ne peut pas être lui le père, c'est évident.

— Neil ! fait Marie-Jeanne avec un rire léger et musical comme un grelot de traîneau. Tu penses quand même pas que j't'ai trompé ?

— Non, mais ça se voit que c'est un enfant du bon Dieu. Un miracle. Et c'est pareil pour tous les enfants de la Terre. Joseph n'a rien à voir là-dedans, et il le sait. Il se tient là dans l'étable, un peu gêné, un peu ridicule… Euh… il y a quelque chose que je peux faire pour vous mettre à l'aise ? Veux-tu que j'arrange la paille sous tes fesses, ma belle chérie ?

— T'essaies de m'dire quoi, là, Neil amour ?

— Non, rien…

Neil va à la fenêtre et son regard se perd dans les ombres épaississantes du soir.

— J'essaie juste de te dire… que je suis quelqu'un, moi aussi.

— Voyons donc! c'est ben sûr que t'es quelqu'un!

— Tu vois, je fais de mon mieux. Je fais un effort pour m'adapter, pour tout apprendre sur les érables, les épinettes, les orignaux et la bataille des plaines d'Abraham… mais, bon Dieu, moi aussi, je viens de quelque part! Moi aussi, j'ai un passé et une histoire… Je ne veux pas que ma vie soit noyée ici! Je ne veux pas la voir s'effacer au profit de ta vie à toi… Alors je te demande, de ton côté, de faire UN SEUL PETIT PAS vers mon histoire à moi.

— C'est quoi, quel pas? Oh! Y a roté! T'as entendu?

— Laisse-moé les gars.

— 'Scuse?

— Faisons comme ça, fifty-fifty. Toi, tu gardes les filles, tu choisis leur nom, tu leur parles en français, tu les élèves comme des bonnes petites Canadiennes françaises catholiques… et moi, je prends les gars : noms irlandais, langue anglaise, éducation laïque.

Marie-Jeanne regarde son fils, son mari, son fils. Même si elle aime Neil de tout son cœur, elle redoute l'ire de son père.

— Sans ça, dit Neil en élevant la voix, si tout est anéanti de ce que je suis et de ce que j'ai fait, je ne vois pas comment je peux être un homme ici, sans même parler d'un écrivain. Tu comprends, Marie-Jeanne? Je ne peux pas réaliser une œuvre littéraire si je sens que je n'ai aucun héritier, aucun espoir de transmettre ma connaissance.

Marie-Jeanne hésite encore. Neil choisit un autre angle d'attaque.

— Et puis, il faut bien dire ce qui est : au Québec, les Anglais gagnent bien mieux leur vie que les Français. Ce sont eux qui dirigent les entreprises, reprennent l'industrie forestière... L'avenir est anglophone. Si tu veux que nos fils réussissent...

— Bon, okay, soupire Marie-Jeanne. Je dois dire que j't'comprends un peu.

— Alors celui-ci n'est pas Pierre-Joseph, okay ? C'est Thom.

— C'est bon.

ON COUPE.

Gros plan sur un minuscule cercueil que l'on fait descendre dans un minuscule tombeau. La caméra recule et nous voyons plusieurs dizaines de membres de la famille Chabot rassemblée au cimetière du village, les joues luisantes de larmes. Neil serre fort Marie-Jeanne contre lui. S'approchant à nouveau, la caméra se penche pour lire l'inscription sur la pierre tombale : *Thom Noirlac. 3 septembre 1920 – 17 septembre 1920.*

AWINITA, SEPTEMBRE 1951

Obscurité totale. Écran noir. Dans la chambre crasseuse au-dessus du bar, il est quatre heures du matin. La voix de Declan est nettement brouillée, si l'on peut dire.

— Yeah, yeah, yeah, yeah… I promise you, Nita. Sumpin'll turn up.

— You already said dat.

— I know, but this time I mean it. Soon's our baby's born, I'll clean up my act.

— Dat's a whole *six monts* from now, Deck.

— Yeah, but jobs are always scarce in September. My chances'll be better in the spring.

— Why's dat?

— I heard tell.

— Where'd you hear tell… in jail?

Il la frappe. Nous ne voyons pas le coup, ne faisons que l'entendre : ça, et le cri indigné d'Awinita.

— Ouais, ouais, ouais, ouais… J'te jure, Nita. J'vas me trouver quequ'chose. — Ça, tu l'as dit déjà. — J'sais ben, mais là, là, c'est pour vrai. Dès qu'not' bébé est né, j'vas tourner la page. — Deck, c'est dans *six mois*, ça! — Ouais, mais en septembre les jobinnes sont rares. J'vas avoir plus de chances au printemps. — Comment ça? — Ben, c'est c'qu'on m'a dit. — Où c'est qu'on t'a dit ça? En prison?

— Hey! Shit, Deck!

— Don't talk down to me, Nita. With seven sisters, I had enough o'women talkin down to me since I was born.

— Yeah? Well I had enough o'guys hittin'me.

— That's not what they do to you. They screw you. Every Tom Dick 'n' Harry's got the right to screw you, I'm the only who has to ask permission.

— Least it makes you special... You oughta be grateful to 'em for screwin me, Deck. It's deir money you live off.

— Oh, *thank* you, Tom! *Thank* you, Dick! *Thank* you, Harry! 'Specially Dick. *Thank* you for fuckin my wife, you great big Dick!

Lumières (Awinita vient d'allumer la lampe de chevet).

— I not your wife, little boy.

Nous sommes dans ses yeux, dans son corps, quand le poing de Declan lui arrive sur la mâchoire. Le coup nous envoie valdinguer et on se retrouve, le regard rivé sur un coin du cadre du lit en faux chêne.

– Hé! Merde, Deck! – Parle-moé pas d'même, Nita. Avec sept sœurs, j'en ai depuis l'jour de ma naissance, des femmes qui m'parlent de même. – Ah ouais? Ben moé, j'en ai assez des gars qui m'frappent. – C'est pas ça qu'y t'font, les gars. Y t'fourrent, c'est ça qu'y font. N'importe quel trou d'cul qui passe par là, y a l'droit de t'fourrer, y a jus' moé qui a besoin de d'mander la permission. – Au moins comme ça, t'es spécial. Tu devrais les remercier de m'fourrer, Deck. C'est d'leur argent qu'tu vis. – Oh, ben *merci*! Un grand *merci* à vous tous, de fourrer ma femme! J'espère que vous s'rez nombreux à la fourrer cette semaine, j'vas m'mettre à g'noux pour vous dire *merci*! – J'suis pas ta femme, mon p'tit gars.

— Fuck, man. Ya broke my fuckin jaw.

— Did I?

Declan est sincèrement choqué.

— I tink so, asshole… You're destroyin your only source of income, you know dat? Who gonna come upstairs wit a girl got a twisty purple face?

Declan s'effondre. Secoué par des sanglots d'ivrogne, il s'agenouille près du lit et recouvre son visage de ses deux mains.

— I'm so sorry, Nita. I'm… so… sorry! Can you ever forgive me? I'm so, so sorry I hit you, Nita, you're pregnant with my baby… I'll never lay a finger on you again, I swear it. I solemnly swear I'll never lay a finger on you again. Oh, Nita, can you ever forgive me?

Ses épaules se soulèvent et des larmes se glissent entre ses doigts. Quand nous posons doucement une main sur sa tête, il enfouit la tête entre nos seins, sanglotant toujours.

— I'm out of sorts cause I went home over the week-end… hitch-hiked all the way there… Thought

---

— Tabarnak… Tu m'as cassé la mâchoire, tête de marde! – Pour vrai? […] – J'pense que oui, criss de câlisse… Tu scrapes ton seul gagne-pain, tu l'sais-tu au moins? Qui c'est qui voudra monter avec une fille qu'y a le visage tout croche, tu peux-tu me l'dire? – Je m'escuse, Nita. Pardon, j'm'escuse! Vas-tu me pardonner un jour! J'aurais jamais dû te frapper, Nita, tu portes mon enfant… J'lèverai pus jamais la main su' toé, j'te l'jure. Je jure solennellement de pus jamais lever la main su' toé. Oh, Nita, penses-tu pouvoir me pardonner un jour?
– J'suis pas dans mon assiette parc'que j'suis rentré chez moi en fin d'semaine… j'ai fait toute la route su' l'pouce… me disais qu'y s'raient contents d'me voir, eux aut', eh ben non, y s'en sacrent… M'ont presque pas salué… J'suis habitué à la méchanceté de Marie-Thérèse, mais là, c'était surtout… mon père. Y a eu une montée

everybody'd be glad to see me, but they didn't give a fuck. Didn't pay me any attention… I'm used to Marie-Thérèse being nasty, but this time it was especially… my da'. He lit into me, called me weak and spineless. Said I had no gumption, no political convictions, nothin. Said I was wasting my days on earth. How can a da' talk that way to his son, Nita? I'll never talk that way to my son, I can tell you that… He called me *spineless*, Nita! My own da' called me *spineless*!

Ses sanglots s'espacent peu à peu et il se met à ronfler, la tête encore lourdement appuyée sur notre poitrine…

On coupe.

Radiographie de la colonne vertébrale d'Awinita, parfaitement droite et normale. Mais ses vertèbres se transforment soudain en ballons rouges, qui enflent et gonflent jusqu'à l'absorber tout entière. On voit le reste de son corps maladroitement recroquevillé à l'intérieur de ces boules de couleur qui roulent les unes sur les autres.

L'appartement d'Awinita, un vendredi matin.

Liz la regarde fixement.

— … You pregnant again, Nita?

— …

— Hey, Nita, don't tell me you're pregnant again. Don't tell me.

— I didn't.

---

d'lait pis y m'a engueulé, y m'a traité de paresseux, de *lâcheux*… M'a dit que j'avais pas d'colonne vertébrale, pas d'convictions politiques, rien. Que j'perdais mon temps sur terre. Comment ça s'peut, Nita, qu'un père parle à son fils de même? Moé, j'parlerai jamais à mon fils de même, ça c'est certain… Y m'a traité de *lâcheux*, Nita! Mon prop' père y m'a traité de *lâcheux*!

– … Nita… T'es encore enceinte? – … – Hé! Nita, dis-moé pas que t'es encore enceinte. Dis-moé pas ça. – J't'ai rien dit.

— Sweetheart, that's bad news. You know that?

— Yeah.

— You want me to give you the address of somebody who…

— Nah, it's a'right… I like de guy.

— You're not supporting him, I hope?

— Nah… Well, a bit. Just till he finds work. I don't give him much.

— Listen, Nita. If I were you, I'd get rid of that baby before it's too late. Your credit's running out. If you're not careful, you're gonna find yourself in the street. And a pregnant Indian whore in the street, I don't need to tell you that spells trouble. Sweetheart, you wanna get married, settle down and have seventeen kids like those rabbity French Canadian girls, go right ahead! No skin off my back, just so long as you pay me back what you owe me. I got plenty of hot young babes just itchin to take your place. You met Alison yet, by the way?

— Who's Alison?

– C'est pas une bonne nouvelle ça, tu le sais-tu? – Ben oui. – Tu veux pas que j't'donne l'adresse de quelqu'un qui… – Nan, ça va… L'père, c'est mon chum. – Tu l'entretiens pas, j'espère? – Nan… rien qu'un peu, l'temps qu'y trouve une jobinne. J'lui donne pas grand-chose. – Écoute, Nita. À ta place, j'me débarrass'rais de ce p'tit-là avant qu'y soit trop tard. Tu tires sur la corde, là. Un peu plus, tu vas te r'trouver dans' rue. Pis une pute indienne enceinte dans' rue, j'peux-tu l'dire que c'est pas une belle situation! Tu veux te marier, t'mettre en ménage, faire dix-sept enfants comme ces lapines de Canadiennes françaises, okay, vas-y! Ça me dérange pas, pourvu que tu m'rembourses c'que tu m'dois. J'ai plein d'filles ben chaudes qui attendent, là, impatientes de prend' ta place, Nita. À propos, tu l'as-tu rencontrée, Alison? – C'est qui ça, Alison?

— Moved into your room yesterday. She'll be sleepin in Cheryl's bed, seein as how Cheryl found herself a cushier job out at Trois-Rivières.

— I tought dat was just a weekend gig.

— Yeah, well, I don't do part-time, Nita. You're either with me or you're without me. Is that clear?

— Sure.

— Then toe the line. I'm warning you.

ON COUPE.

La chambre des filles. Alison est une Haïtienne douce et mince aux airs fragiles. Lorraine et Deena lui apprennent les ficelles du métier en pouffant de rire.

— It's nothin, man, dit Lorraine. Don't worry. I mean, what's a dick, right? To them it may be the be-all and end-all, but to you? Nothin at all!

— Yeah, Deena renchérit. Dicks come and go, you know what I mean?

Les deux filles poussent des rires hystériques.

— Dat ain't true, dit Awinita, qui se tient dans l'embrasure de la porte.

— Huh? fait Deena.

Impassible, Awinita les regarde sans bouger, puis parle avec simplicité.

– Elle est installée dans vot' chamb' depuis hier. Elle a pris le lit de Cheryl, vu que Cheryl s'est trouvé une job plus payante à Trois-Rivières. – J'pensais que c'tait rien que les fins de s'maine. – Y a pas de temps partiel icitte, Nita. On fait avec moé, ou ben on fait sans moé. C'est-tu clair? – Certain. – Fait que... place-toé. J'te préviens!

– C'est rien [...] Fais-toé-z'en pas. J'veux dire, c'est quoi une bizoune, dans l'fond? Pour eux aut', c'est la fin du monde mais pour toé? C'est rien pantoute! – Ouais [...] Les bizounes, ça va pis ça vient, comprends-tu?

– C'pas vrai [...] – Hein?

— I tought it was notin, dit-elle, but it ain't. You take deir dick, deir pain comes along wid it. Dey leave de pain behind. Dey go off, and deir pain stays behind wit you.

Fondu au gris.

Parmi des ombres mouvantes, un monstre est secoué par un rire silencieux. Surgissent d'autres formes sombres, qui tressaillent et se tordent devant nos yeux. Une étoile filante traverse le ciel.

C'est peut-être toi l'étoile filante, Milo amour? C'est peut-être ton âme qui vient tout juste de débarquer dans ton corps? Car Awinita vient de franchir l'étape critique du premier trimestre de la grossesse.

– J'pensais que c'tait rien moé aussi, mais c'est pas rien. Tu prends leur bizoune, pis leur douleur vient avec. Y t'laissent la douleur en partant. Y s'en vont, pis leur douleur, tu la gardes en toé.

VIII

SAUDADE

*Forte nostalgie, manque. Terme n'ayant
pas de véritable traduction française.*

MILO, 1970-1975

À partir de maintenant, Milo amour, faudrait qu'on réfléchisse à ce qu'on veut garder dans l'histoire et ce qu'on peut se permettre de sacrifier. À vue de nez, on a déjà quelque chose comme... ah... sept heures de film. Oui, il existe quelques précédents dans l'histoire du cinéma : de sublimes trilogies genre *Apu* de Satyajit Ray ou *Le Docteur Mabuse* de Fritz Lang... Mais tout de même, faut faire gaffe. On ne voudrait pas que le public commence à s'ennuyer, n'est-ce pas ? D'autant plus que cette prochaine séquence correspond à l'époque la plus chaotique de toute ta vie...

Peut-être la démarrer avec des archives de l'actualité du printemps 1970, saison au cours de laquelle le Front de libération du Québec pose bombe après bombe, faisant six victimes et infligeant des dégâts matériels importants aux symboles de la domination anglaise dans la province. Bâtiment de la gare Windsor à Montréal (où Neil avait traîné le petit Milo, le jour de leur première rencontre), monument à la reine Victoria, banque Dominion, imprimerie de la Reine, collège Loyola, boîtes aux lettres privées dans la banlieue cossue de Westmount, banque de la Nouvelle-Écosse, Royal Air Force... On voit Milo suivre ces événements de loin, tantôt à la télévision dans les bars sordides où il rit et placote avec des prostituées, tantôt au transistor qui lui tient compagnie pendant qu'il s'injecte dans les toilettes hommes de la gare Voyageur, erre dans les ruelles sombres du Vieux Montréal, s'installe pour dormir sous un pont. Il a dix-neuf ans.

Nuit d'été. Après s'être piqué, Milo s'affaisse sur le dos dans l'herbe, regarde le ciel nocturne, voit une étoile filante. Glissons sans transition de l'étoile filante à la blancheur du paradis camé du héros... (C'est ça, Milo. *Héro* peut s'écrire avec ou sans *s*. Très bien, très drôle. Merci.) Pas une blancheur fadasse, incolore et ennuyeuse, non, une blancheur divine. Laiteuse, crémeuse, mousseuse et nourrissante, tiède et légèrement sucrée comme du lait frais de vache. Pas butyreuse, grasse et nauséabonde... non, lait de la Voie lactée! lait et miel du fleuve Jourdain! La drogue l'enveloppe et lui chante, le serre doucement dans ses bras, lui donne la sublime sensation liquide fondante d'être tenu, bercé et apaisé, consolé et rassuré, câliné et embrassé pour des siècles et des siècles, amen.

Oui, je sais à quel point tu raffolais de l'héroïne, Milo amour.

Un jour du mois de mai, la blancheur dans le cerveau de Milo devient celle d'une passée d'outardes qui remplit le ciel entier. Panoramique jusqu'au jeune homme qui les regarde, les yeux écarquillés. Accrochée à son bras, Viviane, brunette mignonne et mutine, lève elle aussi les yeux. Pendant qu'ils regardent, ébahis, Milo récite quelques vers des *Cygnes sauvages à Coole*.

De trees are in deir autumn beauty,
De woodland pats are dry,
Under de October twilight de water
Mirrors a still sky;
Upon de brimming water among de stones
Are nine-and-fifty swans.

Viviane le regarde d'un air adorateur.

— Ça a l'air ben beau! J'ai compris le mot *swans*, c'est des cygnes, c'est ça?

— Oui.

— C'est d'qui?

— Yeats.

— Connais pas.

— Un grand poète irlandais du début du siècle. Un bon ami d'mon grand-père.

— On peut dire qu'y t'a marqué, ton grand-père, t'en parles tout l'temps. Tu vas-tu m'présenter tes parents, un d'ces jours?

— Absolument.

Milo lui fait un grand sourire… et, pour l'empê-cher de poser d'autres questions, lui plante un baiser féroce sur la bouche. Juste à ce moment-là, les outar-des atterrissent dans le champ d'à côté dans un batte-ment d'ailes assourdissant, et les amoureux s'écartent brusquement. C'est comme si leur baiser avait *pro-voqué* l'atterrissage – comme si un millier d'énormes oiseaux blancs avaient décidé de se poser là, rien que pour les regarder s'embrasser. Une mer de blancheur, vivante, battante, si proche!

C'est la beauté d'automne des arbres / Les chemins forestiers sont des-séchés / Et les eaux, sous le crépuscule d'octobre / Sont comme le miroir d'un ciel silencieux / Et sur l'eau qui murmure entre les pierres / On peut voir cinquante-neuf cygnes.

Plan suivant : une Chevrolet rouge décapotable roule à grande vitesse à travers l'État du Nevada, Viviane au volant, ses cheveux noirs ramassés en une queue de cheval. À ses côtés, les pieds sur le tableau de bord, Milo offre son visage au soleil.

On retrouve le couple, Viviane dessus, en train de baiser furieusement dans une petite chambre d'hôtel à Reno.

Plan suivant : maison privée à Los Angeles, deux transats au bord d'une piscine. Vêtue d'un bikini minimaliste, suçotant par une paille de petites gorgées de gin tonic, Viviane se laisse draguer par un bel inconnu. Sous une pergola à quelques mètres de là, Milo joue aux échecs avec leur hôte. De temps à autre il tourne la tête vers la piscine pour voir où en est le flirt, et l'hôte, fasciné, le regarde regarder. Quand Viviane et l'inconnu se lèvent pour se diriger vers la maison, main dans la main, Milo déplace sa reine.

— Well, well, fait l'hôte. I wonder where that lovely girlfriend of yours has wandered off to?

— Checkmate, dit Milo.

ON COUPE.

On retrouve Milo au crépuscule, courant seul le long du Pacifique. Long plan d'une beauté fulgurante.

Lui et Viviane se donnent l'accolade. Puis, mettant sa valise dans le coffre d'une Chrysler décapotable blanche, elle s'éclipse avec le bel inconnu.

Près d'un feu de camp sur la plage à minuit, Milo et leur hôte mâchouillent des cachets hallucinogènes... puis se livrent à des caresses dans le sable.

— Eh ben [...] Je me demande où elle a bien pu passer, votre charmante amie? – Échec et mat.

La caméra se détourne courtoisement pour s'occuper à nouveau des étoiles filantes, mais par la bande-son nous comprenons que l'hôte, à sentir avancer chaudement en lui le sexe de Milo, est ému aux larmes. Milo crie en jouissant – un cri magnifique.

(Décision importante, cet été-là : tu profites de l'hospitalité et de la bonté de ce riche Californien pour stopper ton addiction à l'héroïne. Même dans les conditions idéales que te fournit ton hôte, ta désintoxication, comme celle de ta mère vingt ans plus tôt, te fait vivre l'enfer pendant un mois entier... Mais tu l'endures, Astuto merveille, et ressors de l'autre côté. Pour ça aussi je t'adore, même si je ne sais pas comment le filmer.)

À la fin de l'été, Milo traverse le Canada d'ouest en est au volant de la voiture rouge de Viviane. S'arrête en Saskatchewan pour prendre une stoppeuse aux cheveux couleur carotte. La fille porte un jean coupé en short, une chemise rose bonbon noué au-dessus du nombril, de vieilles sandales sales et un chapeau de cow-boy noir de la marque Stetson, enfoncé jusqu'aux yeux pour que le vent ne l'emporte pas. Milo discute avec elle tandis qu'à la radio passent à plein tube des chansons country (Patsy Cline? ouais, disons Patsy Cline). La fille rit souvent, plissant les yeux à ses blagues. Elle s'appelle Roxanne.

Milo et Roxanne font l'amour dans une chambre de motel bon marché. Gros plan sur la table de chevet : on y distingue une plaquette de pilules contraceptives. Les temps ont changé.

Milo emménage dans le petit appartement sombre de Roxanne à Toronto-Est...

On coupe.

Entretien avec le doyen de l'université de Toronto.

— Yes, mister Noirlac, I've grasped the fact that your girlfriend is registered in the nursing programme here, but I'm afraid that doesn't qualify you *ipso facto* for our theatre programme. We really must have access to your school record. At least some sort of proof that you graduated high school.

— I understand, Sir, but alas, my school it is in ze rural Québec, and it burn down in ze spring.

— I see. Well, it's probably just as well you left, all hell's breaking loose up in la Belle Province, as they call it. Large numbers of Quebeckers will be leaving soon, if you want my opinion. Large numbers of *anglophone* Quebeckers in particular, taking their money with them. An independent Quebec won't have an economic leg to stand on. Be that as it may, if you wish to attend this institution, you'll need to take entrance examinations.

— No problem, Sir.

ON COUPE.

Plan suivant, la rentrée solennelle. Tout en serrant chaleureusement la main de Milo, le doyen conclut

---

— Oui, monsieur Noirlac, j'ai bien saisi que votre amie étudie chez nous pour devenir infirmière, mais ce fait ne vous donne pas *ipso facto* le droit de vous inscrire ici en théâtre. Nous avons besoin de votre dossier scolaire, ou du moins d'une preuve que vous avez terminé vos études secondaires. – Je comprends, monsieur… mais mon école se trouvait dans une région très reculée du Québec et, hélas, elle a brûlé ce printemps. – Je vois. Il faut dire qu'en ce moment le désordre est général dans la Belle Province, comme ils l'appellent. Vous avez bien fait de la quitter. Bien d'autres la quitteront, à mon avis, dans les mois qui viennent. Des *anglophones*, surtout. En emportant leur argent. Sur le plan économique, un Québec indépendant ne tiendra jamais le coup. Toujours est-il que si vous souhaitez vous inscrire ici, il vous faudra passer les examens d'entrée. – Pas de problème, monsieur.

ainsi son court discours : *Well, ladies and gentlemen,*
not only did Milo Noirlac pass those exams with
flying colours, but I'm proud to announce that the
university has awarded him a scholarship to cover
his tuition for the next two years.

Applaudissements du public.

En voix off (en fait je ne suis pas très sûr de cette
idée mais bon, notons-la, quitte à l'enlever plus
tard) : pendant que se déroule la rentrée solennelle dans cette institution jadis nommée King's
College, on pourrait réentendre les pensées de
Neil lors de la remise de diplômes à Trinity un
demi-siècle plus tôt. *Ne savent-ils pas ? Est-il pos-*
sible qu'ils ne sachent pas qu'à un jet de pierre d'ici
des bébés irlandais meurent de faim ? Que les meil-
leurs hommes du pays croupissent par centaines dans
les geôles britanniques, pour avoir osé défendre notre
rêve d'indépendance ? que leur monde est sur le point
de prendre feu ?

Oui : Trinity College Dublin et King's College
Toronto : fondés tous deux, à deux siècles et demi de
distance, par un putain de monarque britannique…

Dans une alternance rapide entre l'anglais et le
français : série de scènes de l'année 1970-1971, les
torontoises tournées en studio, les québécoises pré-
levées aux archives de l'époque. Bande-son : extraits
du manifeste du Front de libération du Québec,
mêlés peut-être à de la musique rock de l'époque

— Et, messieurs dames, non seulement Milo Noirlac a-t-il bril-
lamment réussi ces examens, mais je suis fier de vous annoncer
que l'université a décidé de lui attribuer une bourse pour couvrir
ses frais de scolarité pendant les deux années à venir.

(Charlebois ou Joplin)… mais aussi, loin derrière, au rythme capoeira.

On voit Milo – l'air heureux, très animé – écrivant à la table de la cuisine au milieu de la nuit… *Nous en avons soupé, et de plus en plus de Québécois également, de nos impôts que l'envoyé d'Ottawa au Québec veut donner aux boss anglophones pour les "inciter", ma chère, à parler français, à négocier en français : repeat after me : "cheap labor means main-d'œuvre à bon marché"* ; le diplomate britannique James Richard Cross et Pierre Laporte le ministre du Travail sont kidnappés par le FLQ. *Ta, ta-da Da, ta, ta-da Da…*

Un après-midi de dimanche, Milo et Roxanne se promènent dans l'île de Toronto : petits chalets, jardinets, sentiers, soleil miroitant parmi les feuilles rouges, tachetant les trottoirs de lumière… *d'un gouvernement de mitaines qui fait mille et une acrobaties pour charmer les millionnaires américains en les suppliant de venir investir au Québec, la Belle Province où des milliers de milles carrés de forêts remplies de gibier et de lacs poissonneux sont la propriété exclusive de ces mêmes seigneurs tout-puissants du XXe siècle…* Pierre Elliott Trudeau annonce l'imposition de la Loi sur les Mesures de guerre. Les cavaliers de la police montée dévalent au galop les rues de Montréal… *Ta, ta-da Da, ta, ta-da Da…* Des hélicoptères de l'armée canadienne ronronnent dans le ciel.

Milo et Roxanne font l'amour… *d'un hypocrite à la Bourassa qui s'appuie sur les blindés de la Brinks, véritable symbole de l'occupation étrangère au Québec, pour tenir les pauvres "natives" québécois dans la peur de la misère et du chômage auxquels nous sommes tant habitués…* Sirènes, gyrophares, torches, chasses à l'homme… *Ta, ta-da Da, ta, ta-da Da…* À tous les coins de rue du centre-ville sont postés des soldats casqués en uniforme camouflage, mitraillette prête à tirer.

Dans la cuisine, Milo et Roxanne se disputent : une tasse lancée par Roxanne frôle le front de Milo avant d'aller se fracasser contre le mur ; Milo quitte la maison… *des promesses de travail et de prospérité, alors que nous serons toujours les serviteurs assidus et les lèche-bottes des big-shot…* Manifestations. La police frappe les manifestants, les bourre de coups de pied, les traîne par terre. *Ta, ta-da Da, ta, ta-da Da…* Cinq cents célébrités – artistes, écrivains, syndicalistes et militants – sont arrêtées et écrouées. Toutes les libertés civiques sont suspendues.

Milo regarde la télévision, pack de Molson et cartouche de Player's près de lui… *Tant qu'il y aura des Westmount, des Town of Mount-Royal, des Hampstead, des Outremont, tous ces véritables châteaux forts de la haute finance de la rue Saint-Jacques et de la Wall Street, tant que nous tous, Québécois, n'aurons pas chassé par tous les moyens, y compris la dynamite et les armes, ces big boss de l'économie et de la politique, prêts à toutes les bassesses pour mieux nous fourrer…* On retrouve le cadavre de Pierre Laporte dans le coffre d'une voiture, une chaîne au cou. *Ta, ta-da Da, ta, ta-da Da…*

Silence.

On coupe.

Milo au lit, avalé par le Trou noir.

Roxanne – dans plusieurs tenues différentes, pour montrer le passage du temps – se penche sur lui avec sollicitude :

— What's the matter, my love?… Are you going to get up today?… You haven't left the house in more than a week… What's the matter, my love?… Did something happen?… Did something happen, Milo? Are you depressed?… Do you want me to call a doctor?

Milo se détourne, tire les couvertures par-dessus sa tête et fait semblant de dormir. Le sommeil lui a toujours posé problème. (Encore aujourd'hui, amour. Encore aujourd'hui…)

Le téléphone sonne. Milo se redresse dans un cri d'épouvante.

Roxanne déboule dans la pièce en courant :

— What's the matter? Jesus Christ… You scared the shit out of me.

Elle éclate en sanglots. Milo lui ouvre les bras en espérant qu'elle pourra le consoler.

— It's all right, se disent-ils tout bas. Everything will be OK.

— I just made some tea, dit Roxanne. Do you want a cup?

Milo fait oui de la tête et quitte péniblement le lit. Marche jusqu'à la cuisine en boitillant. S'installe à la table sans regarder Roxanne. Verse, dans son thé, non du sucre mais du sel.

— Milo!

– Qu'est-ce qu'il y a?… Tu vas te l'ver aujourd'hui?… Ça fait plus d'une semaine que t'as pas quitté la maison… Qu'est-ce qui va pas, mon amour?… Il s'est passé quequ'chose?… Il t'est arrivé quequ'chose, Milo?… T'es déprimé?… Tu veux-tu qu'j'appelle un médecin?
– Qu'est-ce qu'y a? Mon Dieu… Tu m'as fait peur!
– Ça va aller […] Tout va s'arranger. – J'viens d'faire du thé […] En veux-tu?

L'homme et la femme se regardent... puis détournent les yeux, chacun gêné de voir que l'autre voit qu'il voit que, non, tout ne finira pas par s'arranger. Non, pas du tout...

Je t'ai vu dans cet état, Astuto. Je t'ai vu gérer pas mal de trous noirs au long des années, et égarer dans leurs profondeurs pas mal de trucs. Et quand je dis trucs, je veux dire des trucs importants. Le langage... Ton nom, ta profession, ton âge, ton portefeuille, ton ordinateur... toute notion du temps. Ouais, amour, je t'ai vu disparaître sous mes yeux, te transformer en un putain de néant... et un néant *durable*, qui plus est! Dans ces moments-là, personne ne peut t'embrasser. Rien à faire, à part te laisser regarder le mur jusqu'à ce que ça s'arrête. C'est assez impressionnant. Tu cèdes absolument à ton mal. Rends les armes. Renonces au langage, retournes à la survie animale. Ne dis rien, ne vois personne, restes chez toi, fixes le mur. Triomphe de l'inertie. Splendeur du noir. Toute ton énergie ramassée en un point invisible au fond de toi, un point qui n'occupe pas d'espace mais gèle tout ce qui l'entoure. C'est comme être un bloc de glace, m'as-tu dit une fois, je me rappelle. Ouais, comme Glacier, ce géant blanc des légendes indiennes qui a envahi jadis le Grand Nord, sculptant les collines, polissant les pierres, déplaçant lentement des millions de tonnes de roches et de graviers, recouvrant et paralysant tout pendant des millénaires. Mais c'est pas mal, la glace, as-tu ajouté. On ne peut pas faire grand-chose avec de l'eau. La glace, au moins, on peut la sculpter.

Je ne sais combien de fois je t'ai vu traverser ces crises d'inexistence. Loin de s'arranger avec l'âge, elles se sont aggravées – car tu avais gagné des galons comme scénariste, on te savait brillant et on s'attendait à ce que tu fonctionnes. Soudain, étranglé par l'angoisse, tu devenais incapable d'écrire. Tu manquais tes dates limites et tes rendez-vous, trahissais promesses et contrats, prenais du retard sur toutes tes obligations. L'argent ne rentrant plus, les factures s'entassaient ; la banque et le bureau des impôts se mettaient à te harceler. Tu débranchais ton téléphone et cessais d'ouvrir ta boîte aux lettres ; personne ne pouvait te joindre. Et plus c'était pire, bien sûr, plus c'était pire. Mort de honte à l'idée que tout le monde t'en voulait, tu t'enfouissais de plus en plus loin dans ton trou.

Enfin, après des semaines, parfois des mois d'hibernation, quelque chose se déplaçait et c'était terminé : d'un seul coup, ta lumière était libérée et tes forces te revenaient à la puissance cent. Tu écrivais jour et nuit, déversant fébrilement tes idées sur la page… et les gens te pardonnaient à chaque fois, car ce que tu écrivais dans ces moments-là était juste, irréfutablement, excellent.

Depuis toujours, Milo, je t'aime ni pour ni malgré tes trous noirs… *avec*.

Tel n'était pas le cas de Roxanne. Après deux années passées à subir les montagnes russes de ton âme, s'accrochant désespérément pour ne pas en être éjectée, elle en a eu assez. Avant de te mettre à la porte, elle t'a donné son Stetson noir… Quant aux trous de la même couleur, tu pouvais te les garder. Tu avais vingt et un ans, un diplôme universitaire et pas un sou.

Où aller à partir de là ? Une seule réponse possible : Manhattan…

Petits boulots à droite à gauche : plongeur, taxi, poissonnier, technicien lumière, aide infirmière… Un temps, tu t'adonnes à la boxe et te découvres doué pour ce sport, commences à gagner de l'argent, songes même à passer pro… Mais un beau jour tu mets K.-O. ton adversaire, un Noir géant, et, le voyant couché immobile par terre, te rends compte que ce sport pourrait te tuer. Alors tu raccroches tes gants : ta mère ne voudrait pas que ta vie prenne fin de manière aussi absurde.

Un soir dans un *Dunkin' Donuts* sur la Septième Avenue, un titre du *New York Times* te fait sursauter (ça se passe en 1974, c'est bien ça ?) : on vient de décerner le prix Nobel de la paix à l'un des fondateurs d'Amnesty International, Sean MacBride. Le nom te dit quelque chose. MacBride… MacBride… Tu fermes les yeux et entends, par-delà les centaines de miles et de jours, la voix de ton grand-père : *La pauvre Mme MacBride était réduite à suivre depuis Paris les nouvelles de l'Irlande, n'osant mettre le pied sur le sol irlandais de peur qu'en s'éloignant de la France elle ne perde la garde légale du jeune Seagan…*

Sean et Seagan : *homo homo ?* Mais oui, Milo. Même homme. Toute sa vie, Maud Gonne, la mère de Sean MacBride, s'était battue pour les droits des prisonniers politiques, elle avait même fondé une association nommée Amnesty… et ne voilà-t-il pas que son fils vient de décrocher un putain de prix Nobel ! Putain, faut fêter ça ! Sortant en trombe du *Dunkin' Donuts*, tu te diriges vers un pub irlandais que tu affectionnes sur la 42ᵉ Rue et t'envoies, en souvenir de ton papi Neil, mort depuis cinq ans, une demi-douzaine de pintes de Guinness noire et crémeuse…

Fondu au blanc.

NEIL, 1920-1923

En bande-son, musique live de crincrin, accor-
déon et chanteur. (Là, on aura besoin d'un recher-
chiste, Milo, car je suis prêt à parier que tu n'as pas
la moindre idée de ce qu'on pouvait bien chanter
lors d'une partie de sucre dans le Québec des années
1920... Ai-je raison ?)

Le grand hangar, tout près de l'appentis où Neil
s'acharnait à écrire sur l'exil quand Thom, son fils
éphémère, est venu au monde, a été provisoirement
converti en salle à manger et piste de danse. Serrés
sur des bancs autour des grandes tables dressées, plusieurs dizaines d'hommes, de femmes et d'enfants
attaquent des plâtrées impressionnantes de patates
rissolées, saucisses frites, crêpes, tomates et rôties, le
tout imbibé de sirop d'érable. D'autres convives se
démènent sur la piste, tapant des pieds et des mains
au rythme de la musique.

Quand Marie-Jeanne soulève gracieusement ses
jupes pour passer sous le bras de son cavalier, on voit
qu'elle a le ventre arrondi par une nouvelle grossesse.
Leurs quatre pieds sautillent en rond, pointant tantôt à droite tantôt à gauche, ceux de Neil chaussés
de bottes et ceux de Marie-Jeanne de souliers plats.
Gros plan sur leur visage : Neil arbore maintenant

une belle barbe rousse, les joues de Marie-Jeanne sont toujours roses et ses yeux, étincelants.

— Tu n'es pas vertigineuse?

— On dit pas t'es pas vertigineuse, on dit t'as pas le vertige!

— Tu n'as pas la faim?

— On dit pas t'as pas la faim, on dit t'as pas faim!

— Tu n'as pas fatigue?

— On dit pas t'as pas fatigue, on dit t'es pas fatiguée!

— Oh! I give up. Elle est trop perverse, votre langue.

— En tout cas, ni vertige ni faim ni fatigue. Rien qu'un immense bonheur. Pis toi?

— Ça va.

— T'es inquiet pour l'Irlande?

— Oui.

— C'est ici ton pays à c't'heure, mon Neil. Le p'tit gars qui est là-d'dans, même s'y parle anglais, ça s'ra pas un Irlandais pantoute mais un Canadien français. T'es sûr que tu fais bien de lire tout l'temps la presse de Dublin? Ça t'empêche de dormir, pis ça t'empêche d'être là où t'es, de partager nos joies pis nos misères. C'est nous aut', ta famille, à c't'heure!

— Tu ne comprends pas ce qui se passe là-bas, dit Neil tout bas… Mes camarades d'armes sont en première ligne, comment veux-tu que je pense à autre chose? L'IRA exécute onze maîtres espions britanniques parce qu'ils les traquent, et la police riposte comment? En tirant sur la foule dans un match de foot! Douze morts, soixante-douze blessés! C'est intolérable, Marie-Jeanne!

— Oh! je renonce.

— J'suis ben d'accord avec toi, le Dimanche sanglant c't un péché impardonnab'. Y vont devoir répondre devant Dieu, les Anglais. Mais toé, Neil, faut qu'tu commences à les oublier, ces histoires-là. Ça fait déjà deux ans qu't'es icitte… Quand est-ce qu'tu vas couper le cordon ombilical avec ta mère patrie?

Tu allais te rappeler les récits de Neil sur le Bloody Sunday, Milo amour, quand en août 1993 s'est produit au Brésil un massacre du même genre : sous prétexte que de jeunes barons de la drogue avaient tué quatre des leurs, la police de Rio a fait une descente dans la favela de Vigário Geral et s'est mise à abattre des gens au hasard, dans les maisons et les cafés. Bilan : vingt et un morts, dont aucun n'avait de lien avec le monde de la drogue… L'Histoire se répète, les horreurs riment, et toi, Astuto, tu étais si poreux, si attentif aux histoires des autres, et toi-même si peu ancré dans un lieu et une époque, qu'on n'aurait su dire si les révoltes et leurs répressions sanglantes qui scandaient tes cauchemars et tes trous noirs se déroulaient à Dublin, à Montréal ou à Rio…

Maintenant, en un somptueux panoramique de la Mauricie, la caméra voyagera simultanément dans l'espace et le temps. Comme dans un des fantasmes-dessins-animés d'Awinita, on voit pousser aux arbres des feuilles qui changent de couleur, tombent, puis repoussent… La neige s'amoncelle et fond, des bêtes surgissent et s'évanouissent… Et nous verrons Neil à chaque saison, vêtu tour à tour de lourds habits d'hiver, d'un T-shirt et d'un pantalon en toile, et d'une chemise en laine à carreaux rouges et noirs — occupé avec d'autres hommes à couper des branches, à enfoncer des goudrelles dans les troncs, à transvaser le sirop doré de tonneau en bouteille, à fabriquer des bonbons à l'érable…

Voix off : Neil, vieux, s'adressant à son petit-fils.

It wasn't easy for me to get used to living here, my boy… Je trouvais saugrenu, pour ne pas dire immoral, de m'occuper des orignaux et du sirop d'érable pendant que mon pays s'enfonçait en enfer. Un mois après le Dimanche sanglant, en décembre 1920, Westminster a fait voter la loi du Gouvernement de l'Irlande, entérinant la scission entre le Nord et le Sud… Le Nord a voté oui, le Sud a voté non, et ça ne s'est jamais arrêté depuis. Tout ce printemps-là, je n'arrivais à penser à rien d'autre. Je trépignais de rejoindre l'Armée républicaine irlandaise, que Michael Collins dirigeait maintenant aux côtés de Sean MacBride, jeune homme aussi brillant qu'exubérant. Je t'ai parlé un jour de Maud Gonne et John MacBride, t'en souviens-tu ? Eh bien, ce Sean était leur fils. Tout comme moi, il faisait des études de droit quand la politique est venue réclamer son âme ; on l'a fait lieutenant dans l'IRA à seulement seize ans ! En mai 1921 les rebelles ont envahi et dévasté la douane… Milo, ça m'a coupé le souffle ! La douane, symbole le plus voyant et le plus détesté du pouvoir britannique après le château de Dublin, réduite en un tas de ruines fumantes ! L'administration britannique, paralysée ! Pendant ce temps, à Londres, Yeats continuait de publier ses pièces et ses poésies irlandaises ; à Paris, Joyce faisait paraître en feuilleton son chef-d'œuvre Ulysse… *alors que moi, Milo,*

– Ah, mon garçon, ça n'a pas été facile pour moi de m'habituer à vivre ici.

moi qui avais été si profondément impliqué dans la cause irlandaise en tant qu'avocat, poète et rebelle, je faisais quoi ? Je mangeais des fèves au lard en Mauricie avec la famille de Marie-Jeanne. Du dehors, un homme ordinaire parmi les autres. Mais, du dedans : déchiré, rugissant, torturé par ma sensibilité dans un monde de brutes.

Ta tante Marie-Thérèse est née au mois de juin cette année-là, une belle petite fille qui pétait de santé. Marie-Jeanne lui chantait et lui parlait en français. Pendant ce temps, Nord et Sud s'entrégorgeaient en Irlande. Ma mère m'a écrit qu'avec mon père ils songeaient à transférer leurs capitaux aux banques de Belfast. Oui, car même les catholiques, s'ils étaient riches et pro-Britanniques, pouvaient désormais subir persécutions et violences ; pas mal d'entre eux ont fini par fuir Dublin.

Le jour de Noël, mettant fin à sept siècles de présence britannique, l'Irlande du Sud est devenue indépendante. Mais, dès qu'on a rendu publics les termes du traité, le Dáil, le Sinn Féin et l'IRA ont cessé de se parler. Et la folie s'est installée, Milo — cette sorte de folie particulière qui a pour nom guerre civile. Partout, partout des dos poignardés et des tripes arrachées. Le Sud tuait le Sud, le fils le père et le frère le frère... non seulement à Dublin, mais dans les plus petits villages de la province aussi. À mesure que le temps passait, les gens oubliaient les enjeux de la guerre, ils se battaient pour se battre et tuaient pour tuer... Enchaînement sans fin de représailles, d'amertumes et de misères, festival de sang, orgie de haine. L'armée s'est fait repousser dans les collines. Des milliers d'hommes ont été incarcérés. Maud Gonne MacBride a supplié le gouvernement d'amnistier les prisonniers, au lieu de quoi on les a exécutés sans procès. Les exécutions sont terribles, *a reconnu le ministre de l'Intérieur, mais le meurtre d'une nation est plus terrible encore. Yeats, qui se trouvait alors en plein délire d'écriture automatique avec sa femme Georgie, voyait des symboles partout. Convaincu que l'on assistait à la fin de l'ère chrétienne et que vingt siècles d'horreur s'ouvraient devant nous, il a écrit* Le Second Avènement :

And what rough beast, its hour come round at last
Slouches towards Bethlehem to be born?

Pendant ce temps les feuilles changeaient de couleur, tombaient, et poussaient à nouveau, la rivière Saint-Maurice et le lac des Piles gelaient et dégelaient, la sève dans les érables montait et débordait, les seins et le ventre de ma belle épouse enflaient et désenflaient, nos enfants pleurnichaient, vagissaient et grandissaient. Un jour j'ai reçu une lettre de ma mère. Je suis désolé d'avoir à te raconter ça, Milo, mais mon histoire fait partie de la tienne et je tiens à ce que tu en connaisses même les pages les plus sombres… Comme le juge Kerrigan s'était fait connaître au long des années pour ses sentiments et décisions pro-britanniques, notre maison avait été cambriolée… notre porcelaine cassée… nos tableaux tailladés, nos oreillers éviscérés, notre jardin piétiné… et ma petite sœur Dorothy, qui se trouvait seule à la maison ce jour-là pour s'entraîner au piano, sauvagement violée et battue par des révolutionnaires se réclamant de l'IRA ou de je ne sais quelle autre noble cause. Elle a eu de la chance de s'en sortir vivante… Du jour au lendemain, ma famille s'est enfuie à Belfast, ville où je n'avais jamais mis les pieds.

Et son heure enfin revenue, quelle bête rugueuse / Traîne-t-elle vers Bethléem pour naître ?

Après avoir lu cette lettre-là, Milo, j'ai passé le reste de la journée à vomir – oui, comme pendant ma traversée de l'Atlantique. Je n'avais plus de chez-moi où rentrer.

Au mois de mai 1923, écœuré par l'inanité des combats, Eamon De Valera a capitulé et la guerre civile a plus ou moins pris fin. Elle avait duré deux ans et fait plusieurs milliers de victimes... Cet automne-là, Willie Yeats s'est vu décerner le prix Nobel de littérature.

Je n'en pouvais plus.

Fin du panoramique... Gros plan sur Neil en décembre 1923, âgé de trente et un ans et malheureux comme les pierres, agenouillé près du lit de Marie-Jeanne pendant que celle-ci donne le sein à Marie-Thérèse.

— Je peux pas continuer comme ça, Marie-Jeanne. Excuse-moi... Je t'adore, mais j'ai besoin de changer les choses... J'ai besoin d'écrire, sinon je vais devenir fou. Écoute... je vais aller à Montréal, chercher un emploi comme journaliste, je trouverai bien quelque chose... Je te promets de revenir. Tu peux me faire confiance...

— Écoute, Neil! fait Marie-Jeanne en chuchotant. J'ai quequ'chose à t'dire! J'étais pas supposée te l'dire, c'est ton cadeau de Noël pis mon père voulait t'faire la surprise, mais... au printemps, y va commencer les travaux pour ajouter un étage à la maison, rien qu'pour toé. Te rends-tu compte, mon Neil! Y va t'construire un bureau où tu vas pouvoir écrire!

Neil baisse, baisse, baisse la tête... jusqu'à ce que son front se pose sur la peau lisse de la main de Marie-Jeanne. Et la nuit de tomber, sur la forêt hivernale sans fin de la Mauricie...

Fondu au noir.

AWINITA, OCTOBRE 1951

Celle-ci sera la plus dure des séquences Awinita, Milo adoré. Une séquence sans dialogues, pour évoquer cette phase de sa grossesse où ta mère recommence à se piquer et où tu pousses en son sein. Ton petit cœur absorbe l'héroïne et l'envoie pulser à travers ton sang jusque dans ton petit cerveau en train de se former, altérant tous tes sens en éclosion. Des images fragmentaires se fondent les unes dans les autres, tandis que ta mère flotte entre veille et sommeil... s'installe au bar pour boire de faux cocktails avec ses clients et des vrais avec Declan... sourit à ses clients et fronce les sourcils à Declan... prend l'argent des clients et le remet à Declan... monte et descend l'escalier, allant du bar à la chambre et de la chambre au bar... enlève et remet bottes, bas, soutien-gorge et petite culotte (ses vêtements la serrent de plus en plus à mesure que tu grandis, mais elle ne peut évidemment s'offrir des habits de grossesse)... ferme les yeux pour ne pas voir les hommes angoissés et sans visage qui la couvrent en la suppliant de les aimer et de les chérir, puis viennent et s'en vont.

Cette fois, si tu es d'accord, on pourrait s'installer dans sa tête pour de bon et se contenter de tisser ensemble une série de fantasmes et de cauchemars

– avec la série familière de bruits en bande-son : boucles de ceinture, fermetures à glissière, halètements, grognements et gémissements, jurons, insultes racistes. Oui je sais, Milo : tu te dis que non seulement la MPAA mais le public lui-même va se lasser d'entendre toujours les mêmes bruits. Mais, en y réfléchissant, ils se rendront compte que ce qui nous semble répétitif à nous au bout de cinq minutes doit être une mort spirituelle pour ceux qui, sous une contrainte ou une autre, consacrent des mois voire des années de leur vie à aider des inconnus à éjaculer. Bon, mettons que des battements de tambours indigènes pourraient venir noyer ces bruitages de temps en temps, ça te va ? (En octobre 1951, on venait juste d'abroger les lois qui, depuis un demi-siècle, interdisaient aux Brésiliens africains de faire de la capoeira et aux Indiens du Canada de tenir des potlatchs, des pow-wow et des danses du soleil…)

Un long train se lance à toute vitesse vers un tunnel… mais en fait l'arche noire est seulement peinte sur le béton, et le train s'y écrase de plein fouet. Sous l'effet de l'impact, miraculeusement, tous les passagers sont expulsés par les fenêtres. Ils atterrissent gaiement sur leurs pieds et se mettent à courir en tous sens, riant et se serrant la main pour se féliciter de leur bonne chance.

Une ville plongée dans le noir. Ni lampadaires, ni enseignes lumineuses. Même les voitures circulent sans phares, mais leur cécité ne les incite à rouler ni plus prudemment ni moins vite. Elles ne cessent d'entrer en collision ; cette fois les passagers se font tuer, et ce sont leurs fantômes qui sautent hors des débris calcinés. Menus êtres gris et amorphes, ils courent çà et là en gesticulant d'un air impuissant, les yeux hallucinés. Ils pleurent silencieusement sur l'épaule les uns des autres et tentent de se consoler.

La tête étroite d'un serpent, noire et luisante, sort d'un trou dans le sol. Après s'être retourné pour vérifier que personne ne l'observe, le serpent se hisse complètement hors du trou. Son corps est effrayant : on dirait une grosse dame en justaucorps noir, énorme et maladroite, avec quelques membres et bosses surnuméraires. Le serpent se livre à une sorte de danse hideuse et dénuée de sens, puis se roule par terre de façon répugnante.

Une balle de base-ball traverse le ciel au ralenti. Alors qu'elle est encore dans l'air, ses coutures se défont et plusieurs centaines de petits parachutes blancs en sortent, qui tombent en flottant gracieusement.

Un homme pousse un cri de rage. Sa voix subit toutes ses métamorphoses à rebours et, en l'espace de quelques secondes, c'est un bébé qui braille.

Chutes de corps. Des corps humains qui tombent et tombent ; leurs gémissements de peur ressemblent à des vrombissements d'avion. S'ouvre alors, avec une grâce et une pureté fulgurantes, une fleur blanche.

La flamme d'une bougie, tantôt immobile et tantôt vacillante mais toujours allumée, reflète les images infiniment variées qui passent devant elle. On y distingue une procession de gens, d'animaux et de bâtiments...

Du sol noir sort une pousse verte. Deux petites feuilles brillantes y apparaissent... puis la croissance s'interrompt.

La capsule d'une bouteille de lait saute : le lait gicle à la verticale, puis retombe en une épaisse courbe blanche.

Pour vous deux, Awinita et Milo, cette épaisse courbe blanche de lait est une douche de félicité et de douceur, l'extase moelleuse et veloutée de l'héroïne qui vous inonde le corps telle une fontaine chaude. Doucement les yeux se referment, le souffle ralentit, les lèvres se décrispent, les mains s'ouvrent — ahhh, s'abandonner, s'abandonner tout à fait — fœtus et femme, peau et membrane, mère enfant de son enfant, enfant mère de sa mère, génitrice et rejeton enroulés autour et au-dedans l'un de l'autre, indéfiniment, hors du Temps.

IX

NEGAÇA

Tromperie, provocation. Faire semblant de faire une chose (mouvement, attaque) et en faire une autre pour surprendre l'adversaire.

MILO, 1975-1990

Scène nocturne, éclairée par des flambeaux, sur le Terreiro de Jesus, ce grand square de la ville haute de Salvador de Bahia, bordé de cafés et de vieilles églises : de jeunes Noirs en pantalon blanc ont commencé une *roda* de rue et y attirent des passants. Irradiant depuis le berimbau central, l'énergie circule d'un corps, d'une voix et d'une âme à l'autre. Tour à tour les capoeiristes chantent, sautent, pivotent et lancent des coups de pied, font la roue, jouent du tambour et du tambourin – *ta, ta-da Da, ta, ta-da Da, ta, ta-da Da* – souriant toujours, même quand ils manquent un temps et tombent, ou touchent malencontreusement un adversaire. Le rythme est hypnotique, insistant, monotone, précis, ces gens ne "s'efforcent" pas de jouer ensemble, ils font partie d'un même corps. Levant le pied, tu frôles le visage de ton adversaire puis tournes, la beauté consiste à le manquer de très peu, s'il danse bien il sentira le coup venir et sera prêt à l'éviter, te déséquilibrer et te menacer à son tour avec grâce, la musique vous tire vers l'avant tandis que vous regardez, esquivez, balancez, pivotez et plongez, vous dandinant à chaque seconde, et quand vient la fin de votre tour, cédant la place, vous regardez la paire suivante se saluer en se penchant devant le berimbau central, vous les encouragez en chantant, en tapant dans les mains, en tapant du pied, en jouant du tambour et en souriant. *Ta, ta-da Da, ta, ta-da Da, ta, ta-da Da...* Pas de gagnant ni de perdant à ce jeu, seulement le jeu lui-même, un jeu sans fin dans lequel on veut que son adversaire soit fort et malin, pas faible et bête, on est ravi de le tromper et enchanté d'être trompé par lui, les garçons apprennent des filles, les Blancs des Noirs et les vieux des jeunes car l'apprentissage c'est la pratique qui est la beauté qui est la grâce qui est l'humour, sans jamais t'arrêter tu continues d'apprendre à sourire à bouger et à feindre. *Gingare*, danse de la vie : une excitation contrôlée, prolongée, soutenue, ineffable, tel un orgasme sans fin.

Quittant le vortex de l'événement, notre caméra recule, arrive à la périphérie du cercle, tourne, et se retrouve nez à nez avec... une autre caméra. Une équipe de cinéma venue de New York, Milo parmi eux, filme la *roda* de capoeira en noir et blanc. Après un instant de gêne réciproque, les deux caméras se tournent autour pour voir ce qui se passe derrière, se reniflant comme des chiens.

Le corps de Milo s'est mis à bouger tout seul ; peu à peu mais impérieusement, on l'inclut dans le spectacle. C'est par hasard qu'il avait revêtu ce matin un pantalon blanc... Sa chemise l'a quitté, on ne sait comment... Les Bahiens le suivent des yeux en approuvant, par de menus gestes et des hochements de tête, l'élan précis de ses membres...

Oh, Milo... ce que je ne donnerais pas pour avoir assisté à cette scène! Tous les entraînements physiques de ton passé se sont réactivés d'un coup :

le hockey, pour les écarts, les pivots, les tourillons, les feintes ; la boxe, pour la vélocité, la légèreté des pieds dansants, la justesse des brusques avancées de bras ; la baise avec Paul Schwarz, pour l'interaction sensuelle et gracieuse entre corps masculins. Voilà ce que tu cherchais depuis toujours ; les Bahiens le perçoivent aussi. Ta tête chute vers le bas, tes jambes s'élancent vers le haut, tes mouvements accélèrent, et, porté par l'attention soutenue et l'approbation chaleureuse de la foule, ton corps, comme celui des autres jeunes hommes, devient pur chiffre en action. Yeux grands ouverts, tu t'abandonnes aux rythmes de la capoeira qui viennent irriguer ta chair. *Ta, ta-da Da, ta, ta-da Da, ta, ta-da Da*… Tu connais ce rythme d'avant, d'il y a longtemps, grâce au cœur de ta mère qui a versé dans tes oreilles les légendes de ses ancêtres alors que tu vivais en son sein, oui c'est par le sang que tu connais ce battement-là, et, au Terreiro de Jesus, tu le sens monter du sol et passer par le berimbau sacré pour galvaniser tout ton être. De façon complètement inattendue, à l'âge de vingt-trois ans, tu te sens chez toi pour la première fois de ta vie.

Pardon. Oui, bien sûr qu'on reviendra à la troisième personne. Et bien sûr qu'on changera le nom, t'en fais pas. Qu'est-ce qu'un nom ? (Appeler ta mère "Nita", c'est détruire le sens de son nom, qui est *faon*…)

Assis le lendemain dans un café en plein air au marché São Joaquim, tu fumes des cigarettes, bois de la petite bière et placotes avec plusieurs capoeiristes de la veille. Ton ami Homer, le réalisateur africain-américain venu à Bahia pour tourner des images de candomblé, traduit pour toi du portugais.

— … They wanna know where you learned capoeira.

Milo hausse les épaules avec un sourire.

— Dey taught me.

— … They say you're one of them.

— I feel it, too. An honour. Ask dem if I may pay for de next round.

Ce soir-là, l'équipe new-yorkaise est invitée chez un *mestre* local. Grands sourires, plâtrées de feijoada et verres de caïpirinha se suivent autour de la table. On tournera depuis des angles différents, pour montrer le temps qui passe et l'allégresse qui monte. Vers minuit, une dame corpulente d'une soixantaine d'années, robe en imprimé vert sensuellement nouée autour de son corps, vient s'asseoir près de Milo. Elle a la peau cuivrée et les dents très blanches, son anglais est hésitant mais clair.

— I saw you dance last night. The fire was in you.

— Oh, so dat's what it was! fait Milo en riant. I wondered.

— You're Milo Noirlac, a French person from Québec. I asked around. My name is Manoela.

— Trilled to meet you, Manoela.

— I'm Indian. I come from the south of Bahia, near Porto Seguro. My people are the Pataxo Hahahae.

– … Ils veulent savoir où tu as appris la capoeira. [...] – C'est eux qui me l'ont apprise. – … Ils disent que chez eux, c'est chez toi. – Je le sens, moi aussi. Très honoré. Demande-leur si je peux offrir la prochaine tournée.

– Je t'ai vu danser hier soir. Tu avais le feu en toi. – Ah, c'était donc ça ! [...] Je m'étais demandé. – Tu es Milo Noirlac, un Canadien français. J'ai posé quelques questions. Moi, c'est Manoela. – Ravi de faire ta connaissance, Manoela. – Je suis indienne. Je viens du sud de Bahia, près de Porto Seguro. Mon peuple c'est les Pataxo Hahahaé.

— Hahahae, a fine laughing name.

— My husband was *madingueiro*, too... He worked many years with *mestre* Pastinha.

— You say *was*...?

— Two years ago in a fishing expedition, he... drown. Our children grown up already, live far...

— I'm sorry. Life must be lonely for you sometimes.

D'autres convives les ramènent dans la conversation générale. Les paroles fusent, les rires aussi. Plus tard, revenant près de Milo, Manoela dit :

— Your skin is talking to mine.

— Your skin is answering mine.

ON COUPE.

On les retrouve tard la nuit dans la chambre plus que modeste de Manoela, emboîtés l'un dans l'autre. Après l'amour ils restent au lit, serrés.

— You're Indian, aren't you, child? murmure-t-elle.

— How you know dat?

— 'cause of your silence.

— What do you mean? I talked my head off de whole evening.

— Can't fool me with that, baby.

Ils rient et s'embrassent, rient et s'embrassent. Le lendemain pendant qu'ils prennent sur le pas de la porte un café bien serré, il lui raconte en quelques mots l'histoire de sa naissance. Il ajoute (confidence exceptionnelle)

– Hahahaé, un beau nom de rire. – Mon mari était *madingueiro* lui aussi... Il a travaillé longtemps avec *mestre* Pastinha. – Tu dis *était*...? – Deux ans maintenant, dans une sortie de pêche, il a été... noyé. Nos enfants sont grands déjà, loin d'ici... – Je suis désolé. Tu dois te sentir seule parfois.

– Ta peau parle à ma peau. – Ta peau répond à la mienne.

– T'es indien comme moi, hein, petit? [...] – Comment tu le sais? – Par ton silence. – Comment ça? J'ai pas arrêté de parler, toute la soirée! – Oh, essaie pas de m'avoir avec ça, chéri!

que quelques années plus tard, Awinita lui a révélé son deuxième prénom, un mot-cri signifiant résistant.

— So she don't leave you completely.

— She did, Manoela.

— No, child. You're a little baby, she live with you a few days, look at you closely and know you going to make it. You see? If she give you this name, it mean she got confidence in your fate.

Plusieurs plans de Homer filmant d'autres *rodas*, à Salvador et à Arraial... Milo est à chaque fois mieux intégré. Il apprend en riant, en feintant, bavarde avec les gens, caresse amantes et amants... radieux. Juste avant son départ, il reçoit au cours d'une cérémonie de *batizado* un nom de capoeira choisi tout exprès pour lui : *Astuto*.

Dans l'avion, Milo et Homer étudient leurs notes, parlent des images qu'ils rapportent à New York et du montage qu'ils voudraient en faire, explosent parfois de rire...

ON COUPE.

Milo travaille, seul dans son appartement du Sud de Manhattan. Le téléphone sonne (en 1975, toujours un de ces gros machins noirs en bakélite). Il saute au plafond.

— Quoi ? hurle-t-il en direction du téléphone, avant de décrocher.

— Milo ? dit à l'autre bout du fil une voix de femme, flûtée et incertaine, francophone, mais... ?

— Oui. C'est qui ?

— Alors elle te quitte pas complètement. — Si, Manoela. — Non, petit. Toi t'es un petit bébé, elle vit avec toi quelques jours, elle regarde comment tu fais, qui tu es, et elle sait que tu vas te débrouiller. Tu vois ? Si elle te donne ce nom, c'est parce qu'elle a confiance en ton destin.

— C'est ta cousine. C'est Gabrielle.

Nous regardons dehors par les yeux de Milo : murs de brique, escaliers en fer forgé, poubelles métalliques, bouteilles cassées, tout le bric-à-brac de sa cour arrière.

— Milo, est mourante, môman. A d'mande à t'voir.

— Comment t'as fait pour me r'trouver ?

— Ton amie Édith a m'a dit qu't'étais à New York, pis j'ai d'mandé aux renseignements ! C'est pôpa Régis qui m'a dit d't'app'ler, y est dans tous ses états, Milo… Môman a un cancer de l'utérus. J'veux pas t'déranger, je sais ben qu't'as une autre vie, là, qu'tu penses pus à nous aut'… mais a n'a pus pour long-temps, môman, pis a t'réclame. A veut te d'mander pardon… t'sais… pour l'autodafé.

— C'est rien cont' toi pis Régis, Gabrielle, dit Milo à voix basse. C'est rien cont' vous deux.

Très doucement, il raccroche le combiné…

On coupe.

Ces années-là, Milo dit oui à tout projet, docu-mentaire ou fiction, susceptible de le ramener à l'âme africaine dansant sur le sol américain.

Tu vois, Astuto ? On était prédestinés à se rencontrer. Quand je suis revenu à l'école du cinéma de la NYU en tant qu'ancien élève pour présenter mon nouveau film sur le vaudou haïtien, il était évident que tu viendrais à la projection et tout aussi évident que je tomberais raide amoureux de toi. Je ne sais pas ce que tu voyais en moi, à part un génie de réalisateur suprêmement beau, intelligent et doué bien que pas encore célèbre, toujours est-il qu'on a fait l'amour le soir même, chez toi… et tu m'as sidéré au lit. Aucun complexe, aucune timidité, aucune hésitation… Rien que de l'avidité, de la créativité, et une générosité sans bornes.

On s'est parlé en prenant le petit-déjeuner le lendemain… et, plus je t'écoutais, plus je rêvais de travailler avec toi… de sorte qu'avant de se séparer ce jour-là, j'avais réussi à te faire signer comme scénariste pour mon prochain film.

On peut feuilleter rapidement les travaux et les jours de Milo au cours des années qui suivent. À le voir rencontrer des réalisateurs et participer à des festivals de cinéma, on comprend qu'il est en train de se faire un nom comme scénariste. Ce n'est pas un écrivain au sens habituel du terme, il évite d'écrire en son nom, même des lettres, ne veut pas qu'on puisse le pister, le localiser, s'abstient même, le plus souvent, de rappeler ses interlocuteurs par téléphone (sa phobie de cet appareil ne le quittera jamais). Le temps le talonne comme son ombre et il se déplace toujours, *gingare*, tel un capoeiriste de Bahia ou un Indien dans la forêt, effaçant ses traces au fur et à mesure, soucieux de ne laisser derrière lui aucun indice… Sans style propre, il a trouvé le compromis idéal entre la tradition ultralittéraire de Neil et celle, orale, d'Awinita : *écrire l'oralité*. Dans sa chambre sombre à Manhattan comme dans les placards de son enfance à Montréal ou devant la TV au son éteint en Mauricie, il écoute les voix dans sa tête et transcrit leurs mots avec une justesse sidérante. Le fait d'être à moitié sourd d'une oreille n'a en rien entamé son ouïe intérieure…

Juin 1978, Festival des films du monde de Montréal. Gros plan sur notre héros de pas tout à fait trente ans, attablé dans un restaurant huppé. Nappe blanche, champagne, huîtres, femmes bijoutées dont les rires font sautiller leurs cheveux soigneusement bouclés, hommes qui pérorent de leurs grosses voix de basse. Milo regarde autour de lui et trouve tout cela parfait. (Il faut dire qu'il trouvait parfait, aussi, son trou à rats du Sud de Manhattan.)

Une comédienne aux cheveux oxygénés, vêtue d'une petite robe noire sans bretelles, vient vers lui en chancelant sur ses talons aiguilles et s'assoit à ses côtés. Les deux plongent aussitôt dans une sérieuse séduction mutuelle…

On coupe.

Dans la chambre de Milo au *Ritz-Carlton* sur Sherbrooke (à environ 1,5 km de la maison en pierre de taille où Neil fut inconfortablement logé, jadis, par le juge et Mme McGuire), ils font l'amour. Il s'avère que cette blonde, Yolande ou Yolaine, il a mal saisi son nom, est encore plus belle sans habits ni maquillage qu'avec.

— Eh ben, Milo Noirlac, lui murmure-t-elle à l'oreille quand ils se réveillent le lendemain, je t'adore, tu l'sais-tu? J'suis pas certaine que ce soit une bonne idée de t'adorer… mais j'y peux rien. J't'adore en maudit.

Souriant, Milo l'attire à lui et, dans la lumière éblouissante d'un dimanche matin à Montréal, lui fait l'amour à nouveau. Après, tout en mangeant leurs œufs à la coque service en chambre avec de petites cuillères en argent, ils placotent.

— C'est pas croyab' pour moi.

— Que c'est qui est pas croyab', mon Milo?

— Tout ça. Me r'trouver dans ma ville, après toutes ces années… Gagner un prix au festival… Te rencontrer, toi Yolaine, la meilleure actrice du Québec pis la plus belle femme du monde.

— Surtout me rencontrer, moi.

— Ben, certain!

— T'écriras un rôle pour moi un jour?

293

— Ha! Tu connais la blague belge!

— Non?

— À quoi on reconnaît une jeune première belge?

— … Alors?

— C'est celle qui couche avec le scénariste.

Faisant basculer leurs chaises en arrière sur le lit, ils s'étreignent encore, Yolande prenant l'initiative cette fois et Milo s'abandonnant avec délices à ses caresses…

ON COUPE.

Sous la douche, plus tard, Yolaine verse des mots doux dans l'oreille de Milo.

— J'adore tes ch'veux… Pis j'adore comment t'écris… Pis j'adore comment t'es doux… Pis j'adore comment tu vas m'amener avec toi dans tes voyages…

ON COUPE.

On retrouve Milo et Yolande en promenade sur l'île Sainte-Hélène.

— Pourquoi t'es toujours si passif, Milo?

— J'pensais qu'tu m'aimais.

— Ben oui, j't'aime, mais faut savoir c'que tu veux! J't'dis on s'marie, tu dis okay pis tu fais rien!

— Ben… que c'est qu'y faut faire? C'est si compliqué qu'ça? J'sais pas, moi, j'ai jamais marié personne.

— Moi non plus, j'ai jamais marié personne, imbécile, mais j'sais qu'y faut organiser une fête, inviter nos familles…

— …

— Okay, j'sais qu't'as pas d'parents. Mais t'as ben été élevé quequ'part Milo, c'est pas les loups de la forêt qui t'ont élevé!

— Ç'aurait été trop beau.

— Voyons, tu m'as parlé d'un grand-père merveilleux.

— Y est mort.

— Pis… toute la maisonnée de tantes pis d'oncles pis de cousins, là-haut en Mauricie?

— Pus personne.

— Tu veux-tu qu'on s'marie juste comme ça, à l'hôtel de ville?

— Moi, ça m'va.

— Okay, ben…

Gros plan sur la main droite de Milo apposant sa signature au bas d'un papier officiel. On déchiffre la fin du texte : *unis ce jour par les liens du mariage.* Signé : *Milo Noirlac.* Il tend le stylo à Yolaine…

On coupe.

Fugitives, les images suivantes montreront Milo et Yolaine menant l'existence d'un couple québécois modérément artistique, plutôt heureux, au compte en banque raisonnablement garni, au début des années 1980.

Dans un cinéma bondé, Milo gravit les marches de l'estrade pour recevoir un prix, et Yolande l'applaudit depuis la salle… Même situation, rôles inversés… Pendant leur premier voyage de repérage à Rio, Milo et Paul baisent comme des fous… Yolaine apprend le texte d'un rôle au salon, Milo lui donne la réplique… Au milieu de la nuit, Milo écrit à la table de la cuisine en allumant une cigarette sur l'autre… Yolande rentre à trois heures du matin et ils font l'amour sur la table, au milieu de ses papiers… Yolaine est jalouse parce que Paul Schwarz est au téléphone et elle se doute qu'il y a quelque chose entre eux… Au lit, tête vers le mur, Milo s'égare dans son trou noir. Yolande se penche sur lui avec le même air inquiet que Roxanne naguère… Yolaine et Milo passent quelques jours

sur la Côte d'Azur après le Festival de Cannes...
On les voit assis sur la plage l'un près de l'autre...
Après la tombée de la nuit, quand tout le monde
est parti, ils font l'amour sur le sable...

Au dîner ce soir-là, Yolande lui sourit quand ils
lèvent leur verre pour un toast.

— On boit à quoi ?

— À nous, ma belle !

— Oui, mais à nous quoi ?

— Ben, à nous, j'sais pas, moi. Faut-tu ajouter quequ'chose ?

— C'est toute la question, Milo.

— Quoi ?

— Ben, faut-tu ajouter quequ'chose ? Est-ce que
je dois arrêter de prendre la pilule, oui ou non ?

— Ah !

— Comme tu dis. Ah.

— Ben, j'sais pas, moi. Tu veux-tu un enfant ?

— J'sais pas. Faudrait que je commence à l'savoir,
y a la trentaine qui s'en vient à gros trot. Pis toi ?

— Moi ?

— Ben oui, toi ! Tu veux-tu un enfant, toi ?

— J'sais pas.

— Nous v'là ben.

— Hm.

— On est drôles, non ?

— Trouves-tu ?

— Bon, ben, on peut réfléchir encore.

— C'est ça.

— On est pas si pressés qu'ça, hein ? Okay, ben,
on va réfléchir encore.

— Okay...

(Te rappelles-tu, Milo amour, comme je t'ai
encouragé à faire un enfant avec Yolande ? Je t'ai

cité le sonnet de Shakespeare : *I had a father – let your son say the same...* Je voulais que tu vives à tout jamais! Mais au Québec à cette époque, trop d'adultes avaient été des enfants non désirés, illégitimes ou orphelins, perdus ou abandonnés... Maintenant qu'ils pouvaient éviter de concevoir, ils ne savaient pas bien quoi penser de l'enfantement...)

Rue Saint-Denis, extérieur nuit. Paul Schwarz est à Montréal pour travailler avec Milo à *Science et Sorcellerie*, leur projet sur le sida au Brésil. Ils entrent ensemble dans un bar et la première personne qu'ils voient c'est Yolaine : assise sur un tabouret, elle leur tourne le dos ; autour de ce dos est drapé, de façon aussi langoureuse qu'ostentatoire, le bras d'un inconnu. Sans ciller, Milo guide Paul vers une table dans un coin, tout en continuant de lui expliquer son idée pour faire des images non heurtées dans les rues abruptes et mal pavées des favelas.

Quand, quelques minutes plus tard, Yolande se dirige vers la sortie, le bras de l'inconnu serrant toujours aussi possessivement son corps, elle aperçoit son mari et se fige.

L'homme la relâche, mais Milo sourit et détourne les yeux.

Elle glisse son bras sous le bras de l'homme et ils sortent ensemble...

On coupe.

Le lendemain matin. Milo travaille à la table de la cuisine, cigarette à la main. Yolaine rentre, il lui verse une tasse de café et la lui apporte avec un baiser. D'un geste, elle envoie la tasse valser dans l'évier.

J'ai eu un père – puisse ton fils en dire autant...

— Mais Milo, j'comprends pas! J'découche, pis tu fais rien!

— …

— Tu me vois avec un autre homme, je r'viens pas d'la nuit, pis tu t'en fous!

— Tu veux que j'dise quoi?

— Écoute, c'est pas normal de pas être jaloux à ce point-là! Moi, j'suis jalouse, j'trouve ça normal!

— Donc chacun se trouve normal, c'est normal…

— Mais, Milo! T'es ben trop passif! T'as aucune volonté à toi, ça fait des années que j'te l'dis! J'peux jamais savoir c'que tu veux vraiment, tu veux pas me l'dire! J'veux faire l'amour, tu dis okay, j'veux te marier tu dis okay, le grand Paul Schwarz veut faire un film avec toi, tu dis okay, pis s'il veut coucher avec toi, tu dis okay aussi? J'en sais rien, moi! J'passe la nuit dans les bras d'un autre gars, tu dis okay. Il t'manque une case ou quoi, Milo? Faudrait qu'tu voies quelqu'un!

Avant de répondre, Milo éteint sa cigarette, lave et essuie soigneusement sa tasse à café, la range dans le placard.

— T'es pas à moi, j'suis pas à toi. On peut pas être à quelqu'un. On peut même pas connaître quelqu'un… déjà qu'on se connaît pas soi-même. J'sens pas l'besoin de savoir tout c'que tu fais. J'ai confiance en toi. Chacun fait ce qu'il doit faire, non?

— *Mais si j'te quitte, Milo?*

— Ben… si tu m'quittes, tu m'quittes. Tu s'ras pas là, t'auras pas besoin de me l'dire, j'vas m'en rend' compte tu-seul.

— T'es incroyab'!

On les retrouve au lit en pleine étreinte… Mais Yolaine a la tête ailleurs…

ON COUPE.

Et puis… scène déprimante que la plupart d'entre nous avons sans doute vécue au moins une fois : un jour de novembre couleur gris désespoir, debout au milieu de leurs nombreux cartons et valises, mari et femme répartissent leurs ustensiles de cuisine… leur collection de trente-trois tours… leur bibliothèque… tous les biens accumulés au cours de cinq années de mariage.

Gros plan sur la main droite de Milo apposant sa signature au bas d'un papier officiel. On déchiffre la fin du texte : … *divorce par consentement mutuel. Vu qu'aucun enfant n'est issu de cette union, il n'y a pas lieu de statuer à ce sujet.* Signé : *Milo Noirlac.* Il tend le stylo à Yolande…

(Et puis, Astuto… C'est quelques semaines à peine après ton divorce, n'est-ce pas, que…)

Intérieur nuit. Dans son nouvel appartement du Mile End, beaucoup plus petit que le précédent, Milo est obnubilé par l'écriture du scénario sur le sida au Brésil. Quand le téléphone sonne, il sursaute et crie : *Quoi ?* Furieux, il décroche. Écoute. On entend une voix d'homme sans comprendre ce qu'elle dit. Au bout de quelques secondes, Milo se rassoit.

— I don't believe you… Who de hell is dis ?… OK. No, tomorrow I go to New York. Next week I come. Tell me your address. OK. Six o'clock next Wednesday. OK.

On coupe.

On retrouve Milo longeant le corridor mal éclairé d'un meublé. L'odeur de pauvreté saute pour ainsi

---

– J'te crois pas… Qui est à l'appareil, tabarnak ?… Okay. Non, demain j'pars à New York. J'vas venir la semaine prochaine. C'est quoi ton adresse ? Okay. Mercredi prochain, six heures du soir. Okay.

dire de l'écran jusqu'à nos narines : mélange nauséa-bond de bière, de chou et d'urine. Le sol et les murs sont enduits d'une couche de crasse si épaisse que la main de Milo hésite avant de toucher le heur-toir. La porte s'entrouvre et un œil chassieux appa-raît dans la fente ; une chaîne est retirée ; Milo entre dans la pièce.

Plus petit que lui, l'homme pue le whisky, les dents cariées et les sueurs anciennes. Quant à son appartement, ni la lumière du jour ni un plumeau ne l'ont effleuré depuis des décennies… Heureuse-ment qu'il y a l'image, Astuto. Heureusement qu'on n'a pas besoin de tâtonner à la recherche de mots pour décrire ce lieu. Le remugle et l'étrangeté sont si envahissants que Milo doit intimer à son corps l'ordre de ne pas détaler.

— Siddown, dit le vieillard. Make yourself at home.

Les ressorts du fauteuil en similicuir protestent bruyamment contre son poids.

— So explain me what you're talking about.

— It's true. I swear it's true. Cross my heart and hope to die, I'm your da'.

— My fader's dead.

— No, fait Declan en gonflant les biceps de façon absurde. Look… Still got some life in me old bones! If I was dead I'd know about it, seems to me!

— Who de fuck are you?

<hr />

– Assis-toé […] Fais comme chez vous.
– Fait que vas-y, j'suis là, là, explique-moé. Pourquoi tu m'as appelé ? – C'est vrai, j'te l'jure, je l'jure sur tout c'que tu veux, j'suis ton père. – Y est mort, mon père. – Ben non […] Regarde, y reste encore un peu d'vie dans mes vieux os ! Me semble que je l'saurais, si j'tais mort ! – T'es qui, tabarnak ?

— I'm not kiddin, I'm your da'! Look! I've got your birth certificate and all.

Declan va en boitillant jusqu'à une commode, prend une feuille de papier dans un tiroir et vient la brandir sous le nez de Milo. D'un doigt triomphant il pointe des mots sur la page en disant *See? See?* – mais, en raison de la lumière insuffisante ou du brouhaha dans son cerveau, Milo ne parvient pas à en lire un mot ; il ne voit que la ligne noire de saleté sous l'ongle du vieillard.

— Noirlac, Milo. Son of Noirlac, Declan and Johnson, Awinita. I'm Noirlac, Declan. I'm your da', see? Neil's son, seventh of thirteen, right smack in the middle! Didn't Neil ever tell you about me?

Milo est sans voix.

— I'm the one who named you Milo! I chose your name, I did! In March '51, Miles Davis's *Birdland* songs were on the radio all the time and I was crazy about them. So I called you Milo, which is Irish for Myles. Given that we're Irish.

Silence. Et puis :

— How did you find me?

– Pour vrai, j'suis ton père! Regarde, j'ai même ton certificat d'naissance pis tout l'reste.

– *Tu vois ? Tu vois ?*

– Noirlac, Milo, fils de Noirlac Declan et de Johnson Awinita. C'est moi, Noirlac Declan. J'suis ton père, tu vois ? Le fils de Neil, septième de treize enfants, bing au milieu ! Y t'a jamais parlé d'moé, Neil ?

– C'est moé qui t'a donné le nom de Milo. Ben, certain ! En mars 51, la radio passait constamment *Birdland* de Miles Davis, pis j'adorais ces chansons-là, fait que j't'ai appelé Milo parc'que c'est Myles en irlandais. Vu qu'on est irlandais, nous aut'.

– Comment t'as fait pour me trouver ?

— Saw in the papers you were livin in Montreal again. Called up information on the off-chance.

— In the *papers*?

— Yeah, look…

Declan ouvre un dossier d'où déborde une masse chaotique de coupures de presse. En haut de la pile, arrachée aux pages Culture d'un numéro récent de la *Gazette* : une grande photo de Milo et Paul enlacés, arborant un même sourire éclatant. *Scénariste local signe avec un important producteur américain*, dit la légende.

— So?

— So! You're doin good, eh? You're doin fine. Glad to know it, Milo.

— So?

— So I thought… you know… Me being your very own da' and all, and you havin come up in the world, so to speak… doin even better than your own da'…

— I don't believe it… Is *dat* why you got in touch wit me?

— Well, I admit I thought you might see clear to givin your old man a hand. Makin him a loan, like.

Silence. Declan propose à Milo un verre de whisky. Ne recevant pas de réponse, il s'assoit et boit lui-même à la régalade.

– J'ai vu dans les journaux que t'étais r'venu vivre à Montréal. Fait que j'ai appelé les renseignements… – Dans les *journaux*? – Ben oui, 'garde…
– Pis? – Pis! Pis ça marche ben pour toé, hein? La vie t'sourit, ça m'fait ben plaisir, Milo. – Pis? – Pis j'm'suis dit… vu que… vu que j'suis ton père, que tout va ben pour toé, pis même mieux si j'peux dire que pour ton prop' père… – J'en crois pas mes oreilles… C'est pour *ça* qu'tu m'as appelé? – Ben, certain que… j'me suis dit que… tu voudrais donner un coup de main à ton père… lui faire, comme, un prêt…

— I told your ma I'd maybe ask you for a little help, and she said it was a good idea.

Un électrochoc.

— My moder's *alive*?

— Sure… Why should everybody be dead? We ain't even old yet. We keep in touch. When you were born I promised her I'd take care of you and I did.

— You took *care* of me? I'm tirty years old, I meet you for de first time in my life and you sit dere and look me in de eye and say you took *care* of me?…

— Yeah, you know… I stayed in touch with the agency… I always kept track of the foster homes they put you in… And if I heard your foster parents were beatin you too bad, I made sure they moved you somewhere else… None of that for me! Strangers, hittin my own son! No, sirree! I kept my promise to your mom…

— My Indian name.

— Yeah, Nita gave you a Cree name, too. That's right.

— J'ai dit à ta mère que j'te d'mand'rais p't-êt' de l'aide, pis elle a dit que c'tait une bonne idée.
— Ma mère est *en vie*? – Certain… Pourquoi tout le monde serait mort? On est pas si vieux qu'ça, tu sauras. On reste en contac'. Quand t'es né, j'y ai promis d'm'occuper d'toé, pis c'est ça qu'j'ai faite. – Tu t'es *occupé* d'moé? J'ai trente ans, j'te vois pour la première fois d'ma vie, tu peux me r'garder dans les yeux pis m'dire que tu t'es *occupé* d'moé?… – Ben quand même! J'suis toujours resté en contac' avec l'agence… J'ai jamais perdu la trace des familles où y t'mettaient… Si j'entendais dire que tes parents d'accueil te battaient trop, je d'mandais qu'on t'mette ailleurs… Des inconnus qui battent mon fils, pas question! Ben non, ça va pas, ça! Fait que, tu vois, j'ai ben tenu la promesse que j'y ai faite, à ta mère… – Mon nom indien. – Ouais, a t'a donné aussi un nom cri, Nita. T'as raison.

— What was it?

— Huh?… It's been ages… Got it written down somewhere. Prob'ly find it in that chest of drawers, if you wanna take a look. Or you can call her up and ask her for yourself. She's back on the res now, up North. Happy to give you her number, if you can afford long distance calls… *I* sure can't!

— I don't believe you.

— She wrote to me last week. Go see for yourself if you don't believe me. Letter's right there in the bedroom.

Milo se lève et traverse la pièce au ralenti en direction de la chambre. La voix d'Awinita entre dans nos oreilles et monte en crescendo : *What ya doin in the dark, little one? Come wit me! Come wit your mom!… Fear noting, son. The sacred is neider above nor below you… Don worry bout God or de devil… Every time you do someting it's a prayer… Your Cree name means Resistant. You gonna need to resist, little one. You gonna need to be strong… What ya doin in de dark, little one?*

Dans la chambre, la caméra suit le regard de Milo, se balançant en une *ginga* de capoeira depuis le plafond

---

— C'tait quoi ? – Hein ?… Hou, ça fait un bail… J'l'ai ben écrit que-qu'part. C'est p't-êt' dans' commode, là, si tu veux j'ter un coup d'œil. Ou ben tu peux y poser la question direct. Elle est retournée su' la réserve, dans l'Nord. J'ai son numéro, si tu peux t'payer des appels longue distance – *moé*, j'peux pas, c'est certain ! – J'te crois pas. – Vas-y voir, si tu m'crois pas. A m'a écrit la semaine dernière, elle est jus' là, sa lettre. À côté, là, dans' chambre.

– *Qu'est-ce tu fais dans l'noir, mon p'tit ? Viens avec moi ! Viens avec ta maman !… Aie pas peur de rien, mon fils. Le sacré, y est ni au-dessus ni en dessous de toi… Tracasse-toi pas au sujet de Dieu ou du diable… Chaque chose que tu fais est une prière. Ton nom cri veut dire résistant. Va falloir que tu résistes, mon p'tit. Va falloir que tu sois fort… Qu'est-ce tu fais dans l'noir, mon p'tit ?*

(fissures et toiles d'araignée) jusqu'au sol (cendriers qui débordent, habits épars raides de crasse). Le lit n'a pas été fait depuis des mois. Un cageot d'oranges sert de table de chevet. Sur le cageot, une enveloppe.

Indien au pied léger, fils de sa mère, Milo traverse la pièce et prend l'enveloppe. Gros plan sur l'écriture maladroite, enfantine. Le nom et l'adresse de Declan… Montréal écrit Muntreal… Voici quelques jours à peine, la main d'Awinita a tracé ces mots… Milo touche presque le corps de sa mère… Lentement il retourne l'enveloppe, sort la feuille de papier qu'elle contient, la déplie et commence à la lire. À nouveau on entend la voix d'Awinita… mais de loin maintenant, une voix basse et résonante.

Hi mister Cleaning-Fluid
glad to hear you found your son.

Milo replie la feuille de papier. La remet dans l'enveloppe. Repose l'enveloppe sur le cageot. Va à la porte. Éteint la lumière. Quitte la pièce. Quitte l'immeuble…

T'en fais pas, Astuto. Toute façon, ça n'aurait servi à rien de te rendre réellement, physiquement à la réserve isolée de Waswanipi, tout là-haut dans le Nord, pour rencontrer Awinita… Elle allait sur ses cinquante ans, sans doute était-elle devenue obèse et alcoolique… De quoi auriez-vous pu discuter ensemble ? Je veux dire… elle te parlait depuis toujours, ta mère. Pour rien au monde elle ne t'aurait abandonné.

Salut, monsieur le Détachant / t'as retrouvé ton fils, ça me fait plaisir.

NEIL, 1927

Plusieurs années se sont écoulées. On retrouve Neil à trente-cinq ans, installé dans son nouveau bureau à l'étage. Il porte déjà des lunettes de lecture et sa barbe rousse est striée de gris. Les rayonnages derrière lui sont vides ; au sol, ouvertes mais non déballées, se trouvent des caisses de livres dont les étiquettes indiquent qu'elles viennent d'arriver en bateau depuis l'Irlande. Neil essaie désespérément de se concentrer malgré les bruits de la famille qui lui parviennent du rez-de-chaussée...

On coupe.

Plus tard le même soir. Au souper sont rassemblés Marie-Jeanne, hyper-enceinte, Neil, hyper-abattu, et une demi-douzaine d'enfants morveux et gigotants d'âges divers, depuis des bambins encore vagissants jusqu'à cette grande fillette de six ans, dont l'attitude déjà autoritaire la désigne comme Marie-Thérèse.

— Tourne ta fourchette dans l'aut' sens, Sam, dit celle-ci.

— You're not my mother.

— Do what she says, Sam.

— She gets on my nerves.

— T'es pas ma mère. — Fais c'qu'elle dit, Sam. — A m'tape sur les nerfs.

— T'entends ce qu'il dit, môman?

— Allez. Reste tranquille ma chérie, c'est pas ben grave.

— Pass the butter.

— On dit s'te plaît.

— Please.

— S'te plaît quoi?

— The butter, goddammit.

— Attention à ta langue!

— J'ai pus faim, môman.

— Môman, j'peux-tu quitter la table?

— Que c'est qu't'en penses, Neil?

— Far as I'm concerned, they can leave the house.

— C'est pas drôle.

— No, it's not funny.

— T'es pas sérieux.

— No, I'm not serious. It's a line from this new poem I'm trying to write. Some people write *what rough beast is slouching toward Bethlehem to be born*, others write *far as I'm concerned they can leave the…*

— Aïe, môman! Antony m'a pincée!

— Demande à ton fils s'il a pincé sa sœur!

— Did you pinch your sister, Antony?

— Not very hard. She kicked me yesterday.

— Passe-moi l'beurre.
— S'il te plaît.
— Le beurre, ostie.
— En ce qui me concerne, ils peuvent quitter la maison.
— Non, c'est pas drôle.
— Non, j'suis pas sérieux. Je ne fais que réciter un vers d'un nouveau poème que j'essaie d'écrire. Certains écrivent *Quelle bête rugueuse traîne-t-elle vers Bethléem pour naître?* pis d'autres, *En ce qui m'concerne ils peuvent quitter la…*
— Antony, as-tu pincé ta sœur? – Pas fort. Pis elle, a m'a donné un coup d'pied, hier.

— That's too long ago. You can't pinch her today because she kicked you yesterday ; otherwise it's civil war.

— What's civil war, Daddy?

— Well you know, back in Ireland…

— Ah, non! Pas encore l'Irlande!

— Bouh, bouh… pas encore l'Irlande!

— Toute façon, on parle pas la bouche pleine.

— Marie-Thérèse, c'est pas à toi d'corriger ton père.

— Pourquoi les adultes ont l'droit pis pas nous aut' ?

— Parce que c'est comme ça, pis j'compte sur toé pour donner l'exemp' !

— Oui, môman.

— Goody-goody.

— Now, William…

— What's the matter?

— Don't insult your big sister.

— It's not an insult, it's the truth.

— Well, as your namesake Willy Yeats once told me, one needs to be careful of the time one chooses for truth-telling.

— Oh, là, là, pas encore son Willie Yeats! J'en peux pus môman, des histoires de papa avec son Willie Yeats!

Neil voit rouge. Il se met debout.

– Hier, c'est trop loin. Tu peux pas la pincer aujourd'hui pour un coup d'pied qu'elle t'a donné hier, sinon c'est la guerre civile. – C'est quoi la guerre civile, papa? – Eh bien, il n'y a pas si long-temps qu'ça, en Irlande…
– Sainte nitouche. – Eh! William… – Qu'est-ce qu'y a? – Faut pas chicaner ta grande sœur. – J'la chicane pas, j'y dis la vérité.
– Eh bien, comme me l'a dit un jour ton homonyme Willy Yeats, il faut bien choisir son moment pour dire la vérité.

308

— Oh, yeah? Well then… If I can no longer talk to me own feckin family about me own feckin friends…

Et dans un barrissement de rage virile, il renverse la table du souper et jubile tandis que ses rejetons s'égaillent en piaillant comme des porcelets. Soudain, un autre cri s'élance au-dessus de la clameur générale : Marie-Jeanne vient de perdre les eaux. Gros plan sur son visage, aux traits déformés par la peur… puis sur le visage de Neil qui se rembrunit de honte…

ON COUPE.

Extérieur nuit, au cœur glacial des ténèbres, deux ou trois heures du matin. Marie-Louise, nettement plus âgée que la dernière fois, sort de la maison. Neil titube un peu, épuisé à force de faire les cent pas devant la maison. Il cogne sa pipe contre la pierre du perron pour la vider, et écrase de son talon les petites étincelles sur le sol.

— Alors ? demande-t-il à la sage-femme.

— Un p'tit rouquin.

— Ah ! un gars !

— Oui. Vous allez en faire encore un anglo ?

— Pas seulement ! Pas seulement ! Celui-là, je vais en faire mon héritier.

— Ah bon, pour vrai ? Me semble qu'la maison pis les terres c't encore ent' les mains d'vos beaux-frères, non ?

— Moi, Marie-Louise, je parle d'un legs *spirituel*. Ce fils-là, je vais en faire l'héritier de mes *livres*. L'héritier de mes *idées*. L'héritier de mes *rêves*.

— Pis vous allez l'app'ler comment, c't' héritier-là ?

_____

– Ah oui ? Tabarnak ! Si je ne peux pas parler de mes propres amis avec ma propre famille…

— Declan.

— Drôle de nom.

— Ça veut dire *plein de bonté*.

— Bon, ben, en attendant, vous pouvez déjà aller faire sa connaissance…

Et Marie-Louise – cheveux blancs, uniforme blanc, bonnet blanc – de s'éloigner dans la nuit noire.

AWINITA, JANVIER 1952

Comme toujours, nous sommes dans le corps d'Awinita. Voilà six mois que l'enfant de Declan grandit dans notre corps et partage le système sanguin dans lequel nous injectons chaque jour de l'héroïne. Oscillant et vacillant, nous descendons l'escalier à la suite de notre dernier client, gros petit sexagénaire à la calvitie avancée, genre représentant de commerce en aspirateurs, proche de la retraite. Sans se retourner pour nous remercier ou nous souhaiter une bonne journée, il traverse le bar à grands pas élastiques et sort dans le jour naissant, toute son allure exprimant un *Bon débarras* dont on aurait du mal à dire s'il s'applique à son sperme ou à la femme qu'il vient de payer pour l'en délester.

Après nous être hissée sur un tabouret, nous nous effondrons sur le comptoir, la tête abandonnée sur nos bras repliés, espérant plus ou moins qu'Irwin le barman nous apportera un café comme il le fait parfois quand on n'a pas fermé l'œil de la nuit. Mais ce que nous apporte Irwin aujourd'hui ce n'est pas du café, c'est une nouvelle.

Gros plan sur la boucle de sa ceinture qui se rapproche de nous en longeant le comptoir et s'arrête à quelques centimètres de notre nez.

— Deena got hers.

Nous nous redressons. Comme dans la première scène, nous voyons notre reflet dans la glace derrière le comptoir. Entourés de cheveux blond et noir, nos traits sont figés. Aucun point d'interrogation ne brille dans nos yeux.

— I just told Liz and she's mad as hell. Serves the little bitch right, though. You girls *know* you're not s'posed to see your johns on the side. You *know* it. It's for your own sake, Jesus Christ. But she couldn't resist the idea of makin some extra dough, so she followed this guy up to his place. After rapin her with a broken bottle or somethin, he strangled her and tossed her out the window. Strokaluck, the cop who found her's a regular here – he came and told me, quietlike, while she was bein hauled off to the morgue. *Native Female, Unidentified*, we decided to call her. I can't be*lieve* you guys. You too, Nita. I know you been forkin out

---

– Deena s'est faite ramasser.

– J'viens de l'dire à Liz, là, pis là, est en criss. Mais c'est ben fait pour la p'tite bitch. On vous l'a dit cent fois, de pas fréquenter les clients à l'extérieur. Si on vous l'dit, c'est pour vot' bien, sacrament! Mais Deena, a l'a pas pu résister à l'envie d'faire que'ques piastres de plus, fait qu'a l'a suivi un type chez lui. En premier il l'a violée avec une bouteille cassée ou j'sais pas quoi, pis il l'a étranglée pis balancée par la f'nêtre. Par chance, le policier qui l'a trouvée, c't un régulier ici, y est v'nu me l'dire tout bas pendant qu'on l'emmenait à la morgue. *Indigène de sexe féminin, identité inconnue*, qu'y ont décidé de l'app'ler. Vous êtes folles, vous aut', j'vous comprends pas. Toé, c'est pareil, Nita. J'sais qu't'allonges pour ton ivrogne d'Irlandais. Y peuvent être dangereux, ces gars-là. C'est pour ça qu'j'suis là, moé – pour vous protéger, pas jus' pour vous espionner pis pour prend' mon pourcentage… Fais attention, sinon tu vas finir comme Deena, nue et morte dans l'caniveau.

to that Irish lush o'yours. Those guys can be dangerous, man. That's what I'm here for – to protect you, not just to spy on you or take my cut… You're not careful, you'll end up like Deena, a naked corpse in the gutter.

Dans la glace, notre visage immobile se transforme en masque noir avec deux trous énormes à la place des yeux et un trou béant en guise de sourire.

Plus tard dans la matinée, à quelques pas de là : un café rue Sainte-Catherine. Installée devant sa tasse de café intouchée, Awinita fixe une moucheture dorée dans la table en formica. Declan serre fort ses mains dans les siennes.

— Jesus Christ, Nita. Holy Moses. Oh, shit. Deena's dead? Holy shit, I can't believe it. Baby, we gotta get you *outta* that dump. And I mean *now*, before you have our child. We just can't take the risk, Nita. Deena strangled, Jesus, I can't believe it. Dja you know her family?

— How could I? I'm Cree, she Mohawk. Our reserves are days apart.

— OK, OK! Don't look at me like I was an idiot! I got enough women in my life look at me that way – you listening to me, Nita?

— … Yeah.

— Bon Dieu, Nita… Tabarnak de criss de câlisse, est morte, Deena? J'crois pas à ça. Écoute, faut qu'on t'*sorte* de là, pis *vite*, Nita, avant la naissance du bébé. On peut pas s'permett' de risquer… Deena étranglée, doux Jésus, j'arrive pas à l'croire. Tu connais-tu sa famille? – Comment veux-tu…? Moé, j'suis crie, elle était mohawk. Nos réserves, c'est à des journées de distance. – OK, OK! Regarde-moé pas comme un idiot! Y a ben assez de femmes qui me r'gardent de même… Tu m'écoutes-tu, Nita? – … Ouais.

Après avoir vérifié qu'aucune serveuse ne l'observe, Declan sort son flacon et s'envoie une lampée de whisky.

— Well, you better be listening. Once we're married, I want this talkin-back to stop, that clear?

Silence.

— You should get off the game, Nita, find some other line o'work. I mean, look what happened to poor Deena, Jesus.

Gros plan sur nos deux mains inertes sur la table – et, près d'elles, la moucheture dorée dans le formica. Cette image se prolonge plusieurs secondes… puis ON COUPE.

Le même soir, dans la petite chambre crasseuse au-dessus du bar. Notre nouveau client dépose dix dollars sur la table sous la fenêtre et commence à se déshabiller. C'est un homme d'affaires anglo dans la cinquantaine, grand et svelte, aux cheveux silex. Montre en or, épingle de cravate en or (le type d'élégance que toi et moi on a toujours exécrée, Milo). Quand il marche vers nous, son pénis gonflé bat le rythme de ses pas :

— My name's Don, annonce-t-il. What's yours, my lovely?

ON COUPE.

Quelques instants plus tard, le visage de l'homme en proie à l'orgasme.

Silence.

Un peu plus tard encore, allongé dans le lit à nos côtés, Don caresse notre ventre rond.

— Eh ben, t'as intérêt à m'écouter. Une fois qu'on va être mariés j'veux pus qu'tu m'répondes de même, okay?

— Tu devrais lâcher ça, Nita. Te trouver une autre job, n'importe quoi. 'Garde, j'veux dire! 'Garde ce qu'est arrivé a' pauv' Deena! Sacrament.

— Moi, c'est Don [...] Et toi, ma jolie?

— So has this baby got a dad, Nita?

— Not mucha one.

— When are you due?

— Coupla monts, I tink.

— Pregnancy going all right?

— Wha'? Yeah, sure. No problem.

— What will you do with the child once it's born? Will you raise it yourself?

— Nah… I give it up so a family can take care of it.

— And then?

— Den what?

— Yes, then what?

— …

— What will you do next, my lovely?

— Keep on workin, I guess.

— Wouldn't you like to earn more money than you do here?

— Sure.

— Wouldn't you like to buy yourself some pretty clothes? Be able to go to the hairdresser's every now and then?

— …

— Look at me, Nita.

— Dis-moi, Nita… il a un papa, ce bébé? — Presque pas. — Il doit naître quand? — Encore deux trois mois, j'crois. — La grossesse se passe bien? — Comment? Ouais, ouais… pas d'problème. — Et… tu feras quoi de l'enfant? Tu veux l'élever toi-même? — Nan… j'vas l'donner à adopter. — Et après? — Quoi après? — Oui, quoi après? — … — Tu veux faire quoi après, ma jolie? — Ben… r'prend' le travail, j'suppose. — T'aimerais pas ça, gagner plus que ce que tu gagnes ici? — Certain. — T'aimerais pas ça, pouvoir t'acheter des choses? de jolis vêtements, du maquillage et de beaux bijoux? Aller chez le coiffeur de temps en temps? — … — Regarde-moi, Nita.

Nous le regardons dans les yeux.

— Can you kiss me, Nita?

— Nah… I don't do kissing.

— Look at me, sweetheart. Can you kiss me on the lips? Can you?

Au ralenti, notre visage s'approche du visage rasé de près de ce salopard d'inconnu d'homme d'affaires blanc américain aux cheveux gris. Très gros plan sur les pattes-d'oie au coin de son œil gauche.

— Ah… that was marvellous. Know what I think, Nita? I think you should be working in a classier place than this one. Don't you agree?… Do you trust me, Nita? Just say the word and I'll give you a room of your own in my penthouse. You'll earn better money, and be able to buy everything your heart desires.

Awinita tend les mains vers elle-même, en un geste de confiance absolue.

— Tell me, my lovely, will you come to me soon as you've had your baby?

— OK.

— Oh, Nita! You make me so happy! Give me another kiss, my darling, to seal the agreement between us.

– Tu peux m'embrasser, Nita? – Nan… J'embrasse pas. – Regarde-moi, ma belle chérie. Tu peux m'embrasser sur les lèvres? Essaie pour voir?

– Ah… c'était fantastique, ça. Nita, tu sais ce que je pense? Je pense que tu mériterais de travailler dans un endroit plus classe qu'ici. Tu n'es pas d'accord?… Tu me fais confiance, Nita? Tu n'as qu'à dire le mot, je te donne une chambre dans mon penthouse… Tu vas pouvoir gagner des vrais sous… et acheter tout ce qui te chante!

– Dis, ma jolie, tu viendras chez moi après la naissance de ton bébé? – Okay. – Oh, Nita! Tu me rends tellement heureux! Embrasse-moi encore, ma merveille, pour sceller l'accord entre nous.

Cédant à la fatigue, à la drogue, à l'espoir, et à la sensation d'être redevenue petite fille, nous nous abandonnons à l'étreinte de l'homme et le laissons couvrir de baisers notre visage, notre cou, nos seins, notre ventre arrondi.

Des arbres se balancent avec de grands gestes conspirateurs de leurs branches. Leurs feuilles sont brillantes et belles, nettement découpées. Parmi elles, un visage se dessine. D'abord il fronce les sourcils. Puis il sourit.

— Yes, disons-nous. Yes. Yes. Yes. Yes. Yes. Get me out of here, Don. Yes…

Comment tu vas, Astuto ? La machine continue d'avancer, les rouages de tourner, le projecteur de projeter, le connecteur de connecter, les générations de s'entrecroiser… et l'on pressent que, sous peu, tout le saint-tintouin va se terminer. J'ai toujours trouvé inouï que les humains soient programmés pour réagir émotionnellement aux récits. Arrivés aux deux tiers d'à peu près n'importe quel film ou roman – sauf si on a fait exprès de les assommer, genre *L'Année dernière à Marienbad* –, ils commenceront à s'émouvoir. Là, on est bien au-delà des deux tiers ; à vue de nez on doit en être aux neuf dixièmes.

On a bossé toute la nuit. Regarde, le ciel passe de gris foncé à gris clair : normal, on est à Montréal au mois de novembre. Le soleil se lève. Façon de parler. Le soleil ne bouge pas, c'est la Terre qui bouge. Bientôt les infirmières débarqueront avec le petit-déjeuner. Dis donc, Milo, tu dois être mort de faim. Moi, non, je n'ai plus d'appétit… Sauf pour baiser,

---

– Oui… […] Sors-moé d'ici, Don. Oui…

bien sûr. Viens, embrasse-moi… Oh… comme dirait Don… c'était fantastique, ça!…

Astuto, j'ai un coup de barre terrible. Je vais m'allonger, moi aussi, si ça te dérange pas. Non, non, pas la peine de te pousser, je prends pas de place… J'ai juste besoin de me reposer un instant.

X

BICHO FALSO

Littéralement, bête fausse. Traduisible par trompeur, fourbe, un compliment pour un capoeiriste.

MILO, 1990-2005

Eugénio est devenu ton fils, Astuto. Qu'un bâtard irlando-québéco-cri ait pour fils un Afro-Brésilien, quoi de plus normal? Même si tu ne l'as pas adopté légalement, c'était ton enfant, et tu t'occupais mieux de lui que de toi-même.

L'enquête que tu as menée au sujet de sa mère n'a abouti qu'à un croquis bien maigre, mais les quelques traits que t'a fournis la police à contrecœur – adolescente, prostituée, morte – te suffisaient largement. C'est à la folie, le mot n'est pas trop fort, que tu aimais ce garçon. Tu cherchais et trouvais mille prétextes pour revenir au Brésil, disais oui à n'importe quelle proposition de travail susceptible de t'y ramener, même de merdiques publicités touristiques sur les plages d'Arraial d'Ajuda ou Porto Seguro. Le reste du temps, tu apprenais le portugais, te tenais au courant des bulletins scolaires d'Eugénio, envoyais de l'argent à sa mère d'accueil et quémandais en échange des photos de l'enfant.

Eugénio a réussi ce miracle : coudre ensemble en un beau patchwork les morceaux disparates de ta vie. Tu frôlais la cinquantaine, Milo amour. Ta belle énergie sauvage baissait, mais tu la voyais monter dans ton fils. La force que tes muscles perdaient, les siens l'acquéraient. Et le trou noir te happait moins souvent, car la pensée d'Eugénio te mettait la joie au cœur.

Scènes de ces années-là, par éclairs : Milo et Eugénio, en pantalon blanc tous deux, marchant ensemble dans la favela de Saens Penha. Ils bavardent, éclatent de rire… On les retrouve dans un cours de capoeira à l'académie Senzala. Les cours se déroulent tout en haut du modeste Club Olympic à Copacabana dont la salle de répétition est construite autour du roc nu d'une toute petite montagne. À regarder son protecteur canadien feindre, ruser, tournoyer et lancer des coups de pied, le garçon a les yeux qui brillent.

Pour moi, ces années étaient celles de la gloire. Notre film *Science et Sorcellerie* a été primé et ma carrière a décollé d'un coup, soudain j'étais fêté et sollicité à droite à gauche. J'avoue que cette célébrité éphémère ne m'a pas laissé indifférent : jamais le gamin juif de Buenos Aires, si timide et inadapté, n'aurait cru qu'il passerait cinq ans à voyager en classe affaires, de Sundance à Berlin et de Venise à Locarno, à siffler du champagne, à fumer des cigares cubains et à regarder grossir le solde de son compte en banque. On se voyait moins souvent, toi et moi, mais notre amour renaissait à chacune de nos retrouvailles, aussi magnifique que le premier jour. On baisait encore comme des dieux (pas Yahvé! pas Allah! pas Notre-Seigneur tout-puissant… mais les dieux païens les plus lascifs de la Grèce et la Rome antiques).

Les éclairs ralentissent. Nous voilà en l'an 2005.

Scène avec Milo et Paul sous la douche (excuse-moi mais je ne résiste pas au désir de le faire, rien qu'une fois). Il se peut que Paul, s'étant régalé ces derniers temps dans les bars et les restaurants d'une douzaine de festivals, ait acquis une toute petite brioche, mais point n'est besoin d'insister là-dessus. En pleine confiance, en pleine folie de désir après plus d'un quart de siècle d'amour, les deux hommes se savonnent la queue et la raie, s'embrassent sous le jet d'eau chaude, mêlent salive et eau sur leurs lèvres et leurs langues, se retournent pour se masser les épaules et les reins.

— Been too long since we worked together, baby, fait Paul dans un murmure.

La caméra s'intéressera, pendant qu'ils baisent, à des motifs formés sur la vitre de douche par la vapeur et les gouttelettes d'eau.

— I got an idea, dit Milo un peu plus tard, en fermant les robinets. We should do a film about capoeira in de favelas. Eugénio could star in it – he's almost fifteen, you know. De kid's incredible.

— Nah… Capoeira's everywhere these days. Video games, cartoons, you name it – even Catwoman does capoeira, for Christ's sake! You know? I mean, it's a complete cliché.

Ils s'essuient l'un l'autre, dans la spacieuse salle de bains en marbre de la suite hôtelière de Paul. (Peu importe où se trouve l'hôtel en question. Ça peut être Miami, L. A…)

– Ça fait trop longtemps qu'on a bossé ensemble, mon adoré.
– J'ai une idée […] On devrait faire un film sur la capoeira dans les favelas. Eugénio pourrait jouer le rôle principal, il a presque quinze ans, tu sais! Il est incroyable. – Nan… De nos jours, on sert la capoeira à toutes les sauces. C'est dans les jeux vidéo, c'est partout… même Catwoman fait de la capoeira! Tu vois… c'est devenu un cliché.

— No, not dat, dit Milo. A political document, you know? *Capoeiras* used to be Black kids who picked fights. It was always about delinquency and disorder, rebellion and resistance. De film could start out wit de Black slaves in Brazil, how dey revived de music from all over de African continent and mixed it up wit local Indian rhydms. For dem de dance was a *weapon*, man! For dem it was a *language*. Dose slaveowners scattered families and mixed different tribes togeder to keep people from talkin to each oder, but deir bodies still could talk. Deir bodies still could understand each oder.

— Like ours.

— Eugénio could be de young hero. He's taller dan me now! You wouldn't recognize him, man!

— Actually, Milo, it's not unusual for children to grow between the ages of four and fourteen. And uh… I hate to point out the obvious, but height is not my sole criterion for hiring actors.

– Non, pas comme ça [...] Moi, je parle d'un documentaire politique, tu vois? À l'origine, les *capoeiras*, c'étaient les voyous noirs. C'était un mot qui disait le désordre et la délinquance, comme une forme de résistance. Faut raconter comment les esclaves noirs du Brésil ont réveillé les musiques de tout le continent africain et les ont mélangées avec des rythmes amérindiens. Pour eux, bouger comme ça, c'était une *arme*. Pour eux, c'était un *langage*. Les esclavagistes, ils ont éparpillé les familles et mélangé les gens de tribus différentes pour qu'ils puissent pas se comprendre, mais ils communiquaient par le corps! Ils se parlaient par le corps! – Comme nous. – Eugénio pourrait jouer le jeune héros. Il est plus grand que moi, tu sais! Tu ne le reconnaîtrais pas. – Tu sais, Milo, c'est assez fréquent que les enfants grandissent entre quatre et quatorze ans. Et... désolé mais... la taille, c'est pas mon seul critère pour choisir les acteurs de mes films.

— OK, I know you tink I'm biased cause I'm his godfader… but come see for yourself! It'll take you tree seconds to see I'm right. He's got his green belt already, he's a phenomenon! I swear he could do it. If you're not sure, do a screen test. We'd write de script togeder. Tree monts workin togeder on location in Rio. Hey, man, it'd be a ball.

— Three months? Sure, I think I can easily fit that into the spring of… say, 2020.

Ayant passé des peignoirs beiges identiques, les deux hommes s'installent dans le salon, près d'une table basse en verre. Ils boivent, sec, du whisky irlandais.

— Do a screen test, insiste Milo. You can find time for dat, can't you, you stingy Jew?

Je n'aurais pas dû rire. Je n'aurais pas dû t'écouter. Je n'aurais jamais dû revenir avec toi à Rio, Milo. Très grosse erreur…

On coupe.

On retrouve Paul et Milo dans la salle d'entraînement du Club Olympic de Copa. La caméra est installée dans le même coin que le chanteur et les musiciens. La *toque* est lancée, la *roda* se forme, les *gingas* démarrent. Sous la direction du *mestre*, des

---

— Okay, tu penses que c'est parce que je suis son parrain, j'comprends… Mais viens le voir par toi-même, tu verras que j'ai raison au bout de trois secondes. C'est fou comme il est doué, Eugénio. Je te jure qu'il est capable. Si tu en doutes encore, tu peux faire un essai… On écrirait le scénario ensemble. Trois mois à tourner en décors réels à Rio, ça serait le fun, non? Comme dans le bon vieux temps! – Trois mois? Rien de plus facile! J'ai un beau gros blanc dans mon agenda, là, aux alentours de… 2020.
— Voyons, rien qu'un essai. Tu peux trouver le temps de lui faire passer un essai, espèce de gratteux de juif?

adolescents à la peau sombre et en pantalon blanc exécutent une série formelle de coups de pied, de torsions, de sauts et de soubresauts, suivant toujours le rythme, suivant toujours le chant, le bras gauche remontant régulièrement devant le visage pour le protéger. Eugénio se détache du groupe, si rapide et souple qu'il semble sans poids. Depuis l'autre bout de la pièce, les deux hommes le regardent : Milo en prenant des notes, Paul en ne faisant rien du tout. Il est tétanisé par la grâce du gamin…

On coupe.

Tôt le lendemain matin, avec Milo à l'atabaque, Eugénio danse seul sur la plage de Copacabana. Paul filme ses sauts, ses coups de pied, ses roues spectaculaires. (J'aime bien l'idée que notre film se termine comme il a commencé, par un homme dansant seul au bord de l'eau.) Au bout d'un moment, gros plan sur le visage de Milo : pour la première fois depuis son séjour à l'orphelinat il y a un demi-siècle, il a les larmes aux yeux.

Un studio à Glória. Paul filme Eugénio tout en lui donnant des ordres ; au besoin, Milo les traduit à voix basse en portuguais.

— Terrific… Could you just, like, walk across the room ? Good, great… Now, turn around… Smile at someone beyond my left shoulder… Yes. Terrific smile, thank you… Now, if I give you something to

---

— Parfait… Et là, tu veux bien, juste, marcher à travers la pièce ? Super, parfait… Okay, retourne-toi… Souris à quelqu'un derrière mon épaule gauche… Oui. Super-sourire, merci… Et là, pour l'essai au son, si je te donne un texte à lire. Regarde, prends ce journal… Tu peux nous lire le début d'un article, n'importe lequel ? Tu comprends ? Milo, tu peux lui demander de nous lire quelque chose ?

read for a sound test – anything at all, here, take this newspaper, would you mind reading me the beginning of an article, any article ? Do you understand ? Can you ask him to read something for us, Milo ?

Eugénio n'arrêtait pas de te lancer des regards nerveux. Mais comme tu hochais la tête pour l'encourager, il a continué de m'obéir malgré son malaise. Moi aussi j'étais mal à l'aise, Milo. J'aurais dû suivre mon instinct et mettre fin à cette situation dès que j'ai compris ce qui se passait (c'est-à-dire au bout de deux minutes), mais je ne l'ai pas fait. Par amour pour toi nous nous sommes forcés à continuer, Eugénio et moi. L'essai a donc duré les trois quarts d'heure habituels.

Il s'exécutait, mais je voyais bien qu'il devait se faire violence pour se soumettre aux ordres d'un Blanc bien sapé, à la calvitie naissante… et, d'accord, doté d'une toute petite brioche. La scène devait lui rappeler des gravures sur l'esclavage, vues dans ses manuels scolaires. Toi, pas de souci : il te connaissait depuis toujours et t'adorait, tu étais sinon black du moins basané, et avais grandi comme lui dans la pauvreté. De plus, tu étais incollable non seulement sur la capoeira, mais sur *tous* les sujets importants de ce bas monde : le rap ! le crack ! le foot !

Quant à moi, j'étais blanc et riche. À la différence de toi, qui devais accepter tout contrat si minable soit-il susceptible de te ramener au Brésil, je pouvais aller et venir à ma guise : atterrir à Rio un jour pour en décoller le lendemain, sélectionner le garçon qu'il m'amusait de propulser vers la gloire et laisser les autres mariner dans leur misère… En d'autres termes, Milo, j'étais l'ennemi.

Mais ce n'est pas tout… Je suis à peu près sûr que les amis d'Eugénio nous ont vus ensemble au

Centro, nous tenant par la main ou… nous touchant… tu sais, comme on ne peut s'empêcher de se toucher quand on est ensemble. Ils seront rentrés lui raconter que tu étais pédé, le railler pour sa tantouze de parrain… se moquer de toi, mimer nos caresses… Oui, plus j'y pense, plus il me semble qu'Eugénio était déjà crispé et maussade en arrivant au studio cet après-midi-là. Furieux contre moi de t'avoir rendu moins homme à ses yeux… et, pire, aux yeux de ses camarades.

ON COUPE.

ON COUPE, zut et merde !

Le même soir… Après l'essai, tu es monté à Saens Penha en me prévenant que tu rentrerais tard, la mère d'accueil d'Eugénio t'ayant invité à dîner… Quant à moi… tiens, je ne t'ai jamais raconté ce qui s'est passé, c'est vrai, ça !

Le *Café do Forto Colombo*, établissement chic aux azulejos bleu et blanc et aux tables de marbre, fait partie du fort militaire construit sur le promontoire entre Ipanema et Copacabana. À une exception près, tous les sandwichs au menu sont nommés d'après d'éminents écrivains et hommes d'État brésiliens. Paul Schwarz avait commandé l'exception : la "Statue de Drummond", trouvant sympathique et cocasse qu'un sandwich porte le nom d'une statue. En costard rose ce soir-là et très préoccupé, ses soucis creusant de profonds sillons dans l'étendue dorée de son front (oui, oui, on récrira ce passage plus tard), il y termine son snack solitaire, s'essuie les lèvres avec une serviette en lin, allume un cigare. Le café est sur le point de fermer, les serveurs le pressent de partir, alors il avale sa dernière goutte de cognac, règle son repas avec une carte de crédit et reprend

328

son chemin le long du promontoire. À vingt heures en novembre il fait nuit noire déjà (à vrai dire il y avait peut-être une lune, je ne me rappelle pas) ; la longue et belle courbe de la plage de Copacabana est invisible. La promenade est ponctuée de canons et Paul ne peut s'empêcher de les voir comme de longues bites noires et métalliques dressées entre deux couilles noires et métalliques pour gicler des balles noires et métalliques qui tuent... Il a toujours trouvé déprimante cette manie qu'ont les hommes (pas seulement les hétéros) de nier leur vulnérabilité, de durcir leur corps pour le transformer en arme...

Non, on ne peut pas faire ça. Fort militaire de Copacabana, poubelle. Ce serait notre première dérogation au principe narratif de ce film : toujours suivre l'un ou l'autre de nos trois protagonistes.

Hmm...

Tu ne sais pas ce qui est arrivé, n'est-ce pas, Astuto ? N'est-ce pas, amour ? Et si toi, tu ne le sais pas, j'ai bien peur de ne pas pouvoir t'aider, car cet événement quel qu'il fût m'a tué, et, depuis lors, nous nous trouvons dans l'impossibilité de nous fournir de nouvelles informations.

Eugénio se trouvait-il parmi eux ? À la police il a dit que non, mais tu ne le sauras jamais avec certitude. Ses amis ont-ils fait mine de me vendre du sexe, ou de l'héroïne ? Je leur ai donné mon portefeuille tout de suite. Eugénio a-t-il proposé de coucher avec moi, de me louer son cul ? Ses amis ont-ils exigé les codes de mes cartes de crédit, ou ont-ils cherché à savoir si je payerais pour qu'ils me sodomisent ? Je leur ai donné mon portefeuille tout de suite. Ai-je été insulté et moqué, humilié et giflé, bousculé et violé avant de mourir, ou m'ont-ils tué sur-le-champ ? Ai-je senti le flingue d'Eugénio pointé dans mon dos, comme ton grand-père Neil a senti celui du soldat britannique en 1916, square Saint-Étienne à Dublin ? Est-ce lui ou un de ses copains qui a tiré la balle fatale ? Quelqu'un a-t-il entendu le coup de feu ? Ça m'étonnerait. Un fusil d'assaut M-16 ne fait pas de bruit. Tu te rappelles comme on sursautait au début, dans les favelas, chaque fois qu'on entendait une explosion ? Et puis on nous a expliqué qu'il s'agissait de feux d'artifice. À Rio, les réjouissances sont bruyantes et le meurtre est muet. Ai-je eu le temps de leur résister, ou me suis-je effondré comme Thom le cousin de Neil, une tache écarlate s'étalant lentement sur le dos de mon complet rose ? Je leur ai donné mon portefeuille tout de suite.

Peu importe, au fond, Milo merveille. C'est comme tu veux. Tous les mots t'appartiennent, de toute façon. Toutes les voix sont tiennes. Elles seules te consolent, depuis le début : te chuchotant des histoires dans les placards de ton enfance... élaborant des dialogues pour les films télévisés, la nuit au salon... sifflotant dans le noir...

NEIL, 1939

> *What shall I do with this absurdity—*
> *O heart, O troubled heart—this caricature,*
> *Decrepit age that has been tied to me*
> *As to a dog's tail?*

Après-midi sombre de la fin décembre, dans le bureau de Neil à l'étage. Le front appuyé sur sa main gauche, l'auriculaire appuyé sur ses lunettes qui, sans cela, lui glisseraient sur le nez, Neil apprend par cœur *La Tour*, à son sens le plus grand de tous les poèmes de William Butler Yeats. Voici près d'un an que le barde est mort, et Neil se sent toujours en deuil. Il relit inlassablement sa poésie et son théâtre, se remémore leur merveilleuse rencontre à Ballylee, s'efforce de croire que, malgré tous les obstacles, il finira lui aussi par connaître un jour la gloire littéraire – oui, lui, Neil Kerrigan *alias* Noirlac.

Le poème reflète à la fois le désespoir de Yeats de ne plus être jeune et viril, et son refus obstiné d'endosser les vertus faciles, approuvées par la société.

Que faire de cette absurdité – / Ô cœur, ô cœur troublé – cette cari-cature, / Le grand âge décrépit qui s'accroche à moi / Comme à la queue d'un chien ?

Il dit, nonobstant les empiétements de la vieillesse, il sera fidèle à ses folles visions poétiques jusqu'à ce que la mort vienne les disperser, elles aussi. Quand il a écrit *La Tour* en 1926, Willie avait tout juste soixante ans. Neil n'en a que quarante-sept, mais comme il vient d'apprendre qu'il sera bientôt père pour la treizième fois et grand-père pour la première (Marie-Thérèse, qui a épousé Régis l'été dernier à l'âge de dix-sept ans, a informé ses parents ce matin, sans joie particulière mais avec fermeté, qu'un enfant allait leur naître au mois de juin), il sent *le grand âge décrépit* accroché à lui aussi *comme à la queue d'un chien.* Quand ma vie commencera-t-elle? gémit-il *in petto.* Est-ce pire de connaître la grandeur et de la perdre, comme Willie Yeats, ou, comme moi, de ne jamais y goûter?

La voix de Marie-Jeanne lui parvient d'en bas : Neil! Tu descends-tu, amour? Y est pas loin d'cinq heures! Le souper de Noël est presque prêt, pis t'as toujours pas apporté les bûches pour le feu!

On retrouve Neil dans l'appentis – celui dans lequel il vivait autrefois de déchirantes frustrations littéraires – avant d'avoir une *chambre à soi* où les vivre. Il fend du bois. Et fend du bois. Et fend du bois. Pour ce qui est de l'aspect fendre-du-bois de la démarche tolstoïenne, il est déjà passé maître...

On coupe.

La salle à manger des Noirlac en début de soirée. Feu qui crépite dans l'âtre, bougies, couronnes de gui, *et cetera.* Autour de la table est installée la famille au complet : des enfants de tous les âges (pas la peine de leur donner des prénoms que le public oublierait aussitôt), et quatre adultes (dont le jeune Régis, qui a apporté une bouteille de vin pour fêter la grossesse de son épouse), sans parler des deux *nouvelles* personnes en cours de fabrication... À contempler ces vies nombreuses qu'il a engendrées tout en n'écrivant pas de livres (et il ne peut même pas attribuer ceci à cela, car Tolstoï lui aussi avait treize enfants), Neil se sent légèrement nauséeux.

Quand le silence se fait, Marie-Jeanne allume la bougie centrale de la couronne de l'avent.

— À ton tour de dire le bénédicité, Neil chéri.

— *God is good and God is great, Grub is ready, time we ate...* No, sorry, just kidding. We are gathered together this evening to... to celebrate... the birth of... of...

L'image d'encore un *autre* bébé sur le point de naître, même s'il s'agit du Fils de Dieu, lui met le cœur au bord des lèvres.

— Santa Claus, s'écrie Declan, douze ans et déjà polisson.

— Declan! dit sa grande sœur Marie-Thérèse. Tais-toé, c't un blasphème! Tu vas aller en enfer!

— Continue, mon chéri, dit Marie-Jeanne à Neil.

— I'd like for everyone to close their eyes, and observe one minute of silence for the European continent, again in the throes of a terrible war.

— Bang, bang! dit un de ses fils cadets.

— Boom! dit un autre, plus grand.

— *Dieu est bon et Dieu est chouette. Mangeons car la bouffe est prête...* Non, pardon, je fais des farces. Nous sommes rassemblés ce soir pour... pour fêter... pour fêter... la naissance... de... de...[...] — Du père Noël!
— J'aimerais que tout le monde ferme les yeux et observe une minute de silence pour le continent européen, à nouveau en proie à une guerre épouvantable. — Pan, Pan! [...] — Boum!

— Neil, s'te plaît, c'est pas l'moment, lui fait remarquer doucement Marie-Jeanne. Un repas de Noël avec tes enfants, c'est pas l'temps d'parler d'la guerre.

Neil élève la voix : You're right, Marie-Jeanne. There are plenty of other things I could talk about. Like how come *Finnegan's Wake* is deemed a masterpiece whereas my own opus of mixed languages, written twenty-five years earlier, bit the dust. Or how come the Unionists won by an overwhelming majority in Ulster, obliterating all hope of a merger between Northern Ireland and the Irish Free State. Or how come…

— Amen, dit Marie-Jeanne, le coupant.

Aussitôt repris par Marie-Thérèse et Régis, son *Amen* crépite en ricochet autour de la table jusqu'à ce que toutes les bouches l'aient prononcé, en français ou en anglais, à l'exception de la bouche la plus petite, qui ne parle pour l'instant aucune langue.

— Tu veux-tu découper la dinde ? dit Marie-Jeanne en prenant sur elle pour contenir son agacement.

Et le repas de démarrer, cahin-caha : des bols de légumes circulent, mais la joie de Noël, point.

ON COUPE.

Même tablée, une heure plus tard. Gros plan sur la bouteille de vin presque vide. Seuls les hommes y ont touché et, comme ils n'ont pas l'habitude de boire, l'alcool leur est monté à la tête. Régis parle fort et sans retenue ; Neil est devenu franchement grossier.

– Tu as raison, Marie-Jeanne… Y a plein d'autres choses dont je pourrais parler. Par exemple pourquoi *Finnegan's Wake* est salué comme un chef-d'œuvre tandis que mon propre travail de langues mêlées, rédigé vingt-cinq ans plus tôt, est resté lettre morte. Ou pourquoi les unionistes ont remporté les élections en Ulster haut la main, anéantissant tout espoir d'une réunification entre l'Irlande du Nord et l'État libre irlandais. Ou pourquoi…

— Si on fait pas attention, dit Régis, les étrangers vont toute r'prendre nos terres, toute, toute, toute. Toi qui lis tout l'temps, m'sieu Noirlac, t'as pas lu *Menaud maître-draveur* de Félix-Antoine Savard? Ça va s'passer comme ça par icitte, exactement! Y font c'qu'y veulent, les Anglais. Y décident c'qu'y veulent, pis y prennent c'qu'y veulent, pis y font c'qu'y veulent, exactement.

— That's right, marmonne Neil. The Brits are foreigners here, whereas the French go *way* back, don't they? There was *no one* here before they came, was there? Yes, I skimmed through that racist, colonialist, repetitive piece of shite by Savard, and could not help noticing that Indians were mentioned nowhere in it, not even once... whereas the word Quebec is itself an Indian word! Oh, Régis, I'm so tired of this cant! I've been through it before! Pearse and MacConnell were using the self-same patriotic drivel back in 1914, before you were a glimmer in your daddy's eye! *Hey, we stole this land first!*: a one-sentence summary of the French-Canadian nationalist movement. Same thing in Ireland, go back far enough.

– C'est ça [...] Les Anglais sont des étrangers ici, tandis que les Français remontent bien loin, pas vrai? Il n'y avait *personne* ici avant l'arrivée des Français, pas vrai? Oui, j'ai parcouru le roman de Savard, cette merde répétitive, raciste et colonialiste, et je n'ai pas pu m'empêcher de remarquer que les Indiens n'y figuraient nulle part, pas une seule fois. Tu sais que le mot Québec lui-même est un mot indien? Oh, Régis, j'en ai assez de tout cet amphigouri, je n'en peux plus! Pearse et MacConnell débitaient les mêmes niaiseries patriotiques en 1914, avant ta naissance! *Hé! Nous autres, on a volé cette terre avant vous autres!* Voilà, résumé en une phrase, le message du mouvement nationaliste des Canadiens français. Pareil en Irlande, pour peu qu'on remonte assez loin...

— T'as pas à parler à mon mari su' ce ton-là, dit Marie-Thérèse. La différence c'est qu'les Indiens, y ont pas *travaillé* la terre. Nous aut, on l'a défrichée à la sueur de not' front, pis on va pas accepter que les maudits Anglais viennent nous arracher les fruits d'not' dur labeur!

— Attention, Marie-Thérèse, dit Marie-Jeanne. Quand tu dis les maudits Anglais, tu parles aussi d'tes frères, oublie pas ça! C'est peut-être eux, les futurs dirigeants d'la Compagnie de la baie d'Hudson!

— Mes frères, diriger une entreprise? Avec l'éducation qu'y ont reçue de not' père? La bonne farce! dit la jeune brune enceinte et coincée. Y savent rien faire pantoute! Rien de rien! Y lèvent même pas le p'tit doigt pour aider icitte, su' l'domaine. J'sais pas c'qu'y vont dev'nir, môman, mais j'suis prête à mettre ma main au feu que c'est pas des chefs d'entreprise!

— Yeah, stick your hand in the fire! dit Declan. That used to be a witch's test – if you're a witch you won't burn. Go ahead, stick your hand in the fire, you ol' witch, you got nothin to fear!

— Declan, c't assez, dit Marie-Jeanne. J'veux pus que t'ouvres la bouche d'icitte à la fin du repas.

— If I can't open my mouth I can't eat, dit Declan en repoussant sa chaise. You guys have spoiled my appetite with all your quarreling. I'm fed up with this family.

— Why don't you run away? suggère un frère aîné.

– Vas-y, mets-la ta main dans l'feu! [...] C'est comme ça qu'on r'connaît les sorcières : si t'es une sorcière, tu brûleras pas! Vas-y, mets-la ta main dans l'feu, vieille sorcière, t'as rien à craindre!
– Si j'peux pas ouvrir la bouche, j'peux pas manger [...] Vous m'coupez l'appétit avec vos chicanes, vous aut'. J'suis tanné, moé, de c'te famille-là! – T'as rien qu'à faire une fugue!

— Best idea I heard in weeks.

— Môman, môman! s'écrie une petite sœur à la voix suraiguë. Declan va faire une fugue!

Régis se met debout. Levant son verre de vin comme pour porter un toast, il récite par cœur le premier paragraphe du roman du père Savard : *Nous avons marqué un plan du continent nouveau, de Gaspé à Montréal, de Saint-Jean-d'Iberville à l'Ungava, en disant : ici, toutes les choses que nous avons apportées avec nous...*

Se dressant de toute sa hauteur à son tour, Neil noie la récitation sagement scolaire de son gendre en déclamant de sa voix la plus tonitruante, la plus rugissante, la plus irlandaise, une strophe de *La Tour* :

> *I leave both faith and pride*
> *To young upstanding men*
> *Climbing up the mountain-side,*
> *That under bursting dawn*
> *They may drop a fly.*

Sous pression pour prouver à sa jeune épouse que la virilité de son père ne fera pas vaciller la sienne, Régis élève la voix. Celle-ci, hélas, monte en tessiture plutôt qu'en volume et se transforme en un pépiement ridicule : *Notre culte, notre langue, nos vertus et jusqu'à nos faiblesses deviennent des choses sacrées, intangibles, et qui devront demeurer jusqu'à la fin.*

Au même moment, Neil achève :

— Bonne idée, tiens!

Je laisse la foi, comme l'orgueil / Aux jeunes hommes respectables / Qui dans l'éclat de l'aube / Gravissent la montagne / Pour pêcher au lancer.

Being of that metal made
Till it was broken by
This sedentary trade.

Broken! ajoute-t-il. D'ye hear that, all of ye? The sedentary trade of poetry can BREAK the metal of which young men are made. Smash it to PIECES!

— Joyeux Noël, tout le monde! dit une des petites filles, voulant désespérément réparer le fiasco.

Là-dessus, serrant son ventre de ses deux bras, Marie-Jeanne éclate en sanglots et s'effondre sur la table…

ON COUPE.

Gros plan sur les braises rougeoyantes du feu de cheminée. La maison est calme ; tous ses occupants sont allés se coucher à l'exception de Neil et Régis, les deux hommes dont la femme est enceinte. Peut-être comprennent-ils, serait-ce de façon subliminale, que ce fait n'est pas pour rien dans l'hostilité qui a flambé entre eux plus tôt dans la soirée. Ils ont largement entamé une deuxième bouteille de vin, dégotée par Neil. Au long du dialogue qui suit, la caméra restera obstinément fixée sur l'âtre où se meurt le feu.

— Il a du style, le père Savard, je te l'accorde, dit Neil en tirant énergiquement sur sa pipe.

— Eet sound quite nice, fait Régis pour réciproquer, zis poem de… comment… how you say his name ees? Keats?

Étant faits de ce métal-là / Jusqu'à ce qu'il fût brisé / Par ce métier sédentaire. BRISÉ! […] Vous entendez, tous? Le métier sédentaire du poète peut BRISER le métal dont sont faits les jeunes hommes! le briser en mille MORCEAUX!
— Y a l'air pas mal […] ce poème de… […] c'tait comment, son nom? Keats?

— Non, pas Keats. Keats, c'est un poète anglais. Yeats, William Butler Yeats. Un Irlandais. Le plus grand poète depuis Shakespeare. Il est mort l'an dernier. Ça me tue, qu'il soit mort.

— I'm sorry. He was your friend?

— Oui. Oui, il était mon ami... dans une autre vie. C'est lui qui m'a dit de venir au Canada.

— Really. To break metal with poetry, zat is quite strong.

— Il voulait croire ça à tout prix... parce qu'avec l'âge, il sentait son talent le quitter, et ça le faisait paniquer. Pas seulement son talent mais... les autres formes de... puissance, aussi.

— Wid women?

— Oui, avec les femmes. Depuis toujours, il sentait que l'amour physique et l'inspiration poétique, c'était relié. Perdre l'un, c'était perdre l'autre.

— Estonishing!

Neil commence à rire : Oui, dit-il. Quelques années après avoir écrit ce poème-là, en 1933, il est allé à Londres pour se faire opérer par un grand spécialiste.

À force de refouler un gloussement, Régis s'ébroue comme un cheval.

— No! Operate on... down dere?

— C'est un chirurgien du nom de Haire – le docteur Cheveux, homosexuel notoire – qui proposait aux hommes cette "Opération Steinach de rajeunissement" pour recouvrer toutes leurs puissances.

– Désolé. C'tait un ami à toi?
– Pour vrai. Briser le métal avec la poésie... c'est fort, ça!
– Avec les femmes?
– Étonnant!
– Non! Pour l'opérer... là, là... en bas?

Ivres, les deux hommes se laissent aller à une crise de fou rire.

— And did it work ? fait Régis en haletant.

— Pour moitié, répond Neil quand il a repris son souffle. Pour moitié, oui, il a été très content du résultat, et dit avoir connu une deuxième puberté.

— Which half ? crie Régis, hystérique.

— Eh bien, dit Neil, en s'efforçant d'atténuer les effets de l'alcool sur sa diction, dans les cinq ans qu'il lui restait à vivre, il a encore réussi à… écrire quelques bons poèmes !

La dernière braise du feu meurt tout à fait.

Noir.

— Pis ? ça a-tu marché ?
— Quelle moitié ?

AWINITA, MARS 1952

Bon, ben, voilà, Astuto. Il nous reste pas mal d'éla-
gage à faire, mais dans l'ensemble je suis plutôt fier de
nous. L'excellence du tandem Schwarz-Noirlac ne se
dément pas. La structure est là, solide. Je la sens. Plus
qu'une seule petite pièce du puzzle à mettre en place.

Oui, oui, je te l'ai dit, on changera le nom. Pas de
souci. Peut-être qu'on pourrait mettre ton vrai nom
à la place. Ton nom cri, que personne au monde ne
reconnaîtrait. Dis... tu l'as retrouvé, entre-temps ?

Dans ses rares moments de lucidité entre deux
piqûres, Awinita planifie sa fuite dans le moindre
détail. Elle remboursera Liz : cette femme a été plutôt bonne pour elle, et Awinita détesterait justifier
en quoi que ce soit les épithètes négatives qu'em-
ploient les Blancs à l'endroit des Indiens.

Dans la petite chambre crasseuse au-dessus du bar,
Don lui glisse une avance de deux cents dollars en
souriant de toutes ses dents blanches éblouissantes.

— Don't spend it all in one place ! You'll see,
baby. You'll be dealing with important people from

_____

— Dépense-le pas toute au même endroit... Tu vas voir, ma
p'tite. À partir de maintenant, tes clients ça va être des gens de la

now on. Wealthy businessmen, members of Parliament, police chiefs and the like. No more of this riff-raff you've been putting up with. You're of age, aren't you, Nita? Tell me the truth. How old are you?

— Soon twenny.

— Ouch! Nineteen going on twenty-one, eh?

— But I los' my papers.

— Well, that's no sweat, we'll have new ones made for you. We should change your name, too, while we're at it. Find you a nice, sexy new one. Nita's a bit too... *neat*, you know what I mean? How about... er... Zsa Zsa, like Zsa Zsa Gabor? Zsa Zsa! You like that?

— OK wit me.

— Kiss me, gorgeous. Ahhhh... with a new hairdo, a bit of lipstick, a slinky, gold-lamé dress and spike-heeled sandals, you'll knock 'em out, believe you me!

— Need some time to get back in shape, after de baby.

---

haute. De riches hommes d'affaires, des membres du Parlement, des chefs de police... Ça va te changer des losers que tu vois ici depuis quatre ans. T'es majeure, hein, Nita? Pour vrai, dis-moi...? Quel âge as-tu? – Bientôt vingt. – Aïe! c'est pas vrai... – Ouais, mais j'ai perdu mes papiers. – Okay, on va t'en faire d'autres, pas de problème. Faudra penser à te donner un nouveau nom aussi, pendant qu'on y est. On va te trouver un beau nom sexy. Nita, c'est un peu trop... *net*, tu comprends? Faudrait quelque chose comme... voyons... qu'est-ce que tu dirais de... Zsa Zsa, comme Zsa Zsa Gabor? Ça te plaît-tu, Zsa Zsa? – J'suis pas cont'. – Viens m'embrasser, ma beauté. Ahhhh... Avec une nouvelle coiffure, un peu de rouge à lèvres, une robe moulante lamé or, et des escarpins à talons hauts, tu vas faire un malheur! – Ça va m'prend' un peu de temps pour me r'mettre d'la naissance.

— Sure you'll need time. Course you'll need time. Er... how long do you think? Coupla days?

— Coupla weeks, more like it.

— Ha! Acting the princess already, are we? Well, we'll cross that bridge when we get to it. Main thing is to have your suitcase all ready and packed when you leave for the hospital, so my chauffeur can pick you up when you're done. An Express Delivery, let's hope! You started packing yet?

— Yeah. Got a bag ready. Not much stuff.

— Good. Best to forget your old life anyhow, start the new one from scratch. From now on, you're twenty-one years old and your name is Zsa Zsa. Right, Zsa Zsa?

— I guess.

Don défait la boucle de sa ceinture : OK, glad we see eye-to-eye on that. Now let me give you another little course of instruction in what men like most.

De petites courbes colorées et ondulantes, les pétales d'une fleur rose pâle. Des bouches qui, de douleur ou d'épuisement, s'ouvrent et se referment. Des yeux

---

– Évidemment. Évidemment que ça te prendra du temps. Euh... quoi... deux trois jours? – Deux trois s'maines, plutôt. – Ah, dis donc! Ça fait déjà sa princesse! Bon, on a le temps de voir venir... L'important, c'est que ta valise soit prête quand tu pars pour l'hôpital, okay? Mon chauffeur va venir te chercher à la sortie. Un accouchement tranquille, j'espère! Tu as préparé toutes tes affaires, ma belle? – Ouais, ouais. Y a un sac là, sous le lit. J'ai pas grand-chose. – Parfait. Toute façon, pour commencer ta nouvelle vie c'est mieux d'oublier l'ancienne. À partir d'aujourd'hui, tu as vingt et un ans, et ton nom est Zsa Zsa. Pas vrai, Zsa Zsa? – Si tu veux. [...] Bon, je suis content qu'on soit d'accord là-dessus. T'es prête, là, pour une nouvelle leçon de Ce-Qui-Plaît-Aux-Hommes?

qui clignent à toute vitesse. De haut en bas, ce même mouvement dans chaque image, sorte de vacillement...

Lestée par notre ventre énorme, nous remontons lentement le boulevard Saint-Laurent à partir de Sainte-Catherine. À mi-chemin, nous entrons dans un bazar et, avec un des billets de vingt craquant neufs que vient de nous donner Don, achetons dix petits flacons de vernis à ongles, de couleurs différentes...

On coupe.

Dans l'appartement glauque sur le Plateau-Mont-Royal, Awinita fait la distribution de ses menus cadeaux et les autres filles piaillent de plaisir.

— Just sumpin to remember me by.

Xandra, la nouvelle, l'embrasse.

— Wow! You're the one who's getting married, baby! *We* should be giving *you* presents!

Lorraine lui fait un grand sourire.

— Thanks, Nita. You know where to reach me if you need me, eh?

Titubant sous l'effet de la cocaïne, Alison la jeune Haïtienne longe le couloir en brandissant fièrement son flacon de vernis et en fredonnant une berceuse créole. Ses yeux sont cernés de violet et elle a perdu vingt livres depuis la dernière fois qu'on l'a vue.

Liz, de nouveau vêtue de son ensemble veste-pantalon jaune, prend l'enveloppe de nos mains et la glisse dans sa ceinture. Puis elle écrase son mégot

---

— Comme ça, vous pens'rez à moé. [...] — Wow! C'est toé qui t'maries!... C'est à *toé* qu'on devrait donner des cadeaux! [...] — Merci, Nita... Tu sais où j'suis, hein, si t'as besoin de quequ'chose?

dans le cendrier et fait le tour de la table pour nous serrer dans ses bras.

— Congratulations, Nita. I hear you and the Irishman are getting hitched! I just hope you're not makin' a mistake, leavin here.

— Nah.

— I mean, at least this place is safe, right? At least you've got some understanding here.

— …

— You sure about this guy? Cause once you're out, you're out, eh? Your bed'll be gone in a jiff. You know that, don't you?

— Sure, Liz.

— Well, it's your funeral!

Liz se rassoit et transfère l'argent dans son tiroir-caisse en le comptant soigneusement. Puis elle fait oui de la tête et Awinita quitte la pièce…

On coupe.

On retrouve Awinita allongée sur le dos à même le parquet, les mains posées sur l'énorme ballon qu'est devenu son ventre. À la bande-son, Billie Holiday chante *God Bless the Child*.

Nous sommes tout au fond d'une ravine. En haut, sur le rebord d'une falaise, des gens nous lancent une corde en criant : Il suffit de tirer! Vous y arriverez! On vous aidera! Nous nous emparons de la corde et commençons à nous hisser, mais à la dernière minute

---

— Félicitations. Paraît qu'tu vas le marier, ton Irlandais! J'espère jus' que tu fais pas une grosse erreur, Nita, en partant d'icitte. — Nannn. — Au moins icitte, t'es en sécurité ici, hein? Au moins icitte, t'as un peu d'chaleur humaine. — … — T'es ben sûre que tu peux compter su' c'gars-là? Parc'qu'une fois qu'tu sors, t'es sortie, hein? Ton lit, y va être pris tu-suite par une aut', tu l'sais, ça? — Oui, j'l'sais, Liz. — Okay ben, c'est tes affaires, hein? pas les miennes!

— Désolés, on n'a pas pu ! — ils lâchent la corde et nous basculons en arrière. Soudain, notre chute se transforme en vol. Nous planons un moment, puis nous nous élançons en flèche vers le ciel.

Awinita se relève lourdement, retourne à la cuisine et regarde Liz bien en face.

— Do me a favour ?

— All depends !

— Can ya write sumpin for me ?

— Sure, I guess so. Long as it's not the Bible !

Liz attrape un stylo et une feuille de papier.

— Shoot.

— I, Declan Noirlac…

— Whoa, whoa ! How do you spell that ?

— You have to help me wit the words. Make 'em sound strong, you know ?

On coupe.

On retrouve Declan et Awinita dans le café de la rue Sainte-Catherine, assis à la même table que le jour du meurtre de Deena. Alors que Declan commence à lire le pacte à voix haute, la caméra se déplace de l'un à l'autre, captant l'angoisse sur leur visage.

— I the undersigned, Declan Noirlac, father of the child soon to be born to Miss Awinita Johnson,

---

— J'peux-tu te d'mander un service ? — Ça dépend quoi ! — Tu peux-tu écrire quequ'chose pour moé ? — J'suppose que oui. Du moment que c'est pas la Bible ! […] Vas-y, j't'écoute. — Moé, Declan Noirlac… — Hé, ho ! doucement ! Ça s'écrit comment ? — Faut qu'tu m'aides avec les mots. Qu'y sonnent ben comme y faut, okay ?

— Je soussigné, Declan Noirlac, père de l'enfant que porte en ce moment Mlle Awinita Johnson, jure solennellement par la présente que je m'occuperai dudit enfant, ferai de mon mieux pour répondre

do hereby solemnly swear to take care of said child, see to its physical and emotional needs, and pay for its education, until such a time as its mother finds herself in a position to return and take up her share of these responsibilities. Montreal, on this the twenty-eighth day of March, in the Year of Our Lord, 1952. Signed, *et cetera*. Wow!

— Can you sign it, mister Cleaning-Fluid?

— Sure, Nita. Sure, I'll sign it. I told you I'd pull my weight as a da', now, didn't I?

— Told me lotsa stuff.

— What I don't get is *why*. What's it for? You goin' somewhere?

— I dunno. Just... you know. Case I die havin de kid, or whatever.

Declan jette un coup d'œil sur la page.

— Well if you die you won't be able to... return and take up your share of these responsibilities, now, will ya?

— Or if I get sick or sumpin. Ya never know. Just so's I don't lose sight of dis baby like I did de oder one.

à ses besoins physiques et affectifs et payer son éducation, jusqu'à ce que sa mère revienne assumer sa part des responsabilités. Fait à Montréal, ce vingt-huitième jour du mois de mars, Anno Domini 1952. Signé, *et cetera*. Eh ben ! – Tu peux-tu l'signer, m'sieu l'Détachant ? – Ben oui, Nita. Certain que j'vas t'signer ça. J't'ai dit qu'j'allais m'occuper de c't enfant-là. Tu m'as pas cru ? – Tu m'as dit plein d'affaires. – C'que j'comprends pas, c'est à quoi ça sert. Tu vas-tu crisser l'camp ou quoi ? – Naann, c'est jus' au cas où... t'sais... si j'meurs en accouchant ou une affaire de même [...] – Ben, si t'es morte, comment tu vas faire pour... revenir assumer ta part des responsabilités... Explique-moé ça ? – Ou ben si j'tombe malade ou n'importe quoi, on peut jamais savoir. C'est jus' que j'veux pas perdre c't enfant-là de vue comme la dernière fois.

— Yeah, yeah, OK, I understand. There.

Il signe, mais des gouttes de sueur perlent sur son front.

— Dere's two copies. One for you an' one for me.

— There you go !

Gros plan sur ses mains sur la page, tremblant violemment pendant qu'il signe (on reconnaît les mains qui, près du début du film, ont laissé le petit Milo à l'hôpital)... Soudain, Declan se lève et se précipite aux toilettes.

Awinita replie son exemplaire du contrat et le glisse dans son sac. Elle reste assise là, enceinte de neuf mois, sans bouger. Comme toujours, son expression est insondable.

Elle est prête.

Il y avait
un mot
dans l'obscurité.
Minuscule. Ignoré.

Il martelait dans l'obscurité.
Il martelait
dans le socle de l'eau.

Du fond du temps,
il martelait.
Contre le mur.

Un mot.
Dans l'obscurité.
Qui m'appelait.

EUGÉNIO DE ANDRADE

NOTE

Hormis deux extraits de poèmes de Yeats – *Seize Hommes*, p. 127, traduit par Louise Fissin, et *Cygnes sauvages à Coole*, p. 261, traduit par Tristan Ranx –, toutes les traductions de l'anglais sont de l'auteur. Les définitions des termes de capoeira en tête de chapitre proviennent de *Capoeira ou l'Art de lutter en dansant* de Cécile Bennegent, Budo Éditions, 2006, et du *Petit Manuel de capoeira* de Nestor Capoeira, Budo Éditions, 2003. Le titre *Danse noire*, à l'origine celui d'un tableau de Guy Oberson, a été emprunté avec l'aimable autorisation de l'artiste.

TABLE

DU MÊME AUTEUR

ROMANS, RÉCITS, NOUVELLES
Les Variations Goldberg, romance, Le Seuil, 1981 ; Babel nº 101.
Histoire d'Omaya, Le Seuil, 1985 ; Babel nº 338.
Trois fois septembre, Le Seuil, 1989 ; Babel nº 388.
Cantique des plaines, Actes Sud / Leméac, 1993 ; Babel nº 142 ; "Les Inépuisables", 2013.
La Virevolte, Actes Sud / Leméac, 1994 ; Babel nº 212.
Instruments des ténèbres, Actes Sud / Leméac, 1996 (prix Goncourt des lycéens et prix du Livre Inter) ; Babel nº 304.
L'Empreinte de l'ange, Actes Sud / Leméac, 1998 (grand prix des Lectrices de *Elle*) ; Babel nº 431.
Prodige, Actes Sud / Leméac, 1999 ; Babel nº 515.
Limbes / Limbo, Actes Sud / Leméac, 2000.
Dolce agonia, Actes Sud / Leméac, 2001 ; Babel nº 548.
Une adoration, Actes Sud / Leméac, 2003 ; Babel nº 650.
Lignes de faille, Actes Sud / Leméac, 2006 (prix Femina et prix France Télévisions) ; Babel nº 841.
Infrarouge, Actes Sud / Leméac, 2010 ; Babel nº 1112.
Danse noire, Actes Sud / Leméac, 2013.
Bad Girl. Classes de littérature, Actes Sud / Leméac, 2014.

LIVRES POUR JEUNE PUBLIC
Véra veut la vérité (avec Léa), École des loisirs, 1992.
Dora demande des détails (avec Léa), École des loisirs, 1993.
Les Souliers d'or, Gallimard, "Page blanche", 1998.
Ultraviolet, Thierry Magnier, 2011.
Plus de saisons !, Thierry Magnier, 2014.

ESSAIS
Jouer au papa et à l'amant, Ramsay, 1979.
Dire et interdire : éléments de jurologie, Payot, 1980 ; Petite bibliothèque Payot, 2002.
Mosaïque de la pornographie, Denoël, 1982 ; Payot, 2004.
À l'amour comme à la guerre. Correspondance (en collaboration avec Samuel Kinser), Le Seuil, 1984.
Lettres parisiennes : autopsie de l'exil (en collaboration avec Leïla Sebbar), Bernard Barrault, 1986 ; J'ai lu, 1999.
Journal de la création, Le Seuil, 1990 ; Babel nº 470.

Tombeau de Romain Gary, Actes Sud / Leméac, 1995 ; Babel n° 363.
Désirs et réalités, Leméac / Actes Sud, 1996 ; Babel n° 498.
Nord perdu suivi de *Douze France*, Actes Sud / Leméac, 1999 ; Babel n° 637.
Âmes et corps, Leméac / Actes Sud, 2004 ; Babel n° 975.
Professeurs de désespoir, Leméac / Actes Sud, 2004 ; Babel n° 715.
Passions d'Annie Leclerc, Actes Sud / Leméac, 2007.
L'Espèce fabulatrice, Actes Sud / Leméac, 2008 ; Babel n° 1009.
Reflets dans un œil d'homme, Actes Sud / Leméac, 2012 ; Babel n° 1200.

THÉÂTRE

Angela et Marina (en collaboration avec Valérie Grail), Actes Sud-Papiers / Leméac, 2002.
Une adoration, Leméac, 2006 (adaptation théâtrale de Lorraine Pintal).
Mascarade (avec Sacha), Actes Sud Junior, 2008.
Jocaste reine, Actes Sud / Leméac, 2009.
Klatch avant le ciel, Actes Sud-Papiers / Leméac, 2011.

LIVRES EN COLLABORATION AVEC DES ARTISTES

Tu es mon amour depuis tant d'années, avec des dessins de Rachid Koraïchi, Thierry Magnier, 2001.
Visages de l'aube, avec des photographies de Valérie Winckler, Actes Sud / Leméac, 2001.
Le Chant du bocage, en collaboration avec Tzvetan Todorov, photographies de Jean-Jacques Cournut, Actes Sud, 2005.
Les Braconniers d'histoires, avec des dessins de Chloé Poizat, Thierry Magnier, 2007.
Lisières, avec des photographies de Mihai Mangiulea, Biro Éditeur, 2008.
Poser nue, avec des sanguines de Guy Oberson, Biro & Cohen Éditeurs, 2011.
Démons quotidiens, avec des dessins de Ralph Petty, L'Iconoclaste, 2011.
Edmund Alleyn ou le Détachement, avec des lavis d'Edmund Alleyn, Leméac / Simon Blais, 2011.
Terrestres, avec des reproductions d'œuvres de Guy Oberson, Actes Sud, 2014.

BABEL

Extrait du catalogue

Ouvrage réalisé
par l'Atelier graphique Actes Sud.
Achevé d'imprimer
en avril 2015
par Normandie Roto Impression s.a.s.
61250 Lonrai
sur papier fabriqué à partir de bois provenant
de forêts gérées durablement
pour le compte
des éditions Actes Sud
Le Méjan
Place Nina-Berberova
13200 Arles.

Dépôt légal
1re édition : mai 2015
N° impr. : 1501583
(Imprimé en France)